屋久悠樹
Yuki Yaku Presents
Fly
Illustration
角
崎
同學
The Low Tier Chara
"TOMOZAKI-k
Lev
Lv.8
日本小學館正式授權繁體中文版

弱角友崎同學
屋久悠樹
Yuki Yaku Presents
Fly
Illustration Fly
The Low Tier Character
"TOMOZAKI-kun";
Level.8
Lv.8
角色介紹
友崎文也
高中二年級。弱角。
日南葵
高中二年級。學校的完美女主角。
七海深奈實
高中二年級。開心果。
夏林花火
高中二年級。小個子。
泉優鈴
高中二年級。很吃得開的女孩子。
菊池風香
高中二年級。喜歡看書。
水澤孝弘
高中二年級。志願當美容師。
中村修二
高中二年級。在班上是頭目的地位。
竹井
高中二年級。體格很好。
成田鶇
高中一年級。很多方面都很自由自在。
紺野繪里香
高中二年級。班上的女王。

**「擒抱」**
按下擒抱按鈕，或是同時按住防禦和通常攻擊按鈕可以發動這種無法防禦的技能。一旦打中就會進入可轉換為「投擲」的捆抱狀態。

**「投擲」**
在擒抱狀態下讓搖桿倒向各方向就可發動這種攻擊技巧。有前、後、上、下四種，每種性質都不同。

**「緊急迴避」**
在防禦狀態下彈動搖桿就能發動，會處於無敵狀態且可移動一定的距離。分為左右、下兩種，各自被稱為橫向迴避和就地迴避。

**「強行突破」**
在對手發動連續技等技能時，用我方的攻擊蓋過。根據強行突破技的種類而定，分別被稱為「弱強破」和「空N強破」等等。

**「防禦取消」**
取消防禦狀態直接轉換成別的行動。簡稱「防取」。

**「前置空白」**
指的是按下按鈕後還未判定生效的這段空白時間。

**「延遲空檔」**
攻擊判定、無敵判定等等的判定結束後，在可進入下一個行動前的那段空白時間。

**「發動間隔」**
是指按下按鈕後到攻擊判定、無敵判定等等的判定發生為止，中間的這段間隔。假如判定要到第七個間隔單位才發生，那自輸入指令起至第六間隔單位的這段時間，就是這個行動的「前置空白」。
補充一點，「間隔單位」指的是遊戲內所用動作運算最小單位，在 AttaFami 中一個間隔單位大約等於 0.015 秒（1/60 秒）。

**「全復動間隔」**
是指在輸入完指令後，能夠產生此動作前的等待間隔。
在攻擊判定、無敵判定等等的判定消失後，直到能開始全面採取其他行動前的這段期間，都算是第一段行動留下的「延遲空檔」。

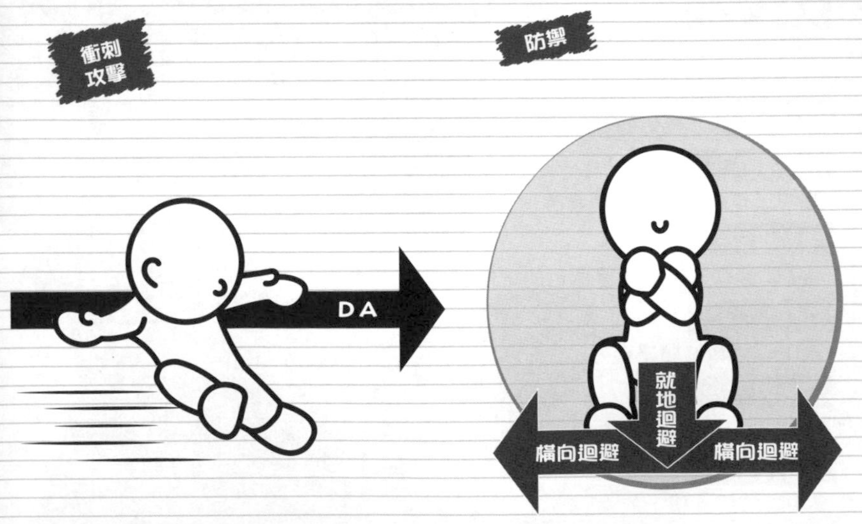

# 「AttaFami」用語解說

**「ATTACK 攻擊」**

一邊彈動搖桿並且按下通常攻擊按鈕就能夠發動，是強力的攻擊技。許多技能破綻很大但是威力很強。有橫向、上、下三種類型，分別被省略成橫向攻擊、上攻擊和下攻擊。同時也是「Attack Families」名字的由來。

**「強攻擊」**

將搖桿撥動往任意方向並且按下通常攻擊按鈕，就可以發動這種攻擊技能。大部分的技能都在破綻和威力上取得平衡。分別有左右、上、下三種，各自被省略成橫向強攻、上強攻和下強攻。

**「弱攻擊」**

沒有將搖桿擺往任何方向的情況下，按下通常攻擊按鈕便能發動，是很迅速的攻擊技能。大多數的技能都沒什麼破綻，攻擊範圍和威力比較小。單純被簡稱為「弱攻」。

**「衝刺攻擊」**

在奔跑模式中按下通常攻擊按鈕可以發動這種攻擊技能。一般而言多半是衝刺類的技能。被省略為 DA（Dash Attack）。

**「空中攻擊」**

在空中按下通常攻擊按鈕可以發動這種攻擊技能。同時根據搖桿擺放的方向而定，分成前後、上下和 Neutral 五種類型，分別被省略為空中前攻、空中後攻、空中上攻、空中下攻和空 N。補充一點，所謂的 Neutral 就是搖桿沒有擺放在任何方向上。

**「必殺技」**

按下必殺技按鈕可以發動角色原本就擁有的特殊技能。同時配合搖桿方向，分成左右、上、下、Neutral 四種，分別被省略為橫 B、上 B、下 B、NB。

ATTACK 攻擊
上攻
上強
弱
橫強
橫攻
下攻
下強
下攻

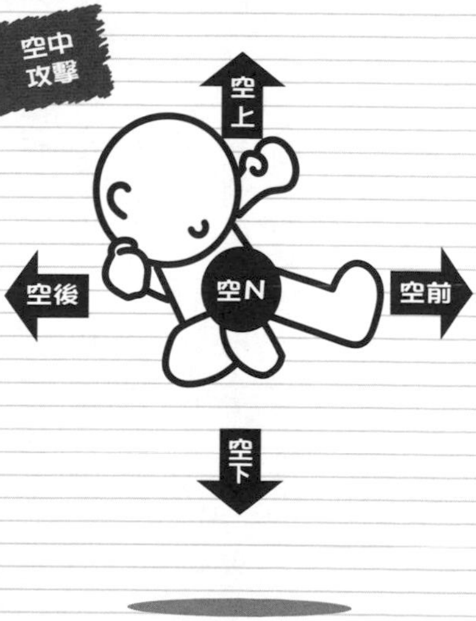

空中攻擊
空上
空後
空N
空前
空下

# 1 新的故事總是會從初始村莊展開

舒適清澈的陽光照射進來，今天又是嶄新的一天。

我正在自己房間的全身鏡前苦戰。

右手拿著黑色大衣，左手拿著同樣是黑色的羽絨衣，我正在嘗試要如何搭配。

「……這樣配不對嗎？」

「比較穩定的就是用日南搭配法……不過。」

我把右手拿著的大衣拉過來放在身上比一比，同時這麼說。在這件外套下穿了白色針織衫，然後褲子……BOTTOMS穿的是黑色修身褲。接著搭配像個紅色圈圈的圍巾，應該是紅色SNOOD，把這個圍在脖子上，然後配上紅色襪子，這樣就能輕鬆呈現日南指導的搭配。整體看起來都是素色的，走簡約風格，讓襪子和圍巾這兩個在位置上離得有段距離的小配件以顏色相呼應，帶出一種潮流感，別人看了完全聯想不到這個人是如假包換的遊戲阿宅，醞釀出一股俐落帥氣的感覺。我本身也實踐過很多次，已經確實感受過這種搭配帶來的效果。

不過。

「總不能……第三次也穿這樣。」

對。日南替我選的這套搭配，被我當成冬天要穿便服出門時的最強王牌，眼下在這段寒假中，每次有穿便服出門的機會，我就會信心十足地重複使出這招殺手鐧。如果換算成電玩遊戲裡頭的高壓水柱攻擊，那殘存的能量點數早就只剩下2了。

「若是人家以為我老是穿一樣的衣服……」

我的腦子裡閃過不祥預感。開始放寒假之後，我有跟菊池同學見過兩次面，在這兩次之中，我都毫不保留地祭出最強王牌。如果只是兩次還能蒙混過去，三次見面都穿同樣的衣服，就算是菊池同學也會覺得我奇怪吧。

搞不好會害她幻滅。

我想像菊池同學用一種有所顧慮的目光望著我。

在我的腦海中，她客氣地開口——

『友崎同學……你的衣服、洗過了嗎？』

「唔哇——！」

我被自己的想像燒穿了心，從全身鏡前方跳開。剛才那些都是想像，頂多只是精神層面受到傷害，假如在現實中菊池同學對我那麼說，我大概會在那瞬間變成完全無法思考的花草樹木吧。好不容易從俗氣的阿宅變成有點潮的阿宅，若是又在這個時候墮落成植物，那之前的努力都白費了。

「……既然這樣，就換成這個好了？」

我把左手拿的那件羽絨衣放到身體前面搭搭看。這是在沒有日南的建議下自行購買的，是很溫暖的上衣……說錯，應該是外搭服。

我穿過很多套比照模特兒假人身上穿搭買來的衣服，已經得出一套理論和累積了實際體驗，可以基於這些去思考穿起來會跟以前自己穿的衣服有何不同。最近日南還跟我介紹可以讓人投稿穿搭的 App，我還會去看那些潮流人士的穿搭，尋找共通點。結果不可思議的是，一直以來在掃視這些「跟自己無緣的潮流人士」時，某些在這種時候才能看到的重點逐漸浮現——結果我自己心中也開始產生隱隱約約的個人服裝偏好。

也就是說，這件羽絨衣是我第一次自認「這件不錯」才買的外搭服。正確說來應該是在 App 上面看到喜歡的穿搭，我直接將一部分照抄過來。仔細想想這就很像輕巧的網路版照買模特兒穿搭服。

這件外搭服還沒在菊池同學面前展示過。如果穿這件，就算褲子一樣，整體給人的印象也會轉變，應該不會讓人覺得我一天到晚都在穿一樣的衣服。

接著我不經意將原本拿來跟大衣搭配的白色針織衫，穿在羽絨衣下面。緊接著——

「……喔？」

羽絨衣左右兩側特地做得比較寬鬆，下襬相對較短，白色的針織衫露出來。我的褲子是黑色修身褲，原本以為穿上羽絨衣之後會變得全身黑漆漆，結果這件衣服的白色巧妙在顏色上做出一個區隔，看起來還挺像樣的。羽絨衣的下襬很短，就算從後面看也可以看到針織衫的白。

「喔喔喔？」

我不由得站了起來，為了跟針織衫圍領的顏色配合，我脫下原本穿著的紅色襪子，改穿白色襪子。

然後再次看看映照在鏡子中的自己。

「……喔喔喔喔喔!?」

鏡子裡頭呈現出的穿搭是黑色羽絨衣、白色針織衫、黑色修身褲、白襪子，感覺自己變得很像黑白斑馬線。如果除了黑白斑馬線，我還知道其他的用語，那我應該會用更流行的詞語來表達，只可惜我不知道，沒辦法，總之已經成功醞釀出那種氛圍，感覺會出現在平常看的那個 App 上。

「這是！」

我邊叫喊邊轉圈。看著鏡子裡那個應該算是流行感有夠的自己，心情跟著好起來。假如這種感覺不是我想太多，那我或許發現了新的穿搭方式。

接著我注意到一件事情。以前我都是直接買模特兒假人身上穿的衣服，要不然就是穿日南指定的穿搭，對這樣的我來說——這不就是我第一次「自行創造的穿搭法」嗎？

「喔喔喔喔喔喔喔!?」

我的情緒莫名跟著高昂起來，穿著自己創造出來的穿搭，我擺出各種角度的姿勢。總覺得那個 App 裡頭的人都不是只有直直站著，我這是在模仿他們。看起來似乎有模有樣，這讓我更加興奮。

「我抓到訣竅了吧！」

「哥哥你好吵喔！」

此時門突然被人用力打開。

門口那邊出現一臉困擾的妹妹，在鏡子前面裝模作樣的我正好跟她對上。

「……哥哥？」

「啊……」

妹妹用一種非常狐疑的表情——應該說是很鄙視的表情看著我。而我把身體重心都放在右腳上，擺出用右手摸左邊肩膀的姿勢，就這樣望著妹妹。這下糟糕了。因此我慢慢解除這種非常耍帥的姿勢，在心裡祈禱可以的話希望當作什麼都沒發生過，把動作調整成平凡無奇的直立姿勢。速度很慢很慢。

然後完全變成直立的姿勢後喘口氣，接著再次開口。

「抱歉啦，我太吵了。」

「少來，我都看到了。」

「我想也是。」

看破我愚蠢企圖的妹妹冷酷無情地說了這句話。

「……好噁心。」

她只說了這句話就把門關上。

「喂、喂喂……！」

這聲制止沒能阻止妹妹，就剩我一個人留在自己的房間中。小我一歲的妹妹冷不防說出那種話，確實刺中我的心。

「唔。」

除了因為可恥的感覺變得難受——不知為何，我發現自己的心境跟以前被妹妹說好噁心時有點不同。一想到前面那句「以前被妹妹說好噁心時」就覺得自己太悲哀，但我就是注意到了。

就在剛才，雖然被她說噁心，但那種以往會感受到，一種難以言喻的無力感，還有覺得自己輸給她、覺得自己技不如人——這些感受都變淡了。

我重新看著鏡子。

「……嗯。」

那裡映照出不久之前的我想都想不到的模樣。

這是我自己抓出來的，感覺還滿帥氣的髮型。

還有因為努力而得來，自然而然散發潮流感的嘴角上揚表情。

以及前不久自行摸索出來的穿搭，看起來算是有點流行感。

這些都為正在這段人生中過活的友崎文也這個角色增添一種自信，讓我覺得自己的基礎實力獲得提升。

最重要的是——這下就能夠跟接下來想見的那個人一起去想去的地方。

這種感覺就彷彿是 nanashi 在 AttaFami 中有一場比賽沒打贏，卻不覺得是因為自己實力不夠使然。

累積起來的努力成果不僅顯現在外表上，也反映於內在。

這就是我自己的人生競賽，雖然被妹妹撞見可恥的一幕，卻不代表我是個不夠格的男人。

我開始能夠產生這種心境了。

因此我抱持自信。

再一次試著於鏡子前方擺出帥氣姿勢，結果門又被人用力打開。

「你又來了……好噁心。」

接著門立刻關上，害我在短時間內為同樣的事情丟臉兩次。等等，情況不一樣。第二次很不好受。那種感覺就好像快要過敏性休克，遇到這種情況，第二次的傷害通常更大。是說那傢伙到底在搞什麼啊，好歹敲個門吧。我整個人撲到床上。

「哇啊啊啊啊啊——……！」

短期內受到二度傷害，損傷度果然還是會超過累積的自信，我透過叫喊來稀釋可恥的感覺，把臉埋進枕頭裡。不行了。我是個可恥的男人。

＊　＊　＊

時間即將來到上午十點，地點是大宮的「豆樹」前。

我穿上自己搭配的服裝——等待「她」的到來。

平常這邊有各式各樣的人經過，例如學生或醉漢，從皮條客到做華麗打扮的女性都有，大宮車站孕育出一股混雜的氛圍。但今天特別能感覺到大家私底下都懷著同樣的心情在路上走著，大概是因為今天是元旦吧。

我先把截至昨日為止抱持的重擔放下，做好準備去迎接接下來將到訪的嶄新景色和多采多姿的想法。做個區隔，讓無形的東西結束。有點像一種儀式，我想八成沒有任何合理性可言，但我喜歡這種能維持一整天的清爽感。

仔細為一個段落做了結。為了好好珍惜接下來會得到的東西，我要讓能拿的東西有限的雙手稍微空出一些。就好像在玩ＲＰＧ的時候，雖然發現小小的勳章，可是道具欄都已經滿了——總覺得這樣比喻突然很殺風景，但我就是沒辦法根除不管遇到什麼事情都要拿電玩遊戲來打比方的毛病，沒辦法。這樣的自己讓我苦笑，此時我一直在等待的人穿過驗票口過來了。

「友崎同學。」

從東邊出口那走過來的正是菊池同學，身上穿著茶褐色的外套。稍微有點毛茸茸的長大衣有著很高雅的質感，跟菊池同學非常相配，還有那泛著天藍色色彩的蓬鬆圍巾，大概是混合羊毛和天使羽毛製成的吧。

「早安，菊池同學。」

「你好。早安。」

一如既往對彼此打完招呼後，菊池同學來到我身邊，她的腳步很自然，這種不刻意去配合他人的隨興感讓我很高興。彷彿在說她再也不會感到迷惘，認定這裡就是她的歸屬之地。

「我們走吧。」

「嗯。走吧。」

接下來我們兩人開始並肩走起來，這親近的距離跟以往已經大不相同。

文化祭上。以大家一起合力製作的話劇為契機，我跟菊池同學開始以「男女朋友」的身分交往。

在單獨一人的情況下，我們兩個一定跟以前的我們沒太大差別，可是雙方之間的關係卻有了巨大的轉變。我們對彼此而言都是第一個戀人。

沿著位於東口的階梯走下去，我們經過車站前那個「小松鼠多多」銅像前方。有一個小男孩靠在圍著銅像的欄杆上，把暖暖包當成沙包丟來丟去，他一臉不可思議的表情，呆呆地看著這邊。我越來越看不見菊池同學的神聖屬性了，但是看在像孩子這樣的純潔之人眼中，想必很清晰純粹吧。大概是發現小男孩在看她，菊池同學也跟那個男孩子一樣，除了轉過去看他還靜靜地微笑。只見那個小男孩很高興，對著我們用力揮手。

「……真可愛。」

那種充滿包容力的目光從小男孩身上轉移到我這邊後，菊池同學用愉悅的語氣這麼說。

「是啊。」

其實更可愛的是——光是在腦子裡浮現這句吐槽都顯得不識相，於是我就不想了，不過從元旦開始就碰到這過分崇高的笑容和溫暖情感。從討吉利的觀點來說，這已經相當於新年日出了吧。是無可挑剔的 Happy New Year。

菊池同學對男孩子高雅地揮手致意，接著就跟我一起走到車站前的大街上。我們要前往冰川神社，其實從北大宮車站過去會比較快，可是從大宮車站這邊走，路線上比較簡單明瞭，最重要的是像這樣跟菊池同學並肩走著，讓大宮的街景有別於以往，我想那樣一定很開心，才選擇在大宮車站會面。

看來是正確的選擇，我這麼覺得。

明明很熱鬧，氣氛上卻很寧靜。沒有特別表示歡迎也不是在拒絕，這種溫和悠閒的時光流動彷彿跟之前煙火大會的記憶重疊。光只是兩人走在一起，整顆心就變得暖洋洋的。

「那個……」

「走這邊。」

我引導在轉角處不知該往哪邊走的菊池同學，踩著安穩的步調前進。這讓菊池同學露出安心的笑容，顯現出小鳥依人的樣子，再次走到我身邊。穿著厚重的菊池同學發出有聲的嘆息，那一絲氣息變成裊裊白霧。

「照這樣子看來，大家都是要去做新年參拜的吧？」

「呵呵，我覺得是喔。」

「啊哈哈，也對。」

越接近冰川神社，人潮就越來越多。在人潮的推擠下，我跟菊池同學的距離也自然而然縮短，但我並沒有太過焦慮。臉頰有點燙，這也在元旦的冷風中降溫。

長長的道路鋪滿地磚。走過美容院和二手衣商店林立的一之宮大街後，我們穿越馬路。立於左右兩側的岩面映入眼簾，我們兩人從鳥居下方通過。接下來有三條道路並行，中間夾著一些樹木，這些筆直的路恐怕綿延了數百公尺以上，是通往冰川神社主殿的參拜道路。這段又長又寬的三條道路貫穿住宅區，仔細想想會覺得是奇怪的構造，想必是大宮才有的景象吧。

越是靠近神社，人潮就跟著加倍，我跟菊池同學的距離近到肩膀都會互相碰撞。然後不經意地，手指和手指在視線外偷偷碰觸到了。

不過沒問題。因為這對我和菊池同學來說才是自然的狀態——怎麼可能有這種事情。

「……啊。」

「啊啊——！抱、抱歉！啊哈哈——！」

菊池同學略為表現出驚訝的反應，這讓我反應過度，用力將手抽回來。這是怎麼一回事，在文化祭上明明就雙手緊握，像這樣回歸日常生活之後卻行不通了。

＊　＊　＊

走在被樹木圍繞的參拜道路上，我們又穿過一個鳥居，前方出現一片鋪著石板和砂石的空間。

冰川神社。據說每年都有超過兩百萬人來這邊做新年參拜，在埼玉也算是最大規模的神社了。

在首都圈中有許多命名為「冰川神社」的神社，不過這座大宮的冰川神社可是總社。若是以神道教的立場來說，那大宮就形同是日本的首都了吧。

這是一片被樹木圍繞的廣闊空間。像是要將地面上那片平坦遼闊的灰色全都填滿似的，許多鞋子熱熱鬧鬧地排在上頭。人潮緩慢前進，行走於無趣和非日常之間，川流不息。

「哇……」

像是看到什麼珍奇景象一樣，菊池同學環顧這一切。

「妳很少來這種地方？」

被我這麼一問，菊池同學嘴裡說著「不」並搖搖頭。

「是因為平常都跟家人一起來，所以……」

「嗯？」

我沒有會意過來，那讓菊池同學將目光轉向我，露出沉穩的笑容。

「總覺得來這邊的理由不一樣，看到的景色也變得截然不同。」

「啊——……」

若是朝某個方向解釋，這句話聽起來令人有點害臊，但其中某些部分我也能體會。

「的確，我或許也有這種感受。覺得跟平常來的時候相比，『我好像更能投入這片景色中』。」

當我模模糊糊地將感覺描述出來後，菊池同學就像一個孩子般，雙眼綻放光芒。

「我明白！」

她邊說邊「嗯嗯」地點頭，看到這樣的菊池同學令我感到開心。

「不是被什麼人帶過來的，而是自己來想去的地方，就是這樣的感覺吧。」

「對對！」

接著菊池同學先是露出純真的笑容，然後說話語氣變得更雀躍。並且——

「不管是同行的人還是想去的地方，都是自己選擇的呢。」

她竟然還自然而然地說了這種話。

「啊──……嗯、嗯嗯。沒、沒錯沒錯。」

那句話不由得讓我將目光轉開，結果菊池同學不解地歪過頭。

「你怎麼了？」

「咦。呃──就是。」

「嗯？」

我有一種感覺，在我們開始交往後，菊池同學開始會將心中的想法直接說出來，雖然這基本上對我來說是很舒服的表達方式，但她有的時候會像這樣，沒有想到那些話背後還有隱藏的意涵，就直接將真心話脫口而出，讓我好困擾。

「妳剛才說到同行的人……」

「嗯？……啊。」

大概是遲了一會意識到背後含意了吧，名為菊池同學臉頰的果實越來越熟、越來越紅，那陣光芒當然也讓身在附近的我感受到了。說出這樣的話，對我來說殺傷力實在太高。

「嗯、嗯……就是那個意思。」

「啊，呃──說得也是……」

就像這樣，我跟菊池同學之間的距離感越縮越短，同時令人感到心癢，又有種令人舒服的若即若離感。

「啊，對、對了！我們來排隊吧！」

「好、好的！」

但可以肯定的是，包含這樣的距離感在內，我都很喜歡這段時光。

＊　＊　＊

「我們是下一個。」

「嗯。」

神社已經近在眼前了，我跟菊池同學興奮地交談。

在我們前面的一對情侶先是搖了搖繩子讓鈴鐺響起，之後就雙手合十參拜，沉默了一段時間，接著有點害羞地看看彼此，然後快步走向右方。他們對對方說「你許了什麼願望啊」，一面開心嬉鬧。

不久前的我若是看到這種景象，大概會覺得厭惡或是嫉妒這類的，帶著那種連自己都不太清楚的情感眺望，但現在的我不會那樣了。

這是因為旁邊有菊池同學在，那當然也是原因之一——但比起這點，影響更大的肯定是對於男女交往和現充，我的看法已經產生變化。

甚至不禁覺得莞爾，人類還真是奇怪的動物。

「來啦——！」

為了讓我與菊池同學相伴的時光熱鬧起來，也有可能是為了跳脫獨自一人略為陷入感傷的情境，我發出逗趣的聲音，向前踏出一步。菊池同學面帶微笑看著這一幕。

她也跟著向前踏出一步，兩人一起抓住垂下來的繩子，將鈴鐺搖得匡噹作響。感覺這音色聽起來跟別人搖的有點不同，聲音逐漸沒入穿插在樹木間的圓形藍天中。

我放開繩子。雙手合十，閉上眼睛。

話說回來，要許什麼願望啊。

每次來我都有個想法，說真的像這樣來求神拜佛，我是很排斥的。

這是因為我之前都把精神放在 AttaFami 上，我認為自己想做的事情都要自己努力去實現。連同遇到日南之前的「人生」在內，一些認為無關緊要的事情會在自己的信念下不斷無視，但自己決定要做的事情反而會貫徹始終。我是這種類型的人。

想要把自己想做的事情做好，我認為最快的捷徑就只有盡人事，用不著逼自己去面對不想做的事情。在玩了「人生」這場遊戲後體會到部分的樂趣，也有機會跟其他人深入交流，即便如今走到這個地步，我的根本想法還是沒變。

我就是我。連同去仰賴他人也包含在內，一旦認定那是自己的選擇，我認為想要自我實現，「努力」就是最棒的解答。

那麼要許的願望就變成——好吧，大概就只能許平常那種願望了吧。

膜拜之後許願，我睜開眼睛。將目光從眼前這片莊嚴的神社轉向左邊，我看見菊池同學手貼在一起閉著眼睛、閉口不語，她的側臉映入眼簾。挺直的鼻梁和下巴線條就彷彿人偶般美麗，光滑白皙的肌膚令人聯想到新雪。

「……」

我一直凝望那張側臉。

她靜靜佇立的模樣深深吸引著我。由於她什麼話都沒說，會有一股寧靜的氣息是正常的，但就連在她身邊流動的空氣和時間都好像停止了。冰冷的陽光斜斜地照射下來，突顯出一根又一根長睫毛的黑。

菊池同學的雙眼長時間緊閉。她在熱切祈求的願望是什麼呢？那表情非常認真，同時也非常美麗。

她的眼睛突然間睜開。讓我嚇了一跳，不由得將視線轉開，接著再一次看向菊池同學。在那之後菊池同學也跟著看我，互相對上眼的我們對彼此露出有點害羞的笑容，然後無言地跟對方點點頭。

「呃——我們走吧。」

「好、好的。」

心中懷著難以名狀的微妙羞澀感，我們快步從神社前方離去。這種令人害臊的氛圍一定就是我一直想追求的感受。

「菊池同學，妳祈禱的時間很長呢。」

「呵呵。真的呢。」

我們就這樣並肩在冰川神社的園區裡頭走起來。

左右兩側有一些在販賣小伴手禮的攤商，例如熊手或是護身符等等，貫穿中央的大道上擠滿了人。我們兩個邊走邊閒聊。

「友崎同學許願的時間比我還要短呢。你許了什麼願望？」

「嗯——……那菊池同學妳許了什麼？」

這難以回答的問題被我敷衍過去，我不著痕跡改變話題，去反問菊池同學。感覺是在濫用透過特訓得到的溝通能力。

「這……」只見她說完，先是有點難為情地別開目光。「是祕密。」

接著在菊池同學說這句話的同時，不知為何臉跟著紅了起來。

「什麼啊？」

「呵呵。都說了是祕密。」

「好好奇喔。」

我們互相問些無聊的小事情，營造出舒適的氣氛。

感覺跟剛才排在我們前面的情侶很像——這讓我重新意識到「對喔，我正在跟菊池同學交往呢。」。

就像這個樣子，我和菊池同學之間一直維持著溫馨的氛圍，而我也在這時想到一件事情。目前還處在日南大人施行的人生攻略過程中，怎麼可能一直都是如此祥和的時光。

＊　＊　＊

幾天前日南對我說過一些話。

待在菊池同學身邊的我想起一件事情。

對。講白了就是有課題。

時間是十二月底，地點是北與野的義式料理餐廳。我跟日南兩個人面對面坐著。在我跟紺野繪里香他們發生了那場衝突後，我們兩個還是會來這邊，日南很喜歡這邊的沙拉。這裡的沙拉確實很好吃。

「那接下來，關於寒假作業的事情……」

「就算妳用這種不痛不癢的說辭帶過，我也不會被騙。那哪是寒假作業。」

在我謹慎地說完後，日南輕輕地嘆了一口氣。會這麼小心是因為遇到這傢伙展開人生攻略後，從來沒有遇過簡單的課題。她總是確實攻在我不曉得能不能應付的底線上，不過也多虧這樣，我才能升級，話雖如此，這絕對沒有像寒假作業那麼簡單。

「哎呀，既然你都這麼說了，那你果然還是比較喜歡原本那種沉重的課題囉？」

「咦？」

「這下不知道該怎麼選呢。」

日南稍微點到某種意味深長的字眼。我對她的態度很火大，原本打算無視，卻對那句話背後的含意感到好奇，不由得回問。

「……妳說原本那種是什麼意思。」

「哎呀？你很好奇？」

「沒、沒有。」

看到我逞強，日南只簡短說了一句「是嗎？」，並且笑了一下。然後拿起叉子，用高雅的動作靈巧地叉起好幾塊蔬菜，將那些開心地送到口中。她的確是刻意在敷衍我。被人這樣顧左右而言他，反而會變得更在意。

「嗯。這個果然很好吃。」

「……是喔。」

只見日南露出宛如少女般的笑容，優雅地喝著紅茶。那享用美食的模樣有別於平常的魔王日南，透著一股純真，對話到一半，我不由得看呆了。

「會那麼好吃的原因之一自然是使用的蔬菜夠新鮮，但精髓還是在於組合方式和醬汁。」

「喔、喔喔。」

「我看你好像都沒什麼在吃。不想吃的話，我可以替你吃喔？來吧。」

日南邊說邊將叉子靠近我的沙拉。

「不……我要吃。」

除了那別有用意的話，享用美食的日南還散發一股奇妙魅力，這雙重攻擊讓我腦袋都快打結了，總之我選擇先死守自己的沙拉。那是因為這個沙拉說好吃還真好吃。

「……對了，那妳剛才想說的是？」

「你很好奇？」

日南這次笑咪咪地問我。性格怎麼會這麼差勁。

「沒……」

「是嗎？」

我是一個不夠坦率的男孩子，於是又反射性逞強，日南也邊吃沙拉邊看旁邊。

這、這傢伙。

「……妳剛才不是說原本那樣之類的嗎？意思就是這次的課題很輕鬆？」

「你果然很好奇。」

「唔……」

看我就只能發出悶哼，日南看似滿足地點點頭。拜託妳就別再捉弄我了。

「我的意思就是，要過新年了還是放輕鬆點。」

「咦。」

她會說這種話，我連想都沒想到。日南是異常講究效率的人，她不喜歡無謂的事情，應該會覺得新年就跟平日沒兩樣，甚至給人感覺她可能會說「那只不過是人類擅自將之特別化的風俗習慣吧？」，會做出這樣的提議著實令人意外。

「這樣可以嗎？」

日南聽了露出溫和的笑容，並點點頭。

「總之也不能都沒出課題吧。只是覺得稍微休息一下也無妨。」

「是、是喔？」

「對。」日南臉上掛著善良的笑容。「──畢竟你在有餘裕的情況下就達成中期目標了。」

這話聽起來似乎是在認可我的努力。

「這──也對。」

我整個人又不由得被她挑起喜悅之情。

她給我的中期目標是「升上三年級之前交到女朋友」。

六月遇到這傢伙的時候，不管怎麼想都覺得不可能完成那樣的難題，然而我在第二學期末的文化祭上跟菊池同學兩情相悅，開始交往了。也就是說，時效上還提前了三個月以上，我就達成中期目標。

自從開始展開人生攻略後，時間過了半年多一點，而那應該是我在人生「攻略」

中的一大分歧點吧，我成功交到人生中第一個女朋友。

除了單純為能跟喜歡的人交往感到開心，還因為在這段人生中，達成了打從心底想達到的目標，完成自己真正想做的事情，心情上本能地感到雀躍。

不管在哪個「遊戲」裡頭，這一刻肯定都是最開心的。

「我……交到女朋友了呢。」

在我帶著感慨的心情說完這句話後，日南平淡地說了一聲「是啊」並點點頭。最後視線轉到我身上，她一直看著我，接著換上狐疑的表情。

「你沒事表情那麼色幹麼，好噁心。」

「少、少囉唆，我情不自禁啊！」

說真的在我說這句話的時候，我也知道自己的鼻孔都撐大了，所以被她那麼說也無從反駁，可是日南說這樣很噁心是她故意的，因此我也要稍微反抗一下。

「對了！那寒假是不是只要完成輕鬆的課題就可以了!?」

一方面是為了轉移話題，我再次確認課題的事情。日南對這樣的我一笑置之，同時把沙拉吃完，並且用非常遺憾的表情看著盤子。

「是沒錯。畢竟你選出來的對象是出自自己本意，就算我不特地安排課題，你也會讓事情有所進展吧？」

「……進展。」

在我重複完這句話後，日南就挑明說了。

「對。像是牽手或接吻。」

「牽手或接吻!?」

「你好吵。」

「因、因為……剛、剛才是說牽手或接吻!?」

「別說這麼多遍。」

看到我像竹井那樣用白痴到不行的語氣像隻鸚鵡般重複那段話，日南露出受不了的表情。像是為了轉換氣氛，她的目光迅速垂下，中間空了一小段時間，然後再一次跟我對上眼。

「不過，這部分其實沒那麼重要。」

「……是、是這樣嗎？」

在我回問後，日南迅速立起一根食指指著我。

「你的遠大目標是什麼？」

「這個嘛……」我稍微想了一下。「應該是——想變成跟妳差不多的現充。」

一邊回答，我心裡想著「照這個發展來看，這傢伙可能會說『鬼正』。」結果日南用手指指著我。

「鬼正。」

「果然。」

「果然？」

我不小心就把話說出來了，那令日南錯愕。我在心裡喊著「糟糕」，開始反省，嘴巴上則說「沒什麼」把話題帶開。

「哦。那你可以不要岔開話題嗎？」

「喔、喔喔。說的也對，抱歉。」

我只是對日南接下來的舉動有某種預感，然後又猜中罷了，不知為何對話的主導權卻被日南握在手中。真是不可思議。

沒去理歪著頭的我，日南不以為意地繼續說著。

「想要變得跟我差不多，那你起碼要成為在學校中有一定知名度的現充吧。那麼你想跟菊池同學牽手也好接吻也好，或是要更進一步，基本上都是你們兩人世界的事情。若想要在學校這個世界成為現充，就跟兩人世界沒太大關聯性了。」

「啊——……原來如此。」

看她臉不紅氣不喘地說「更進一步」之類的，讓我有點在意，但她說的也有道理吧。因為我跟菊池同學之間有所進展，周遭的人或多或少會對我改觀，可是若要說和菊池同學感情加溫是不是能成為學校裡的公認現充，這卻不一定。感覺我目前頂多就是偷偷跟一些親近的男性友人提過，然後他們跟我說「你挺行的嘛。」不然就是來戳我一下之類的。

「當然有人覺得所謂的男女朋友——只要兩人世界夠幸福就是現充，我不是在否認這種說法，只不過這次你的目標是『變得跟我差不多』。」

「的確……妳並不是靠跟別人談戀愛才成為現充的。」

仔細想想，至少這傢伙在升上二年級之後幾乎都沒有傳出緋聞，指出她具體上已經交到男朋友了，光靠她在學校裡頭的手段和人望，單看外表或交談技巧等等，日南就成了大家認可的最強的現充，這樣的地位已經非常穩固。說她是「男女老少通吃的現充」也不為過吧。

「我也要你把這樣的定位當成目標。因此就算發現了跟人變成男女朋友這樣舒爽的世界，你也不能安於現狀，必須繼續往新天地邁進。」

「原來如此。我明白妳的意思了。」

當我老實回應，日南就扯嘴笑了一下並說「那就好」。

「在這種很難抓到前進方向的情況下，大目標將會成為指標。這樣你就知道在一開始定下遠大目標的用意了吧？」

「……的確是那樣。」

我達成了乍看之下像是終點的目標「交到女朋友」。為了成為現充，所以交了女朋友，那接下來呢？想到這邊，若是沒有一個指標，那就會不知道自己該做些什麼吧。

可是像現在這樣有一個全面性的顯眼目標，那就能清楚知道自己該考量些什麼。一般遊戲往往都有很清楚的目的，或是勝負基準，因此很少有摸不著頭緒的時候，不過人生可是一場自由度超高的遊戲。

「所以說，我要先來發表下一個『中期目標』。」

「聽、聽起來好像滿重要的……」

代替交到女朋友這個目標，定下下一個目標。我已經來到一個巨大的人生分歧點，現在要來決定下一個目的地。就等同是人生攻略二吧。

「沒錯。雖然難度有點高，不過呢，可以的話希望能夠在夏天之前達成。」

一面說著，日南將沒有打開的小筆記本放到桌子上。

接著她緩緩地表示。

「下一個中期目標是──『成為四人以上集團的核心人物』。」

「……核心人物。」

這個字眼讓我聽了一知半解。光只是聽她這麼說，具體而言我也不知道自己該做些什麼才好，不曉得難度大概落在哪邊。

「呃──具體來說，是怎麼樣的？」

「簡單講。」

這時日南翻開筆記本，拿出簡約的黑色原子筆。沙拉的空盤子已經被端走了，桌上剩下我的冰紅茶和日南的檸檬紅茶。

「拿我們班舉例，有好幾個群體對吧？」

「是沒錯。」

聽完我的答案，日南就用原子筆在筆記本的頁面上「咚咚」地敲了幾下。

「你知道都有什麼樣的集團嗎？」

「什麼樣的……大概就是中村集團，還有妳們那群吧。再來應該就是紺野的辣妹集團……」

「對。」

緊接著日南將我舉出的團體寫在筆記本白紙上。

「所謂的核心人物，指的就是這個。」

「什麼？」

她說的「這個」是哪個。

「不懂？」

只見日南一臉得意地回嘴，接著用黑色圈圈框住我說的那些團體名稱。

有中村集團。日南集團。紺野集團。

「啊啊……」

我原本還想核心人物是什麼呢，聽她這麼一解釋，原來是那樣啊。

「中村、妳、紺野……是要我像你們這樣，打造自己的群體對吧。」

這時我又有一種預感，覺得她好像會說。

「鬼正。」

「果然。」

「這個『果然』到底是在指什麼啊。」

我慢慢能夠憑感覺去掌握這傢伙說「鬼正」的時間點了。

「不，沒什麼。」

得意洋洋地回完這句後，我收收心，再次凝望寫在筆記本上的文字。只見日南不滿地看著我。

中村集團。日南集團。紺野集團。

這麼說來。

「……妳是要我打造『友崎集團』對吧？」

在說這句話的同時，那種預感又來了。

「鬼……對。」

「咦？」

原本以為這個節骨眼上又會聽到「鬼正」，她卻沒說。感覺她好像有那麼一瞬間要說出來了，但太過短暫，讓我聽不清楚。

日南換用得意的表情看我。

「好奇怪喔……」

「哪裡奇怪？」

「沒、沒事……沒什麼。」

「既然沒什麼大不了的，那可不可以別打斷人家的話？從剛才開始就這樣。」

再來日南就發出帶有責備意味的嘆息。

我今天的確擅自做出奇怪的反應，一直在打斷日南。要反省才行。

「喔、喔喔，抱歉。」

日南先是換上強硬的目光，像要重拾心緒，之後才開口。

「要在班上組建也行，想要尋找新的共同體也無所謂。要打造出不管去哪都能很有自信說這是『友崎集團』的群體。這就是你今後要達成的目標。」

聽起來簡單明瞭，且設下這個目標，我要前往的目的地就變得清晰易懂。可是按照我目前的能力來看，難度很高，感覺滿抽象的，不曉得該做些什麼才好。跟「中期目標」給人的感覺很像。

就在這個時候，我發現一件事情。

「啊，的確是那樣。」

「……在說什麼？」

日南說這話時邊確認智慧手機的通知畫面。

「關於妳剛才說的，確實跟我和菊池同學之間有做過什麼沒太大關聯。」

聽我這麼說，日南的目光和眉毛同時上揚，嘴角也伴隨著輕笑聲上揚幾度。

「看樣子你搞懂了。總之現充的形式並不僅限於跟戀愛有關。」

「是這樣啊……」

在那句話之後，我開始回想之前經歷過的課題。

「現在回想起來，其實從一開始就已經特意立下也能跟男性友人們逐漸打成一片的目標了。」

打從一開始，這傢伙給的課題大概就是那種樣貌。雖然不曉得她當時是不是連接下來的「中期目標」也想得那麼具體了，但是在那個階段，她就已經想好要讓我變成哪種現充了吧。

「對。目前看來，在戀愛方面的條件也已經完成到某種程度。因此今後要去認識更多人，做出一些事情讓你在這些人之中成為核心人物，還要學會達成這些目標的技巧，接下來的課題大多都會跟這些有關。」

「原來如此，我懂了。」

「那麼接下來要看的是小目標。即將朝向新的目標邁進，這值得紀念的最初課題就是……」

我吞了一口口水，等著日南把剩下的話說完。

「——要在第三次約會之前跟風香牽手。」

「喂，戀愛這種事情不是應該讓它自然進展嗎？」

困惑的我出面吐槽，然而日南卻對我露出帶有調侃之意的嗜虐笑容。

於是伴隨著一段壯大的前言，我被賦予完全就是在針對戀愛進行的課題。根據聽到的看來，她說那些前言並不是為了讓我出現驚嚇反應，而在裡面加假話，而是因為寒假不用上學，可以做的事情太少，才在不得已的情況下把課題改成那樣。日南號稱絕對不是想用會讓我緊張的課題造成我的困擾，以這種方式取樂，我就當成有一半是真的好了。

順便說一下，菊池同學給我看結局改寫的小說算第一次，之後兩個人又見了一次面，因此今天算是第三次約會，是跟菊池同學牽手的最後期限。雖然我覺得拿這種事情當課題實在不怎麼可取，可是若問我想不想跟菊池同學牽手，那根本連想都不用想，我百分之百想去牽菊池同學的手，希望能賜予我牽手的機會，所以我決定乖乖努力。

此時的我順著人流走動，偷偷觀察菊池同學。若是藉著「很危險喔」、「別走丟了」這類的說辭裝作若無其事去牽菊池同學的手，這樣或許不錯，但我當然不會那種技巧。畢竟今天只不過碰了一次手，中間就出現「啊！」那樣的反應，反而讓我更難下手。但我不會認輸。

* * *

沒發覺我在為此事緊張，菊池同學靜靜地微笑，眺望那些熱鬧的攤販。

就在這個時候。

「咦——?友崎!?」

斜後方那邊傳來呼喚我名字的明亮女聲。聽起來非常熟悉……話說對方大概就是——

我迅速轉頭，眼前出現兩名男女。

接著依序跟他們兩人正面對上眼。

「喔、喔喔。」

不曉得該如何回應的我發出聲音，那一如既往看似不悅的強烈視線射向我。

「……這不是文米嗎?你在幹麼。」

「問我來幹麼……就是來新年參拜的。」

「這點看就知道了。」

「好巧喔——!沒想到友崎也來了!」

對，出現在那的就是泉和中村這對情侶。泉穿著白色厚大衣，看起來毛毛的，配合質料上看起來柔滑又很有分量的圍巾，整體看起來有種很豪華的感覺。天氣明明很冷，她腿的部分卻露出一大截在外面，我想她應該還是有穿著絲襪之類的東西，但還是讓我眼睛不曉得該往哪擺。

在她旁邊的中村穿著迷彩圖案的羽絨衣，上面寫著「THE NORTH FACE」字樣，搭配在膝蓋那邊開著大洞的黑色牛仔褲。感覺就是力量再加上力量，展現出超有力的穿搭，若是讓我來穿可能會變得像小學生一樣，可以把這套衣服穿得那麼帥氣，中村的臉看起來果然很恐怖。不過他們兩個人的外表看起來都很有型，像這樣站在一起顯得很華麗，應該說是感覺很強大。

畢竟我們來的是本地區最大神社，就算跟同學巧遇也不意外，可是卻偏偏遇到這兩個人。菊池同學從我後面探出頭，同時在那兩人之間來回張望。

「你、你們好。」

接著似乎下定決心了，菊池同學居然主動跟那兩個人打招呼。嗯，這樣很棒喔。讓我想要給妳畫一朵獎勵用的小花圖案。

「風香妳好啊——！」

「你好——」

泉和中村這對情侶也跟她打招呼，結果菊池同學看起來很開心，嘴角微微上揚。泉也微笑以對。這個小世界好溫馨。

「聽說你們最近開始交往了，看來是真的呢！」

只見泉非常樂在其中，睜著閃亮亮的雙眼這麼說。那表情好興奮，有如孩子般燦爛，泉真的很喜歡跟戀愛有關的話題呢。我偷偷看向一旁，發現菊池同學害羞地看著我。我感覺到有溫熱的汗水從頭那邊滲出。

我不曉得該如何回答才好，但也用不著在這種時候退縮吧，於是我就——

「對。我們開始交往囉。」

「咦——果然沒錯——！好好喔——！真的好好喔——！」

在我理直氣壯地說完後，對方出現莫名其妙的羨慕反應。「好好喔——」是在好什麼啊。泉是不是順應氣氛才說出這種話。

「妳怎麼會說好好喔。」這話我是苦笑著說的。「泉不是也有在跟人交往嗎？和中村。」

「咦——是那樣沒錯，可是——！」

「可是？」

「我們之間已經不太有那種感覺了，或者是說已經變得很習慣了，對吧？」

泉邊說邊回頭看中村，中村也說「對啊」並點點頭。

「在說什麼啊。」

我再次苦笑。這兩個人明明才交往沒多久，怎麼已經變成老夫老妻了。原來戀愛是這麼一回事？還是他們已經到了想說這種話的年紀了？

此時泉突然靈光一閃並開口道。

「對了！你們已經去抽籤了嗎!?」

「咦，還沒抽。」

「喔！那我們一起去抽嘛！我們現在剛好要去喔。」

這是個意想不到的邀約。是不是會變成所謂的雙重約會啊。我是無所謂，就不知道菊池同學怎麼想，想到這邊我把目光轉向她，結果發現菊池同學似乎也在窺探我的反應。我們四目相對，就像用劍的高手一樣，在觀察彼此要怎麼出招。咻咻咻的。這段時光是怎麼一回事。

「咦——跟文米一起去運氣會變差吧？」

這時中村突然拿話調侃我。嗯，像這種時候其實用不著捉弄人，但他還是選擇那麼做，那樣才像中村。我現在得確實吐槽才行。總不能在菊池同學面前一直被人捉弄。

「才不會變差。運氣反而會變好。」

總覺得我只是把話反過來說而已，但總比什麼都不說好。或許事先想想這種時候能夠回些什麼會比較好。

「哈哈，真的假的。」

這讓中村輕輕地笑著，還跟我回嘴，一下子就解決我的反擊。

「真的啦。那我們來比比看誰的運氣比較好。」

「噢，那正好。」

我要跟他做個無謂的對決，討厭認輸的中川隨隨便便就答應了。還真簡單。搞不好遇到中村捉弄都能用這一招擺平。中村用手圈著我的脖子，拉著我走向在賣籤的地方。

「啊哈哈——男生真的很孩子氣呢。對吧？」

「呵呵，的確是呢。」

而泉和菊池同學則是在一起和氣地對話。嗯。菊池同學能交到朋友太好了。

＊　＊　＊

「好啦，是我贏了。像你這種的根本不算什麼。」

「不──怎麼看都是我贏。」

中村跟我就像孩子般爭論。

我們是已經抽籤了沒錯，但彼此都主張自己獲勝的原因也很簡單。

我們兩人抽籤的結果顯示──中村是「平吉」，我是「吉平」。這是什麼情形。有的時候抽籤結果會像這樣莫名其妙。

「真是的──不管哪種都沒關係嘛。不是嗎？」

「呵呵。說得對呢。」

看到我們這樣，泉和菊池同學都無奈地笑了。這兩個人給人的感覺真不錯。有的時候泉會展現出成熟的一面，我覺得這兩人似乎相處起來還滿融洽的。然而我正在打一場不能輸的戰役，害我們一行人變成兩個小孩加上兩位家長。

我把抽到的籤放到中村面前，同時對他說。

「我的是先列出一個吉字，所以肯定是我贏。」

「啊？吉平是什麼玩意兒啊。根本連聽都沒聽過，當你抽出這個的時候，就算是我贏了。」

「平吉好像也沒聽過啊。」

「啊啊？」

「咿……」

最後面對中村的恫嚇，我完全退縮了，除此之外可以說是勢均力敵。怎樣很厲害吧。

「啊——真是的——！平手啦——！平手——！」

到頭來還是最強裁判泉出面，靠著感性決定勝敗，我們要等到下次再分出勝負了。

「呿，竟然跟文米平手啊。」

「那句話該我說才對，下一次戰鬥一定會贏過你，讓你無話可說。」

「啊啊？」

「咿……」

「你、你們還要繼續啊……？」

除了經歷這樣的一番爭鬥，我們四人還不停往裡頭走去。

來到冰川神社園區內的中半部。

在有天井的屋頂下，那裡有一個石頭做成的大型箱狀物，裡頭湧出看起來很神聖的水。我們排隊汲取那些水，四個人輪流飲用。水被天然的冷氣冷卻，跟我常常在喝的、從冰箱拿出的礦泉水相比，讓人有種喝起來更冰涼的錯覺。

話說平常動不動就跟人互幹的中村在這種時候倒是很安分，會嚴肅地遵守日本的風俗，令人看了不禁莞爾。而泉是不是在這種時候就特別會被激發出母性本能呢。

「好冰。牙齒好酸。」

「要好好刷牙。」

「什麼啊!?我都有刷牙！這不是蛀牙是牙齒敏感！」

看他們小倆口為這種事情拌嘴，我跟菊池同學互相用眼神示意，臉上悄悄地泛起微笑。很少在學校看到那兩人像這樣很有男女朋友的感覺，覺得有點有趣呢。

接著我將裝水的桶子放回原來位置上，這時想到一件事情。因為我跟中村在那為了無聊的事情較勁，在旁邊觀望的泉和菊池同學也變得比較熱絡了，話雖如此——

像這樣四個人一起行動，要去牽菊池同學的手，難度是不是很高啊？

因為在這種時候突然去牽她的手，感覺好像在別人面前秀恩愛，還有我跟菊池同學第一次牽手竟然當著別人的面，這樣未免太莫名其妙。話說我昨天在網路上搜尋「跟人牽手　第一次」，就看到上頭寫著要不經意地、裝作自然而然地牽手是重點。要我當著中村和泉的面不經意、裝作自然而然牽手根本是強人所難。

我為這個無法跨越的難題煩惱，同時跟喝完水的那三人一起往園區更深處前進。冰川神社真的很大。

就在這時。

「你看──修二！那個好可愛！」

泉指著攤販上的小型招財貓鑰匙圈，一邊抓住中村的手。

「什麼啦。」

「就是那個！」

接著他們兩人開始眺望攤販上陳列的物品，開始談些有的沒的。

不過就在剛才。雖然只有一瞬間，泉還是理所當然地挽住對方的手。看起來一點都不突兀，就像是情侶會做的自然舉動。我還在為這種事情費盡心思，她就已經輕鬆搞定了，該說泉真不愧是無心眼單純型現充。

既然這樣……我也只能學她做做看了吧。剛才就在眼前，她讓我得到啟發，打鐵要趁熱。

我深吸一口氣，目光落在菊池同學白皙的手指上。菊池同學面帶微笑望著感情要好的中村跟泉，那直直遠眺的目光好美。是因為天氣很冷的關係嗎？從包得緊緊的袖子中露出指甲，那指甲上的淡淡粉色散發一股既纖細又神聖的魅力。

「好嘛──修二買給我嘛──」

「好煩──自己買啦。」

「這種東西就是要人家送的才有意思吧。我也會買給修二。」

「啊──好啦好啦。」

不對吧，怎麼馬上就答應了，我邊想邊苦笑，聽著那兩人的對話，結果菊池同學也在同一時間呵呵地笑了出來。接著菊池同學疑似發現我在苦笑，她轉向這邊，和我對上眼。彷彿什麼都不用說，我們卻心有靈犀，這種氛圍令人舒服。這、這好像是一個好機會。

雖然我超緊張，但只能硬著頭皮上了。這是因為眼下氣氛正好，泉和中村正好也沒在注意這邊。我想要聚集這麼多好條件的機會應該不多。在確定能夠反擊的當下，就要祭出最大火力，這是身為格鬥遊戲玩家的使命。

於是我從事先想好又做過假想練習的幾個模式中，挑出專門用來應付人多場面的臺詞——並且下定決心伸出手。

「菊池同學、危……」

「危險，有人過來了。」邊說這句話邊握住菊池同學的手，然後就這樣跟對方牽手，我的作戰計畫原本如上。

大概是我拚命想說出事先準備好的臺詞又要忙著伸手，就沒注意到周遭狀況。等我要說「危險」這個字眼時，才在當下察覺。

根本沒人要向著菊池同學走來。

「……」

因此我在途中將那句不自然的話截斷，變成只有叫菊池同學的名字。若只是突然去叫人家的名字，那還有辦法掩飾過去。

然而最關鍵的是我的手，手卻沒有跟著暫停。

「……咦。」

超努力伸過去的手還像當初預計的那般，過去抓住菊池同學的手。

在那冰冷白皙的手指上，我的手指與之交纏。

應該要脫口而出的話跟原本預計的不一樣，只有喊出「菊池同學」就沒了。

而這意味著很簡單的一點。

——那就是我突然叫菊池同學的名字，然後握住她的手，就只有這樣。

想當然，菊池同學很困惑。之前在話劇結束之後，我們經歷了那段對話，曾經握過手，但那就像是順應當下的局勢順勢而為。不過這次完全是一般情況下，而且還附帶中村和泉就在面前卻要偷偷握住手的這個條件。連我這個去握人家手的當事人都非常震驚了，想必菊池同學的驚訝程度是我的好幾倍吧。事實就是明明發生了這種事情，菊池同學卻定格在原地，一動也不動。不過我在這個時候若是突兀地放開她的手，感覺對方只會覺得厭惡，因此我就有點意氣用事地繼續握著手。

周遭明明有很多人，卻沒有人在看我們，這是只屬於我們的兩人時光。

在無人察覺的情況下偷偷做了這件事情，幾秒鐘過去。

「……啊。」

「那個！就、就是，我們也來買一個吧？」

菊池同學微微發出叫聲。就好像氣球在那瞬間漲破一樣，我放開菊池同學的手，接著快步靠近中村他們正在逛的攤販。

「嗯！那我……好、好的，好像不錯！」

「很、很好，我們過去吧！」

原本停滯的空氣再度流動，我們兩人說些話來圓場。再來走到中村他們背後，我們開始看排列在攤販上的商品。

「喔！友崎你們也要買這個啊？這個。」

這時泉用手指捏著有小小招財貓的鑰匙圈，邊晃動邊說。

「……這個嘛。」

此時的我稍微想了一下。就算想在這買些什麼好了，那隻招財貓也是泉和中村要買來當情侶吊飾的。我們在這種時候加進去一起買好像有點不識相。

「啊——不了……應該會買不一樣的吧？」

「嗯，是嗎？了解——！」

聽我這麼說，泉露出沒有其他用意的笑容，開朗地笑著。

嗯，我不僅突然去牽人家的手，還打算順水推舟買成對的東西。剛才那幾十秒鐘之間突然掩人耳目偷牽手，下一刻卻變成決定去買成對的東西。戀愛喜劇的波動是不是有點太強了？

「……有、有沒有看到不錯的？」

「我、我看看……」

菊池同學似乎也為這突如其來的發展受到驚嚇。畢竟就連說這話的當事人、也就是我都嚇了一跳，不能怪她。碰到這種情況，雙方都難免嚇一跳吧，但這種時候身為男子漢就是要耍帥，因此我決定先裝出「交往就是這麼一回事」的表情。反正如果是水澤八成會擺出那樣的神情。

我想找找除了泉可能會買的鑰匙圈外，還有沒有其他小東西可以買，開始物色一字排開掛在架子上的商品。不過話說回來，我不是很清楚菊池同學的喜好呢。

「菊池同學，妳有看到喜歡的嗎？」

「啊……這個。」

我隨口問了一句，結果菊池同學似乎被某樣東西吸引，她拿起一個護身符。那是一個樣式可愛的護身符，上面畫著復古風格的貓咪。

「……好可愛。」

「真的。」

我看了在心裡暗道「好」並下定決心。

「那個借我一下。」

「咦。」

從菊池同學手中接過護身符後，我把它拿去中年女店長那邊。

「我要買這個。」

「好──日幣六百。」

「好。」

於是我就手腳飛快地自掏腰包買了那個東西。菊池同學慌慌張張從包包中拿出錢包，我卻故意不理會，而是把買到的護身符遞給她。

「給妳。」

「那、那個，錢……」

菊池同學想要付錢，但我學剛才見識過的泉和中村他們，決定這麼說。

「不用了。相對的，也請妳買一樣的給我……話說這一招是跟泉學的啦。」

在我害羞地說完後，菊池同學高興地點點頭，然後焦急地從架子上取下護身符，小跑步拿到店長那邊。其實她用不著這麼慌張。

「這、這個給你……！」

菊池同學不知為何還跑到上氣不接下氣，來到我身邊的她，手上握著不同顏色的護身符。

「……謝謝。」

「嗯、嗯……」

我們兩人笨拙地交談著。

呃——好的。友崎文也，現在非常幸福。

＊　＊　＊

我們四個人在神社中朝著出口走去。

「話說這樣的組合還真稀奇呢……」

一邊轉頭環顧眼下處境，我特地找個話題來聊。

「啊哈哈，就是啊！尤其是風香，這好像是我第一次跟妳像樣的聊天呢！之前演話劇的時候，我都沒什麼機會參與！」

「這麼說來，妳在文化祭上一直都是擔任執行委員呢。」

「沒錯就是這樣——！今後也請多多指教，風香！」

泉一面說著，邊對菊池同學露出親切的笑容。菊池同學也跟著露出笑容。

「那麼也請優鈴多多關照。」

「好的——！」

就這樣，那兩個人感情變好了，不知不覺間菊池同學開始直呼泉「優鈴」，這讓我不由得會心一笑。想著「很好喔妳們可以多多相處」。

「你在傻笑什麼？」

「咦？」

這時中村突然拿話調侃我。但我已經逐漸習慣了，我可不會一直只有挨打的份。

「這不是在傻笑，是微笑啦。」

「不管是哪種都很莫名其妙。」

他說得很對啊，不過這樣的攻擊還太嫩。這次我微笑的理由可是很站得住腳。

「看泉和菊池同學變得要好，那讓人很欣慰啊。」

「啊——」中村這才像是恍然大悟般應聲。「……菊池她變得有點不同了呢。」

「嗯？」

聽到他不再叫菊池同學，而是改成「菊池」，讓我覺得「聽起來好奇怪」，同時繼續聽中村把話說完。只見他望著菊池同學和泉。

「她好像變得比較好親近了，給人這種感覺啦。」

「……喔喔。」

聽到中村這麼說，我再次露出笑容。中村轉眼看向這邊。

「所以說你到底在傻笑什麼啊？」

「這不是在傻笑，是面露笑容。」

「差別在哪。」

中村先是笑了一聲，接著目光再次轉回正面。

視線前方有著在跟泉說話，散發一身柔和氣息的菊池同學。

「也對，交到男朋友自然而然就會變成那樣吧。」

這話中村是用捉弄人的語氣說的，嘴角跟著壞壞地上揚。

「……才不是。」

然而我並沒有認同他的說法。

「嗯？」

「並不是因為交到男朋友……」

「那是因為什麼？」

這讓我面對中村。

「——只是因為菊池同學想要改變，她才會改變的。」

我將心中的想法如實說出口。

「……哦——」

之後中村的目光落到智慧手機上，停頓幾秒沒說話。然後再次面向我，對我露出強而有力的笑容。

換上聽不出是否參雜情感的語氣——

「那真是太好了。」

他只是隨口說了這麼一句。

中村的話還是老樣子，完全沒有太大的讚賞或感動表現。

但起碼看起來是沒有任何惡意的。

「對吧。」

因此我也學他裝出很隨興的語氣。

「那樣真的超棒。」

我盡量對那句話注入一些力道，嘴邊試著擠出痞痞的笑容。

＊　＊　＊

「哦，我的話就祈禱能考上第一志願之類的。」

「咦——修二的願望好普通～！」

「普通有什麼不好。」

我們四個人穿過鳥居，離開冰川神社。正確說來，這個長度約幾百公尺的參拜走道似乎也是冰川神社的一部分，但平常幾乎都被當成通行用的道路了，所以走在上面不覺得自己在神社裡。

「話說考試也快到了呢。」

我點點頭表示能夠理解他的願望。

我們四個人在聊新年參拜都許了什麼願望。若是話題聊著聊著跑到我身上，那我會有點頭痛，雖然這麼想，我還是加入對談。

「那優鈴許了什麼願望？」

「咦？我？」

「都說是優鈴了，除了妳還會是誰。」

「咦、咦——是什麼呢——？世界和平？」

「妳說謊。」

在跟人進行這段對話的泉臉好像越來越紅，看起來是想掩飾些什麼。有那麼一瞬間，我還在納悶她許了什麼願望，但後來靈機一動，就連我都能推測得到。這兩個人開始交往已經幾個月了，正在熱戀期，被中村問了就臉紅，也許泉她——

「啊——夠了別問了啦！那友崎呢!?」

「咦，我？」

「就是你友崎！都說是友崎了，除了你還會有誰！」

「我好像完全變成替罪羔羊了？」

「別——轉移——話——題——！」

少在那跟人講道理，快點回答吧，被人施加這樣的壓力，我根本無法進一步反抗。現充會像這樣，有著精神力強大的一面。

「呃——我……」

在思考的同時，我也不知道該怎麼辦。畢竟我的願望並不是不方便說出來的那種，可是卻毫無趣味可言……

「嗯是什麼!?」

大概是為了避免被自己轉開的話題又拉回來，泉積極追問。我說這個人未免太奸詐了吧？

「這、這答案就算聽了也不怎麼有趣喔？」

看我在那邊扭扭捏捏，中村不耐煩地開口。

「啊——沒關係啦。反正我們本來就沒很期待。」

「那、那就……」

「你這樣扭扭捏捏才最容易作繭自縛。」

「說、說得也是……」

的確是那樣，反正不管怎樣八成都得講，那就快點講一講還比較好。若是挑起大家無謂的關注會變得更難說出口。菊池同學感覺好像也用有點期待的眼神在看這邊，我可不能辜負她的期待。

於是我就將今天新年參拜許的願望原封不動說出來。

「我許的願望是……『希望努力能夠獲得相應的回報』。」

聽我說完，中村和泉都用錯愕的眼神看著我。

「這什麼啊？」

「許這個願望……有意義？」

「算、算是吧……」

泉說得很對，為什麼要找神來祈求這種可以說是很現實、與神無關，跟自己努力程度成正比的願望。要說沒什麼意義，是沒意義。

然而站在遊戲玩家的角度思考，若想要做出成果，通常得自己去努力。不管是神明還是其他什麼都好，我不喜歡藉助外力。就算能夠因此得到更棒的結果又怎樣，我不想要靠他人得來的，不是自己努力出來的結果。

「是說就算因為許願而讓事情進展順利，好像也沒什麼意義……」

我把想法轉換成簡單的言詞，那讓中村面無表情地盯著我看。

他先是「……嗯——」了一聲，接著突然看似愉快地笑了。「算了，這樣才像你吧？」

「咦？」

那句話聽起來好像帶有一點善意。彷彿中村已經稍微認識到我這個人的本性了。而那句話出自那個中村之口，這也讓我有點開心。

「確實很像友崎的作風。」

「真的呢。很有他的作風。」

「連、連菊池同學都這麼說……？」

看到大家一起擠上來說「那很像我的作風」，心情好像跟著複雜起來了。原來我是一個這麼好懂的人嗎？

「那風香許了什麼願望——!?」

話題接著轉向，矛頭指到菊池同學身上。但幹得好啊。我正好也在好奇這檔事。只有我們兩人獨處的時候容易顧左右而言他，都沒機會跟菊池同學打聽。

「問、問我嗎……？」

「啊——確實讓人好奇。因為看起來好像沒什麼慾望。」

「我、我看起來像這樣……？」

看著中村和菊池同學在認真交談的稀奇光景，我靜觀其變。很抱歉，目前比起菊池同學，會更想聲援中村。

「我懂。會很好奇呢。」

「友、友崎同學……!?」

這下菊池同學變成淚眼汪汪地望著我。她眼裡蓄滿淚水。嗚，果然還是該聲援菊池同學才對……

「那個——……」

「什麼什麼——？」

「不、不能、保密嗎？」

「咦——又沒關係就說嘛——」

「唔、唔嗯——……」

在泉那開朗又纏人的交涉技巧下，菊池同學開始節節敗退。而且她的臉還越來越紅……咦，嗯？臉紅？這是？

我回想起幾分鐘前的景象。當泉被中村問到許了什麼願望，她的臉一樣變紅了。到最後並沒有把願望內容說出來，但是照那個樣子看來，泉大概許了跟戀愛有關的願望吧。像是想要跟中村有什麼樣的發展，諸如此類。起碼我是這麼預測的。

然後——現在菊池同學也跟剛才的泉一樣，被人問許了什麼願望，臉就變紅

了。嗯？嗯嗯嗯？

不不那怎麼可能——除了有這樣的理性認知在拉鋸，我體內的某種本能還浮現了一種預感。我悄悄觀望菊池同學，發現菊池同學的臉簡直紅透了，一直用看似不知所措又溼潤的雙眼望著我，一跟我對看，她就嚇得把目光別開。這、這是？

「風香～」

泉用撒嬌的語氣說話，還巴在菊池同學的肩膀上。被她像這樣別無心機化身成小貓般撒嬌，大概都沒辦法撐太久吧。

「咦、咦咦～……」

「不行嗎——？說嘛～」

「嗯……嗯——那、那就說了。」

最後菊池同學無奈地開口。

「喔——！不愧是泉！」

「咦，沒問題嗎……？」

我才想問泉說出來真的沒問題嗎，她就用充滿決心的眼神看著我，並點點頭。

「友、友崎同學或許已經察覺到了……」

「嗯、嗯……」

這句話又讓我的心跳了一下。真、真的要說？假如真的被我猜中，那妳在這裡說出來真的好嗎？那可能會讓妳害羞得要命，妳都做好心理準備了嗎？做好了嗎？

「其、其實是……」

「其實是!?」

只見泉像是為了炒熱氣氛，還跟著發出「唷喔——」的吆喝聲。事情演變成這樣，已經沒有退路了。我用力閉上雙眼，做好心理準備，迎接接下來會發生的一切。

「我、我希望現在在寫的小說能夠得獎！」

在那瞬間。

我的心跟著變空了，泉和中村則是頗感興趣地追問。

「喔～！原來風香還有這樣的野心啊！」

「咦——菊池還有在寫小說？不過妳的劇本確實寫得不錯。」

「啊、啊哈哈——果然是這個願望啊～……」

就我一個人說些話來掩飾。原來不是要講戀愛方面的嗎？這誤會可大了。

我盡量不讓人看出自己幹了這麼丟臉的事情，做出一種早就預料到的假象，結果菊池同學紅著臉，只對我一人偷偷說了這麼一句話。

「好、好丟臉……」

嗯嗯，我非常明白妳的心情。不過我並不覺得那種事情有什麼好丟臉的。而且我是有根據的。

因此我有自信到不自然的程度，對菊池同學開口。

「菊池同學，那沒什麼好丟臉的啦。」

「是、是這樣嗎？」

「嗯，我肯定。」

對，這是因為——

最丟臉的人是我。

＊　＊　＊

結束新年參拜後，我們四人離開冰川神社，兩人一組解散。目前我跟菊池同學兩個人一起在大宮的咖啡廳。

跟中村他們一起雙重約會？是滿開心的，但這種突如其來的發展讓我有點疲憊，像這樣喝著溫熱的紅茶，兩人一起度過這段時光，覺得放鬆不少。

「哎呀真不錯——話說菊池同學，妳已經寫好投稿新人獎的原稿了嗎？」

「那個……是的，其實。」

菊池同學一副害羞的模樣，說話時目光落在桌子上的蛋包飯上。這樣的舉動除了很高雅，還顯得楚楚可憐，我被那道光芒奪去目光。還有菊池同學真的很喜歡蛋包飯呢。

「我原本就打算……參加新人比賽。」

「那樣很好啊！」

對著客氣說話的菊池同學，我盡量不要有停頓，做出正面的回應。我想要說出這件事情必定非常緊張，因此我想盡量縮短會讓她感到不安的這段時間。

「這、這樣可以嗎？」

「嗯。我覺得很棒。很好。」

「是、是這樣嗎……」

「嗯。很好。呃——……很好。」

感覺我好像一直在說「很好」，但沒辦法。靠我的瞬間爆發力要說出基於某某理由才覺得很好，那樣難度太高了，所以我能說的就只有這個。總是說出自己內心真正的想法，有的時候就會遇到這種事情。

「這樣啊……那太好了。」

可是菊池同學確實接受了我的說法，似乎也聽進去了。這就是所謂的心有靈犀。越來越習慣這種情況，用字遣詞的能力好像會跟著降低，可是面對菊池同學，我覺得這樣就好。

「雖然我還只是在嘗試自己能夠寫到什麼程度，在測試自己的實力……但我會努力試試看的。」

「嗯。加油！」

「好的。」嘴裡一面說著，菊池同學的視線略為往下垂。「總覺得，我……」

「嗯？」

接著她用手指輕輕觸碰脖子上掛著的小型金色項鍊。

「多虧友崎同學，我才有勇氣踏出去嘗試各種事情……我很開心。」

「是喔……」除了點點頭，我還跟菊池同學對上眼。「但那其實都是菊池同學自己努力來的。」

「……是這樣嗎？」

菊池同學顯得有點不安。

「但友崎同學身上就是有種不可思議的力量，能夠激勵我。」

「啊哈哈，沒那回事啦。」

這話一出，菊池同學聽了，回話語氣就有點不開心。

「我覺得是這樣。」

她像在賭氣般盯著我看。那表情和視線一點都不恐怖，讓我覺得菊池同學可愛得不得了。

「啊哈哈，我知道了，抱歉。」

「……你在笑什麼。」

這又讓菊池同學表現出不滿的樣子，不過她這次變得有點害羞，還是瞪著我。

果然一點都不恐怖，反而是不習慣瞪人的菊池同學看起來還比較困擾的樣子。

於是我用力點點頭，對她笑了一下。

「等到妳寫好，一定要給我看。」

聽到我這麼說，菊池同學露出宛如太陽一般的笑容。

「當然好！」

對話時的用字變得沒有那麼生疏。距離也逐漸拉近。

同時讓人有心跳加速的感覺，還像照到陽光般暖洋洋的，形成一種不可思議的關係。

讓我打從心底覺得能夠跟菊池同學交往，真是太好了。

# 2等到能夠自行決定目的地才算正式展開冒險

「新年快樂。」

「喔……新年快樂。」

新學期第一天。在第二服裝教室。

我跟日南開啟新的一年第一場會議。

話說我們兩人的關係明明已經沒那麼客套了，日南還是會確實說新年快樂。日南之所以會是日南，像這種時候就體現出來了。

「寒假過得怎樣？」

「啊——……還好。」

我邊說邊回想，基本上想到的都是跟菊池同學的回憶。光只是回想起來也會覺得心裡暖洋洋的。

「過、過得很開心。」

「你露出色色的表情了。」

「少囉唆。」

瞬間就被對方看透。原來我這麼好懂啊。

緊接著日南用一種感到非常無趣的語調說著。

「這麼說，你跟對方算是進展順利吧。想說自己正在跟對方交往就過度在意，結果變得綁手綁腳，事情沒有變成這樣我就放心了。唉。」

「妳那種說話方式好像很希望事情變成這樣？」

妳說完話還發出嘆息呢。別在那祈禱他人變得不幸啦。

「那風香的手握起來，感覺怎樣？」

「竟然問手的事……」

一般人會問得這麼直接嗎？我知道這是課題，但她是不是可以放入更多的人情味啊。

「手就是手啊。知不知道？手。」

「哎呀我知道啦。」

「你有確實握到吧？感覺怎樣？」

握是握到了。雖然是趁泉和中村不注意時偷偷握的。覺得好像在做非常見不得人的事情，害我的心臟狂跳。光只是回想起來就覺得腦袋都有點跟著當機的感覺。

想到一半，不知怎的，日南用一種非常愉悅的表情看著我。

「……我說。」

「什、什麼啦？」

只見她露出非常嗜虐的表情。當她迫不及待想把某些話說出來的時候，就會有這種表情。

緊接著日南直直地望著我的眼睛。

「——只是稍微煽動一下，臉就變得這麼紅了？」

被她那麼一說，我才注意到。我現在臉是不是很燙？

「咦。」

我試著去觸碰自己的臉，結果臉超燙的。先等等，之前遇過好幾次臉紅，紅到我自己都無法克制，但還不至於沒有察覺。我有點被我自己嚇到了。

「不、不是，沒、沒那回事。」

「沒那回事？」

「這、這個——」

日南那種目光彷彿連我的心都能看透。她的臉近到連呼吸都感受得到。

「哦——……你這麼緊張啊。真可愛。」

「吵死了！」

那種居高臨下的調戲言語讓我的心臟跳得更快。這樣有點犯規吧。這傢伙真的很懂如何讓人難為情，一旦露出破綻就會在瞬間發出必死連擊，真的很惡質。

「你才吵呢。一大早就這麼有精神。」

「還不是因為妳的關係。」

「哎呀是嗎？」

輕鬆化解我的吐槽後，日南又看似開心地呵呵笑。別拿我取樂啦。

「嗯。照這樣子看來，不只是跟菊池同學相關的，再出更進一步的課題似乎也沒問題。」

「更、更進一步？」

陷入混亂的腦袋暫時停擺，一時間沒有會意過來。

「哎呀，還沒聽出來？」

「呃——」

稍微冷靜一點想想，立刻就能明白了。按照之前會議談過的內容來看，應該是我猜的這樣吧。

「……是說不只要跟菊池同學加深關係，還要想辦法成為人面更廣的現充，是這樣吧。」

在我跟日南確認完後，她點點頭。

「新學期也開始了，看來終於能夠出點比較像樣的課題。」

寒假。雖然還是有出給我少量的課題，但這幾個禮拜以來，她難得給我一些時間休息。是能夠利用這段時間養精蓄銳沒錯，然而我並沒有半點確實朝下一個中期目標前進的跡象。

「是要打造以自己為中心，人數達到四人以上的群體對吧。」

「沒錯。」

為了成為跟日南差不多的現充，新的中期目標出現。若是通過這一關，等在前方的生活會更加充實，我能夠想像得到。

不過關鍵在於如何走到那一步，這段路我還無法想像。

而這傢伙出的課題正好成了指引路標。

「那接下來，就要來發表了。」

「好，放馬過來。」

我拍拍胸脯等著迎接新課題。迎接新年和新學期，還要配合新的目標迎接新課題。這些都很新鮮呢。

緊接著日南舉起一根食指，抬頭挺胸。

「你要成為總幹事，總計四人以上一起去遊玩。」

「……要我當總幹事？」

日南點頭以對。

「主要就是想想準備去哪裡，把成員找來。決定會合地點，需要先預約就先預約，要讓大家玩得開心。你的職責就是這些。」

「啊——我懂了。這樣確實會變成核心人物。」

而我長到這麼大，這種事情確實連做都沒做過一次。

「若想要打造出以自己為中心的四人以上集團，那理所當然的，你要有能力帶領四個人或更多人不是嗎？為了累積經驗值，最有效率的做法莫過於吸取實際經驗。」

「也對，妳說的淺顯易懂。我明白了。」

就因為淺顯易懂，要理解也不困難。

那接下來我只要針對這個課題去嘗試就行了。

「能夠迅速理解太好了。有什麼問題要問的嗎？」

「沒有，目前還沒問題。」

聽到我第一時間如此回應，日南看似意外地睜大眼睛。

「……我說，你看起來還挺從容不迫的。該不會是因為達成一大目標，就掉以輕心了吧？」

「咦。不，不是那樣啦……」

但被她這麼一說才發現，日南明明出了之前我都沒經歷過的課題，心中卻不怎麼慌張。實際上到底該做些什麼才好——關於這個問題，我還沒有答案，不過神奇的是我一點都不慌亂。

「這是為什麼呢……明明是第一次經歷，就覺得先做再說，到時候總有辦法處理吧……」

「……哦。」

只見日南用一種有些期待的目光看著我。

「目前具體而言應該做些什麼，我還完全想像不到……可是卻覺得如果是我，應該沒問題吧……」

將自身情感轉換成言語的同時，我還感到訝異。

針對課題，明明就沒找到具體的解決方案或攻略方式，卻單純因為「如果是我應該有辦法搞定」這種直覺，能夠帶著自信面對接下來會遇到的事情。

以前的我總是認為「自己怎麼有可能辦到」，「弱角沒有選擇的權利」，而這是我第一次有那種感覺。

假如我已經能夠稍微甩掉那盤踞在心中，不斷自我否認的心——

這時我突然抬起臉龐，看見日南用讀不出思緒的表情望著我。

「……我想我會有辦法達成這個中期目標。」

接著日南慢慢地開口，聽那語氣，接下來要說的話似乎很重要。

「也許你又更進一步——你有了大幅度的成長。恭喜你，友崎同學。」

接下來日南嘴角上揚，撇嘴扯出一抹笑。

「喔……謝謝。」

而我也跟著點點頭，坦率地接受日南的祝福。

畢竟聽她那麼說就連我也有自覺，知道自己經歷了珍貴的成長過程。

花了半年以上的時間終於到達這個境界，開始產生了微小的心境變化。

日南什麼都沒說，就這樣暫時看著我一會——最後深深地頷首。

「果然交到女朋友以後，男孩子就容易得意忘形呢。」

「不，這樣剛才那些不就白講了。」

日南同學還是老樣子，不會隨隨便便就算了。

＊　＊　＊

「噢，文也。早啊。」

「早。」

新學期第一天，我來到二年二班的教室。

在我抵達教室後，中村那群人早就到齊了。接下來要做的事情對我而言已經非常習以為常了，我加入水澤、中村、竹井這幾人形成的群體中。

然後想著，就跟往常一樣先聊一下吧。

不料這時出現意想不到的插曲。

「喔!?友崎你終於來了?」

叫我的人不是中村也不是水澤，更不是竹井……而是松本大地。那群愛運動的男生之一，在我一開始展開人生攻略時，跟日南一起放學回家的時候，曾經跟這個現充男稍微聊過幾句。

在那之後有段時間幾乎完全沒有交集，不過透過文化祭等等的活動牽線，和他說話的機會慢慢變多，在文化祭結束後，大概是因為跟菊池同學開始交往的關係吧，他也有跑過來大力調侃我。

……不過論我們兩人的交集，目前頂多就只有那樣。如今他說出那種好像一直在等我來的話，我聽了一頭霧水。是不是我幹了什麼事？

「呃——？」

在我困惑地做出回應後，松本把手繞到人在附近的橘脖子上，兩人一起走向這邊。他的表情明亮到不行，反而是橘一臉極度厭惡的樣子。跟他們屬於同一個群體的橋口恭也也一起跟在後頭。

松本的右手依然抓住橘，空出來的左手繞到我脖子上，把我抓住。

「怎、怎麼了……」

我邊保持警戒邊說了這句話，不過松本對我似乎並沒有任何敵意。而是毫無惡意地笑著，露出一口潔白的牙齒。

「你跟菊池進展如何了？」

「進、進展如何……」

原本還在納悶他找我有什麼事，原來是為了這個啊。要跟交到女朋友的男人打聽後續進展。這是一種男性本能嗎？現實中還是第一次遇到，不過在漫畫或遊戲中常常見到這樣的景象。

「要說進展如何，其實就只有去吃飯還有一起新年參拜而已……」

「他這麼說呢，橘。」

「你廢話實在很多耶——」

看到橘被捉弄，這時我才察覺一件事情。

不曉得松本是原本就知道，還是因為某些契機才得知的，恐怕大家都已經察覺橘看上菊池同學了——不過就結果而言，菊池同學最後是跟我交往了，橘才會因為這檔事被人們瘋狂捉弄吧。原來如此，橘好可憐。但這是你意圖對菊池同學下手的懲罰。

「還有嗎還有嗎？都說給這傢伙聽吧。」

「大地，你這個臭小子。」

那兩人邊說邊打鬧起來。這兩人感情不錯真好。

好，既然事情進展到這個地步，那我也順勢而為看看。這是必要的犧牲。

「還有就是我們牽手了。抱歉啦，橘。」

在我用驕傲的語氣說完後，松本跟橋口都笑了。

「哈哈哈哈！聽到了吧，橘。」

「友崎幹得好！」

「抱歉啦。」

我再一次補刀，故意帶著挖苦意味道歉，結果那讓橘露出無奈的笑容，嘴巴上說「小心我宰了你」，還抓了我的側腹一把。我想要是真的被他宰掉就糟糕了，除了抵擋他的攻擊，我的心情也跟著愉快起來。嗯，像這樣無聊的互動，若能夠巧妙配合也不錯嘛。玩起來的快樂程度大概有AttaFami的一半，換句話說，這變成一件讓人很樂在其中的事情。

「小心我也會幹掉你喔⁉」

這個時候原本在旁邊觀看的竹井突然過來抓住我的側腹。搞什麼鬼啊跟你沒關係吧。而且還沒有掌握力道，造成的傷害明顯比橘的攻擊高出好幾成。

「痛痛痛痛⁉」

「啊哈哈哈哈！很開心對吧⁉」

「痛死了！我才不開心，好痛！」

那個笨蛋竹井的攻擊真不是蓋的，痛到不行，難得培養起來的愉快心情都被打壞了。竹井真心拜託你別鬧了。

＊　＊　＊

早上的班會時間到來。

「那交回來的期限是……」

這句話來自我們班的班導師川村老師。剛才每個學生都有拿到一張紙，是要調查大家的未來出路。看是否有要升學，若要升學須填三所志願學校，如果有其他打算，紙上還有小小的欄位，可以讓大家寫下具體的未來安排。現在來到二年級的第三學期，要來確認最終志願。

不過關友高中在埼玉也算是排名很前段的升學學校。出路調查只是名目上的，基本上將近八到九成的學生都會選擇升學。調查未來志願的紙張也做得很小，恐怕不覺得大家會針對「升學」以外的選項長篇論述吧。但是升學為主的學校常有這種事情——我好像以前就有過類似的看法。

老師將相關事項約略說明一遍，班會也結束了。

「你寫了什麼——？」

在第一節課上課前，有段簡短的休息時間。

坐在我隔壁位子上的泉突然這麼問我。在跟我說話之前完全沒有任何前兆，而是理所當然地直接找我講話，果然很像泉的作風。

「嗯，什麼都還沒寫。應該沒什麼特別的，會直接升學……」

「這麼說也是啦～」

我們隨便閒聊幾句。既然會進入這所學校，我想大家應該都會選擇升學吧，這種時候還能提出特別理由的應該是少數。

「泉呢？」

「我也是選擇升學！當讀者模特兒的知奈是出自『青學』，所以我也想去上那所青山學院大學！」

「是喔……妳已經決定要上哪所大學了呢。」

雖然我不認識那個讀者模特兒就是了。

「對啊～」泉用輕快的語氣接話。「友崎你還沒決定嗎？」

「嗯——其實我還沒認真想過將來要做什麼……」

當然之前在模擬考和出路調查的時候，是有一欄給人填寫想上哪所大學，但我並沒有深入去想，只是選出志願分數上跟自己比較配合的大學，然後隨便從高分寫到低分。

「沒想到泉其實想很多呢？」

「沒有啦——其實我去選的動機也只是要追星囉。」

泉邊說邊笑。

「哈哈哈，的確是。可是跟只想到走一步算一步先升學再說的我相比，我覺得妳算是有認真思考呢。」

「啊，會嗎？我很厲害？」

「啊——對啦對啦，很厲害。」

我想辦法配合泉的步調對話下去。感覺她在對話中會不時迸出一些跟人容易拉近距離的玩笑話，一不小心掉以輕心沒注意，就很容易會錯意呢。若是不習慣會以為對方很親切，想說她是不是喜歡我？會變成像這個樣子，但最後難免會想到「那是中村的女人」吧。

總之不管理由是什麼，泉都有確實思考自己想上哪所大學呢。雖然一方面也怪我在對待此事時實在太不經大腦，但我只是在等著迎接大考的高中二年級生，這樣的反應算是很一般吧。那讓我有點想去問問大家的看法。

我轉頭朝著四周張望，結果跟坐在離我三個位子遠的中村對上眼。不曉得他怎麼會剛好看這邊，但還是試著跟他聊聊看好了。我很少在這種情況下主動跟人攀談，不過最近我已經沒那麼怕中村了。

我直接朝中村走去，隨便扔在桌上的出路調查表吸引我的目光。

「我說中村——」

「嗯？」

大概是因為剛才先對上眼才靠近的關係，中村臉上並沒有太多詫異的色彩，直接回應我的呼喚。

「你填好出路調查表了嗎？」

「出路？填好了啊，就很一般的升學。」

「果然是這樣啊～」

按照這個步調稍微聊個幾句後，看到我們在聊天的水澤和竹井也靠過來。

「喔，在聊出路的事情？」

只見水澤用輕浮的語氣說了這句話，在我跟中村之間來回張望。因此我也跟水澤聊起那個話題。

「對對，以前水澤好像說過想當美容師？」

接著不知為何，水澤露出苦笑。

「啊——這個啊，很可惜。我也跟大家一樣要升學。」

「咦，是這樣啊？」感覺我好像每次都回這句。「怎麼了，你改變心意了嗎？」

被我這麼一問，水澤發出「嗯——」的一聲，再來又苦笑。

「應該這麼說，沒什麼人來這所高中之後，又突然跑去當美容師吧。並不是因為我哥以前做過，我就沒了興致，而是想先跟一般人一樣去上大學，到時如果還是想當，這時才來打算吧，就現實面來看。」

「啊——……好吧也對。」

他說得有道理。假如他真的很想當美容師，那在選擇高中的時候就會去上專科學校吧。進到升學學校之後才更動，換成去美容學校，這樣的例子並不多，那會說自己想當美容師有一半是為了替自己附加角色特性是嗎？如果是水澤有可能那麼做。畢竟這樣的特性很容易深入人心。

「所以說呢，我想要趁上大學的那段時間去打工之類的，去體驗各式各樣的世界，然後找出自己想做哪方面的工作。反正總會找到的吧。畢竟是我。」

「哈哈哈，你還真有自信啊。」

而這句話聽起來又特別有說服力，那就是這傢伙厲害的地方吧。還有煩人的程度也非同凡響。

「那文也你呢？」

「我……還沒有深入去想耶。應該會升學吧。」

「哦——……」

水澤回話的語氣聽起來似乎是感到有點意外，然後他一直盯著我的臉看。

「怎、怎麼了？」

「沒什麼，原本以為如果是文也你，應該做出更奇葩的選擇才對。」

「不是吧，你都怎麼看我的啊？」

除了這樣吐槽，一方面我也不是不能理解他說這番話的含意。因為nanashi可是不會被既有的規則綁住，而是會持續不懈貫徹自己想做的事情。在遊戲裡的遊玩風格是這樣，那套用到名為人生的遊戲中也會如此。

水澤的表情並沒有因為我的吐槽產生變化，還是繼續用平淡的語氣詢問。

「那你進入大學後，再來有什麼打算？」

「再來啊……這個嘛。」

經他詢問的我試著去思考這點，但心中並沒有浮現像樣的答案。

「嗯——說真的還不曉得。」

那讓水澤再一次說著「哦——」並睜大眼睛。

「這也讓人意外。我還以為你心中對幾年之後的事情已經有個雛形了呢。」

「你到底把我想成什麼樣的人啊？」

水澤有的時候會對我產生奇怪誤解呢。而且大部分都是朝好的方向錯誤解釋，害我會覺得自己辜負他的期待，因而感到內疚。

「那竹井呢？」

在那之後水澤輕輕將話題從我身上帶開。感覺就好像是我辜負他的期待，他才把話題帶開的，讓心中那種謎樣的內疚感跟著增加。

竹井這時沮喪地回話。

「……我其實沒想太多。」

「你的話是會這樣沒錯。」

「碰到我就不覺得意外!?」

雖然竹井大聲吐槽，但不管問誰都是一樣的，所有人都不感到意外。想像不到竹井會去思考未來的事情。他能預先去思考的，頂多就是那天晚上的晚餐吧。我想去思考隔天的早餐應該就已經超出他的負荷了。

「那修二呢？上大學之後你有何打算？」

「我？我爸他認識公司裡的高層，會幫忙做一定程度的疏通，可是對方說至少要能夠考上早慶，不然他很難辦事，與其說上大學之後才要打算，倒不如說上大學是基本要件。」

「唔哇，用這招太狡猾了吧。」

我跟竹井只能眼巴巴咬著手指看他們兩人對話。這兩個人嘴巴上說就先升學看看，但未來規劃根本很明確了啊。

嗯──……這兩個人其實都想很多呢。

開始產生危機意識的我轉頭看竹井，發現他也用著急的眼神看我。接著對我開口說話，一副想拿我來當救命稻草的樣子。

「那、那兩個人其實想很多呢……？」

「呃？」

竹井說出的話跟我剛才在想的事情不謀而合，這讓我非常不服氣。難道說我在出路安排上跟竹井是同等級的？

＊　＊　＊

這天放學路上。

因為是新學期第一天，課上到上午就結束了，在二年二班的教室裡，就算是放學後依然有人熱熱鬧鬧地聊天，接著男男女女就順勢結伴一起回家。只是這點小事情，我已經很習慣了，雖然並沒有太大的活躍空間，可是在這樣的處境下，我已經有辦法表現得很自然，因此沒有碰到什麼問題。

只不過，讓人緊張的接下來才要開始──

「哎呀——！久違的放學回家！」

從北與野站走回家的路上，深實實用開朗歡快的語氣說了這句話。

對。經歷了文化祭之後，我跟深實實之間發生了一些事情。之後在休業式那天曾經跟她一起從這邊回去，當時曾經跟她聊過，說若是能夠盡量回到像以前那樣就好了——話雖如此，實際上做起來並不是那麼容易。

「的確是……」

果然還是會莫名去在意她。

不曉得深實實是不是不緊張，還是巧妙隱藏了。她並沒有特別不自然的表現，還是用平常那種開朗歡樂的調調帶動話題。

「寒假過得怎樣！」

有精神又明亮的聲音融入還很寒冷的一月天空中。

下午兩點。照射下來的日光反而更突顯那份寒冷，我將被凍僵的手指插進口袋中。

「寒假……」

在說話的時候一面回想，我沒能把話說完。因為我想起跟菊池同學一起去咖啡廳，和她一起去新年參拜——所有的記憶都跟菊池同學有關。就連我都曉得原封不動說出來不是正確的選擇。

聰明的深實實八成注意到了，像是要緩和氣氛，臉上浮現燦爛的笑容。

「啊，對喔對喔抱歉抱歉！都跟風香一起吧!?」

「呃——」

「就——跟——你——說了！叫你別在意這種事情，像平常那樣對待我就好了嘛！」

「是有、說過。」

看到我的反應依然還是那麼放不開，深實實似乎很不滿。

「振作一點啦————————看我的！」

「好痛——！」

用力打完我的肩膀後，深實實不忘嘻嘻笑。她使出的這招擅長招式「鞭策」灌注了有史以來最大的力量，讓我不由得發出痛呼。

「太大力了！」

我是認真在對深實實的暴力行為抗議，她卻只是顧著咯咯笑，沒有理會我。這傢伙真是的。

「哎呦——中間都隔一段寒假了！用不著那麼在意，帶著輕鬆的心情說出來就行啦！我可是一點都不介意！」

「……真的嗎？」

我轉而觀察深實實的表情，結果她選擇用開朗的笑容掃除不安。

「沒錯——！」

那表情就跟發生諸多牽扯之前的深實實沒什麼兩樣，是非常開朗的笑容。我想這應該是她硬裝出來的，但我覺得自己應該去相信深實實說的話才對。

就算深實實還是為先前發生的那些事耿耿於懷，她依然希望我們能夠回歸以往那種關係。所以我也應該盡力去配合她才對吧。

「好——既然妳都這麼說了，那我就告訴妳吧！從頭說到尾，來個詳細解說！」

「啊，對了軍師，你的未來出路決定好了？」

「唔喔結果要聊別的⁉」

「怎麼這樣……」

「嗯聊聊別的。寒假的事情聊到這邊就夠啦——」

在我做了個傻眼反應後，深實實又開始嘻嘻笑。

我邊苦笑邊回應。這種我行我素的感覺讓我找回熟悉感。感覺深實實好像變得比之前更我行我素，多出好幾倍呢。

還有她說到未來出路啊。說真的我很怕談這個。

「嗯——其實我現在正在思考未來出路的事情。」

聽我如此回應，深實實用有點意外的表情看著我。

「是這樣嗎？你不打算走一般路線升學？」

「啊——關於這部分，應該是會那樣沒錯，只不過。」

「只不過？」

即便深實實語氣平坦，她看著我的時候，眼眸深處還是透著濃厚的興致。

「我在想沒有好好思考過就隨便下決定，這樣真的好嗎？」

「哦──……」

除了做出回應，深實實還慢慢將視線從我身上抽離，轉向前方。

「會這樣想果然很像軍師的作風呢。該說你做事嚴謹，還是認真過頭了？」

「是這樣嗎？那深實實妳有何打算？」

我隨口反問深實實。面對類似這樣的對話，我已經逐漸懂得掌握基本流向，能夠在不刻意去思考的情況下直接行事。在遊戲的練習模式下反覆按壓相同的連續技組合做練習，實際上陣的時候也會重複做這些。接著慢慢地，能夠在不用多想的情況下透過無意識反射動作來發動連續攻擊。兩者道理是一樣的。身為遊戲玩家就能明白個中奧妙。

「嗯？我想照一般的方式升學就是了。」

「我想也是。因為我都還沒決定好──所以覺得光是能夠下決定就很厲害了。」

我想最後得出的結論應該還是升學吧，但毫無根據又沒有動機的情況下，就此論斷自己接下來要走的路，這點違反遊戲玩家的美學，因此我目前沒辦法做出任何決定。拿「Now Loading...」來形容我現在的狀態是最貼切的吧。

「是這樣啊……」

這時深實實帶著認真的表情抬頭仰望天空。

「照這樣聽來，我只是在沒多想的情況下說要升學而已，其實還比不上你呢。」

刺眼的日光讓她瞇起眼睛。

說真的，如果是不久之前的我，大概會說「不不，能夠做出決定的深實實比較厲害。」硬是要去捧對方，同時貶低自己，不過——

「嗯——會嗎？……我覺得其實兩人差不了多少。」

如今我已能坦率承認雙方是半斤八兩，開始懂得像這樣去論斷自己跟對方的差距了。所以我想那樣表達是比較健全的。

「嗯——是這樣說的嗎？」

「對啊。我覺得是那樣。」

也因為這樣，我能夠相信自己的感覺，如上所述去展現自我。論在人生這場遊戲中的等級，目前肯定還是深實實等級比較高，但在於要自己對某些觀點有自信這方面，我已經懂得不要去貶低自己，學會抱持自信心了。

「那麼，我反而想問軍師，你為什麼要煩惱？升學不好嗎？」

「這個嘛，該怎麼說呢。」

就算在這跟深實實原封不動道出從遊戲玩家視角出發的價值觀，我覺得她也很難去體會。在「遊戲」裡頭，朝著目標努力是基本要件，漫無目的練習或漫無目的選擇關卡去推進，簡而言之並不是太妥善的做法。因此我才會產生迷惘。若要把這些想法淺顯易懂地表達出來，該怎麼說才好。

「……若沒有弄明白『自己想做的事情』究竟是什麼，那樣也會不曉得該朝哪個方向邁進吧。」

在說這話的同時，我不免覺得這麼說很對。自己該走上什麼樣的路，要有根據和理由。其中最重要的一定就是「是不是自己真正想做的」。

「想做的事情？」

「嗯。」

那麼我還沒辦法決定未來要怎麼走的原因八成是那個吧，將自己的人生放長遠來看，尚未找到自己真正想做的究竟是什麼。

跟一般的遊戲不同，在這個名為「人生」的遊戲中，並沒有既定的目標。

在這樣的人生中找到「想做的事情」，那同時也是一大課題，要讓自己去決定該朝什麼方向邁進。

換句話說——應該就等於日南口中說的「遠大目標」吧。

「……自己想做的事情啊。」

只見深實實開始重複這句話，像是在細細咀嚼。

自己想做什麼。今後該朝哪個方向邁進。

我們都還沒辦法用成熟的角度去思考未來，一回過神就已經被迫站在人生的分歧點上。

不過時間並不會因此駐足，讓我們逐漸被不可逆的波濤吞噬。

「就是這個……自己想做的事情。」

升上高中二年級的冬天。我十七歲。

雖然還算不上是大人，但這季節是一個分水嶺，我也已經不是小孩子了。

雖然懂得狂妄地對人生高談闊論，卻不具備相應的力量，能夠去改變目前的生活，是一個尷尬的年紀。

然而要去思考未來，再來做出選擇，用來執行此事的所剩時間卻比想像中少了許多。

「不曉得十年後的我們都在做什麼呢。」

「……十年後啊。」

聽別人不經意問出如此茫然的問題，我不由得認真思考起來。

十年後。那時也即將邁入三十歲，做了各式挑戰和努力的結果恐怕都會在那時顯現出來吧。

「會做什麼工作，是不是結婚了呢。」

「嗯──……」

我完全無法想像未來的自己會是什麼樣子，開始試著去想深實實未來會是什麼模樣。

「深實實的話，有可能……抓後輩去喝酒！然後說著『來吧──再去另一家喝！』這類的話。」

「啊哈哈在亂講什麼啊！聽起來我不就很有可能是單身？」

「啊，搞不好喔。」

話說到這邊，我們兩個都笑了。

「到了二十七歲還單身，那樣從女孩子的角度來看未免太讓人焦急了吧⁉真是有夠失禮的～」

「啊哈哈，抱歉抱歉。」

我邊說邊跟深實實相視而笑。碰到深實實果然聊這種白痴話題最合適了。

「不知道軍師會是什麼樣子的……」

在說這話的時候，不曉得為什麼，深實實的眼神變得有點落寞，若有所思地舔舔嘴唇。

「友崎你呢，總覺得……會去到很遠的地方，完全超乎我的想像。」

「哈哈哈，在亂講什麼。」

看我輕輕地笑了出來，深實實依然帶著落寞的眼神，配合我笑了起來，並且微微地點點頭，像是自行想通了什麼似的。那表情有點像在目送別人。

「嗯，我就是有那種感覺。你想要做什麼事情就會一頭熱去做，就算其他人覺得你這樣做不可理喻，你也不會停下來，之後某天就會做出很棒的成績，然後對大家說『這下你們見識到了吧』。」

「什麼啊，感覺超帥的？」

原來在深實實眼中，我是這樣的？

「就是那樣啊——很帥氣！但還有另一種結局，那就是一頭熱橫衝直撞後卻沒有做出成績，最後變成廢人一個。」

「喂這兩種也太極端了吧。」

「啊哈哈！」這時深實實露出調皮的笑容。「……不過，總覺得好像真的會那樣呢。」

「……我會一頭熱闖蕩啊。」

被深實實這麼一說，說真的我無法否認。在沒有受到其他人要求的情況下，埋頭鑽研 AttaFami 並且打出日本第一的成績，這人不是別人，就是我，現在我在為人生中「真正想做的事情是什麼」煩惱，說穿了等同正在煩惱能不能於人生出路中找到「某樣事物」，讓自己能夠像玩 AttaFami 一樣，對它同樣熱衷。

一旦我找到能夠同樣為之熱衷的某件事物，不管別人怎麼說三道四，我對那件事物的熱衷程度都不會消退，nanashi 就是這樣的生物。

「也對，或許有那種可能。」

「對吧——!?」

聽到我肯定她的看法，不知為何深實實開心地笑了。

「這樣想來，總覺得我們以後會過上不一樣的人生呢～」

「或許吧……」

——分別過上不一樣的人生。

雖然感覺有點落寞但並不消極，聽起來很寫實。

目前天氣還很寒冷，不到季節更迭之時，我們走在北與野的住宅區內，朝著各自的家走去。

「自己想做的事情啊……」

升上高中二年級的冬天。

我十七歲。

高中生活給人一種會永遠持續下去的錯覺，但事實上時光已然飛逝。

剩下的時間只有一年多一點。

必須做出選擇，捨棄其他的可能性。

為此所需的理由和動機，我還沒找到。

我有辦法做出抉擇嗎？

「對啊！要找到想做的事情！」

到達平常會經過的那個轉角後，我和深實實分別看向不同的方向。

之後深實實用細小的聲音說了這段話，與其說是講給我聽的，倒不如說更像是在告訴她自己。

「……看來我也要再多想想才行。」

她的雙眼看起來依然透著一絲落寞色彩。

「希望我們兩個都能找到方向。」

我邊轉頭邊對深實實開口道，而她也跟著面向這邊，帶著些許迷惘，嘴裡說著「說得對！」狀似開朗地頷首。

「那先再見囉！軍師！」

「好。明天見。」

我跟深實實就此道別，踏上各自的歸途。

# 3 戰鬥時若自己的屬性有利通常不會輸掉

在那天之後又過了幾日，今天是星期六。

我跟日南一起從東京的某個車站前方走過。

「你說『想帶我去某個地方』，沒想到是這裡呀。」

「哈哈哈，妳沒料到對吧。」

在我得意洋洋地說完後，日南看似煩躁地用手指按住太陽穴。

幾個禮拜前。在文化祭結束後，我除了跟日南報告自己開始和菊池同學交往，還跟這傢伙宣告「有個地方想帶妳去看看」。

雖然搞了老半天拖到第三學期才帶她過來，但這天終於還是到來了。

「先講好，你想怎麼做是你的自由，但我可不打算跟別人透露自己的私事喔。」

日南看起來還是有點抗拒，但我才不管這個，頗有自信地點頭回應。

「好。這樣也行。」

「……唉。」

這時日南發出一聲很明顯的嘆息。

「好啦——來，我們走。」

「是。」

雖然她嘴上抱怨連連，但最後好歹還是願意跟過來，我想她應該不是完全沒興趣才對。因為 NO NAME 這個人是絕對不會去做到頭來只會浪費時間的事情。

「……話說回來，其實我也很緊張呢。」

這話出自我之口，我邊說邊回頭，發現日南懶得去管這樣的我，直接從我旁邊經過。

「那跟我無關。要去就快點。」

「喂、喂喂，妳等等我。」

日南就這樣快步往前走。剛才還在那裡鬧彆扭，結果我一露出破綻，她又變成這副德行。

事情就是這樣，主導權還是牢牢握在她手中，我跟日南就此前往「AttaFami 對戰線下網聚會場」。

＊　＊　＊

「……是這裡嗎？」

我開啟手機地圖的功能，從車站出發，照著會場詳細資訊網頁頁面上的地址走了幾分鐘。

接著我們抵達網聚的會場。

「這不像是會場……比較像是一般的——公寓？」

邊對著四周張望，我一面開口，日南也跟著附和。

「同感。不過呢，反正本來就只是大家一起合住，那地點會用來定期舉辦聚會罷了。」

「是喔，妳調查的真詳細？」

「少囉唆。」

嘴巴上抱怨一堆，但搞不好這傢伙其實也很期待……希望是那樣，我在心裡想著。

我們來到名為「AttaHouse」的對戰會場。正確說來是在一般的公寓中，幾位AttaFami玩家合租相鄰的幾個房間，定期把這些房間當成線下聚會會場，因此這才變成一種統稱，好像是這樣。

「房間號碼是……我看看。」

我在智慧手機上打開寫著詳細資訊的頁面，為了避免弄錯門牌號碼，我還確認好幾次，接著在一樓大廳那邊按下對講機。

幾秒鐘後對講機接通，我們兩人聽見一道男性嗓音。

『你好——』

「啊，那個——我想來參加今天的網聚。」

『啊。好——請進。』

在這句話說完的同時，一樓的自動門鎖跟著打開，我們兩個一起搭上電梯。

「好、好緊張……」

「是嗎？」

明明是我邀請日南的，她卻從頭到尾都很冷靜。

「妳、妳怎麼這麼悠哉。」

「就只是要見十人左右的陌生人不是嗎？算是我們主場吧。」

「不管從哪個角度來看好像都是對方主場才對？」

即便我這話是帶著苦笑說的，日南那和平常一樣的表現，還是讓我的緊張情緒逐漸緩和。

「你在說什麼啊。今天的重點不是我，你才是莊家不是嗎？」

「這個嘛……也是啦。」

在我曖昧地回應後，日南扯嘴笑了一下

「你可是——那位 nanashi 呢。」

「……是沒錯。」

這點我無法否認。

接下來將要造訪的地方，恐怕對我而言是在日本屈指可數的有利戰場。

我們來到房間前方。在按下對講機後，對方回應「門沒有鎖，請進。」，於是我就將手放到那扇門上。

「要進去嗎……」

「對。」

只見日南點點頭。我則是用力握緊門把，然後就這樣停住幾秒鐘。

「……真的要、進去？」

「拜託你動作快點。」

被面無表情催促的日南施壓，我將門打開——接著我們踏進會場。

＊　＊　＊

在我踩著小小的步伐、畏畏縮縮進到裡頭後，那裡已經有大約十道人影在場了。雖然日南跟在我後面，但她和我不一樣，態度上非常大方。

房間內桌子上放了三臺掛著雜亂電線的螢幕，上頭正在播放的自然是AttaFami遊戲畫面。在其中兩臺螢幕上已經展開一對一廝殺了，螢幕前方有兩名玩家，還有幾名觀眾。

「大、大家好——」

聽到我的聲音，其中幾個觀眾轉頭過來，他們的目光馬上放到我後方的日南身上，接著出現非常驚訝的反應。但這也難怪。仔細看看目前這邊除了日南，其他人都是男的，就算不是這樣好了，像她條件這麼好的女孩子不管到哪邊，起碼都會引發一些騷動才是。畢竟就連平常走在路上都有好幾個人回頭看她。

「歡迎光臨～！請問是……？」

此時看起來像是主事者的男性面帶笑容靠近這邊。看起來大概三十歲出頭，外觀上給人的感覺很像家電量販店的店員，是看起來乾乾淨淨的男性。他看看我又看看日南的臉，不曉得該如何接話。大概在想我是參加者名單上的哪個人吧。

「那個——我是今天第一次參加的……」

「好的好的，第一次參加是吧～名字是？」

那名男子打開智慧手機，開始確認像是名冊之類的東西。感到緊張的我吸了一口氣。

「關於這個，我的名字是——」

如今回想起來，這或許是我跟日南相遇之後，第一次在現實中報上那個名字。

「我是 nanashi。」

就在那瞬間。整個會場上的人突然都看向我這邊。

觀眾就不用提了，就連原本正在玩遊戲的人都跟著看過來。不好吧，我希望你們最好還是專心玩遊戲。

當我重新面對那位看起來像主事者的男性後，就連他都用有些緊張的表情望著我，這是怎麼了。我知道自己的名字在圈內有一定名氣，但他出現這麼明顯的驚嚇反應，害我都不曉得該如何回應才好。

「請問……na、nanashi，應該就是那位……？」

只見這位像是主事者的男性惶恐地向我確認，雙眼目不轉睛地盯著我的臉看。

「那個……我就是線上排名第一的 nanashi。」

這句話再一次讓整個會場騷動起來。然後那些人的目光還順便放到我後方的日南身上，但他們馬上就把眼睛轉開。恐怕是日南太過豔氣逼人了吧。我想他們也很少看到這樣的絕世大美女吧。順帶一提，當事人日南臉上浮現親切的笑容，還用很可愛的舉動跟大家一鞠躬。啊，這傢伙完全按照她的步調行事呢。

「啊──！比想像中更年輕呢。啊，我是這次的主辦人哈利。」

「請多指教！還有就是……」

「初次見面你好。我是 nanashi 的朋友，叫做 Aoi。」

打算介紹日南的我看向她那邊，結果日南已經做起自我介紹了。這次日南要用她的本名羅馬拼音「Aoi」來參加活動。

「好的──那就是 nanashi 先生和 Aoi 小姐對吧。Aoi 小姐妳也喜歡玩 AttaFami 嗎？」

「是啊！可是跟 nanashi 比起來還差得遠……」

「哈哈哈！幾乎日本這邊所有人跟 nanashi 比起來都差得很遠呢。」

「說得很對呢！」

情況就是這樣，日南駕輕就熟跟哈利先生親切地聊天。現充技能發揮得淋漓盡致。

順帶一提，這位哈利先生除了是 AttaFami 玩家，同時還是遊戲實況直播主，是 YouTuber，風格是用聽起來順耳清楚的聲音解說遊戲，同時轉播對戰畫面，有一定的觀眾群會收看。

「那我先來說明一下我們這邊的運作方式……」

在哈利先生說完這段話後，他原本正打算開始跟我們介紹。

「這、這位就是 nanashi……？」

這時有個人邊對哈利先生說話邊走近，這名男子看起來大概二十五歲左右。戴著眼鏡，留了一頭黑色短髮，體型上屬於身高不高但肌肉結實的類型。一下子看我，一下子又把目光轉開，可以明顯看出他非常緊張。我只不過是很會玩 AttaFami 的高中生，拜託你別這麼緊張。

我在對應時盡量露出自然的笑容。

「初次見面，我是 nanashi。」

接著對他微微一鞠躬。這下那名男子變得有點著急，話都說不出來了，接著對我點頭致意。

「你、你好，初次見面，我是馬克斯。」

「啊，原來是馬克斯先生啊。」

「咦，你認識我？」

我點點頭。雖然對他的了解也不是很深，但有的時候馬克斯先生會在主辦人哈利先生的影片中一起做實況轉播。負責當哈利先生解說時的旁聽者，大概就像是福爾摩斯裡面的華生吧。

「我在哈利先生的影片中看過你幾次。現在聊完才發現聲音真的一模一樣呢！」

「哈哈……就是說啊。承蒙你觀賞，是我的榮幸！」

「不不，還要請你多多指教。」

在我們互相做完自我介紹後，馬克斯先生就開始偷看日南。

「請問——這、這位是你的女朋友嗎？」

「不不不不！」

這句話差點讓我噗嗤一聲笑出來，但我還是不忘盡全力否認。

「不是那樣不是的，只是朋友、朋友。」

看到我拚命揮手，日南無預警露出小惡魔般的笑容。

「咦——好過分喔。需要這樣強力否認？」

「妳也真是……」

我是知道日南不想透露自己就是 NO NAME，但豈止是這樣，她甚至還火力全開扮演完美女主角。這下我都看清楚了。

「啊哈哈，感覺你們很要好呢……」

馬克斯先生說這句話的時候帶了一點試探意味，語氣聽起來有點羨慕。於是我就來解釋一下。

「其實——她也喜歡 AttaFami。所以我才問她要不要一起來。」

「哦！」了一聲，馬克斯先生突然間雙眼發亮。「很少有女生喜歡 AttaFami 呢～！」

發現對方在看自己，日南點點頭。

「啊哈哈！是這樣嗎？」

大概是發現有機可乘吧，日南立刻直搗黃龍。

「不過，我還是覺得這是個非常有趣的遊戲。除了跟大家一起玩很有樂趣，認真鑽研起來也很深奧！」

「說得對呢！」

「還有遊戲平衡性——」

情況就是這樣，日南巧妙說出一些關鍵的遊戲用語。不過這傢伙實際上也很喜歡 AttaFami 就是了。

「——像這個部分我也非常喜歡！」

「嗯嗯。沒錯說得很對！」

馬克斯先生和哈利先生都沒像一開始那麼緊張了，在對談時變得樂在其中，看樣子他們已經很喜歡日南了。好吧，她平常就是溝通能力很強的怪物，這個時候又找到 AttaFami 這種共通語言，簡直就是給惡鬼狼牙棒，讓魔王無限回血。

我也不時在關鍵時刻加入他們的對話行列，同時對日南的手腕感到佩服，此時大概是對戰完畢了吧，其他參加者也陸陸續續靠近這邊。他們的雙眼都特別閃亮，目光全都專注地放在我身上。沒想到我還有比那個完美女主角日南葵更引人注目的一天。

「那個……我曾經在線上對戰遇過你一次，被你打得落花流水……一直很想跟你見面！」

「呃——多謝抬愛？」

「我也有看你的遊戲影片，參考你的動作！」

這些 AttaFami 迷陸陸續續向我展示他們的熱情，害我一時間不知如何是好。

接著還有人請我跟他握手，問我是從什麼時候開始玩 AttaFami 的，問我要不要參加線下聚會大賽，諸如此類，問題接二連三，我好像變成超級大名人了。我是知道自己在 AttaFami 界小有名氣，但沒想到到這種程度。

在我於這一波人潮和話語的波濤中突破重圍後，突然有人跟我說了一句讓我很意外的話。

「——話說 nanashi 先生，你看起來好帥氣呢!?」

「咦。」

我好驚訝。

打從我出娘胎後，從來沒人對我說過這種話。

這時我差點就要否認說「沒、沒那種事啦……」，可是稍微想了一下又決定不說了。

我現在會被人誇獎，肯定是因為自己跟日南學習，學會把服裝搭配得很好看，定期上美容院，每天早上也會練習自己抓頭髮，確實且持之以恆地訓練表情變化，努力讓自己展現出明亮的神情。

既然如此我就不該否認，但也不能得意忘形。

我是不是該大方接受讚美？

有鑒於此，我選擇用這句話回應他人的誇讚。

「……多謝誇獎。」

我讓自己有自信地站好，看著對方的眼睛說話，對他露出笑容。

雖然不曉得這樣應對正不正確，但試著說出口後，我心中卻莫名有種爽快感浮現。

原來是這樣啊。雖然我之前都沒有做過。

不過正面接受別人的讚美，也許會讓人感到意外地爽快。

只不過，接著其他參加者又陸陸續續開口——

「話說 nanashi 先生看起來好有型呢⁉」

「是個大帥哥呢⁉」

「nanashi 在人生中也是強角吧⁉」

我長這麼大幾乎都沒聽別人對我這麼說過，現在那些話排山倒海急湧而來，感覺我內心的價值觀都跟著動搖起來了。所謂的帥氣、有型、人生強角，這些價值觀一一崩壞。

「先、先別提了，來聊 AttaFami 的事情吧……」

即便困惑的我稍微出言制止，大家還是說個沒完。不僅如此，還不減反增。

「請你就別這麼謙虛了，你真的超帥的啊！」

「感覺是很陽光的類型呢⁉」

「請問……後面那個女孩其實是你的女朋友吧？」

不對，這不是我想像中的 AttaFami 網聚。我想像中的網聚是更嚴肅、彼此拚個你死我活的修羅之——

「都——說——了！」

這下就連我都開始感到喘不過氣來，不由得拉大嗓門。

「我是 AttaFami 玩家 nanashi！再也沒有其他的了，所以我是不是帥哥也無所謂！還有這傢伙只是朋友，根本不是什麼女朋友！就是這樣！」

在我一口氣把這些話回完後，現場頓時沉默了一下，接著會場上就湧現笑聲。

「你在人生競賽中是不是也拿第一呀？」

「陽光型的男人果然很懂得社交……」

「**nanashi** 先生真有趣呢!?」

那些話再次包圍我，我選擇閉上眼睛，接著對一切都頓悟了。

「照這樣子看來，不管再說什麼都沒用……」

在我無奈地說完這句話後，位於後方的日南看似愉快地笑了起來。喂妳別從中找樂子啦。

——說時遲那時快。

「不好意思！」

突如其來地，從我右邊那個入口處傳來女生的聲音，害我嚇一跳。

因為這個聲音明顯不是來自日南。

我轉頭順著聲音發出的方向看去——結果看到一個不認識的女生正雙眼發亮看

著我。原來這場網聚上除了日南，還有其他女生啊？這名女子看起來年紀好像跟我差不多。頭髮是暗茶色的，瀏海剪成齊平，還戴著像是貝雷帽的黑色帽子。

「……nanashi 先生，我一直很想見你一面！」

那聲音聽起來甜甜的，有點像在跟人撒嬌。

仔細看才發現這個女孩穿著非常合身的灰色長袖針織衫，用很有大人風味的形式穿在身上——而這件針織衫的胸部那邊竟然開了心型的洞。真的假的。

若是把目光放到那上頭就會被人發現我在看，所以我不敢直視，但眼珠子應該早就黏過去了。包得緊緊的領口做成隨興的荷葉邊狀，上頭還掛著金色鍊條搭配白色裝飾品形成的項鍊。

穿著設計上這麼獨特的針織衫卻不讓人覺得特異獨行，反而隱約散發一股成熟的氛圍，大概是因為下半身穿著樣式簡約的黑色裙子使然。短裙裙襬從緊身的腰部緩緩向外側擴大，露出一雙纖細白皙又修長的美腿。整體看來很像韓國偶像，或者該說很有那種韻味？只有活生生的人才能展現如此強大氣場。

身體線條被合身的針織衫直條紋突顯到不能再突顯，形成的強烈刺激，說真的，害我有史以來最不知該把眼睛往哪擺的就是這一次，甚至覺得不管看哪都很像在性騷擾，這股壓力開始找上門。於是我選擇拿出毅然決然的態度，堅定地望著對方的雙眼。

「初次見面妳好。我是 nanashi。」

然後我模仿水澤露出親切微笑。這種時候去模仿水澤做動作是很重要的。這是因為有人可以拿來當作參考進行模擬，那在動作上往往就會做得比較順手，在模仿水澤的時候需要消耗腦力，那樣就不會去注意這女孩子身上不能盯著看的部分。就連我自己都覺得這次做得挺不錯。

「看到參加者一覽表的時候，我嚇了一大跳！好棒喔——！是本尊！」

那女孩除了睜著閃亮亮的雙眼，還在臉前方將兩隻手掌貼在一起。如此一來手和腋下都會擠向正中央，換句話說，在視線角落的「那個」也會集中到中央，但我把自己當成水澤，因此只有看著那女孩的雙眼找話題。

「哈哈哈，多謝抬愛。請問……妳的名字是？」

「我是雷娜！」

「了解——原來是雷娜啊……啊。」

為了把持住快要被吸引過去的目光，我過度要求自己必須完完全全像水澤才行，結果就一不小心很自然地直接叫對方「雷娜」了。第一次見面就這樣叫人家實在很失禮，於是我急著補上這句話。

「啊，不好意思。應該叫妳雷娜小姐才對。」

緊接著雷娜小姐不知為何眼裡的光芒更甚，拚命朝我這邊靠過來。

這樣的距離感搞不好比泉更親近。一股醉人的花蜜味和洗髮精混合成一陣芳香，帶給鼻腔感官刺激，害我頓時間思考也跟著飄飄然地停擺。

「直接叫我雷娜也可以喔～？」

對方除了發出甜美的高音，還用溼潤的雙眼仰望我。

那股芬芳彷彿要直接將我的腦漿融化，甜甜地侵蝕我的意識，在全身上下遊走，理智也隨之動搖。

「這、這樣啊？那我就直接叫妳雷娜。」

而我一下子就接受她的提議。可能是因為進入水澤模式的關係，害我變得隨便起來，但又有一種被人操控的感覺。

反正我也直接叫小玉玉的暱稱，兩者並沒有太大差別……吧？

「哇～我好開心喔！那我可以直接叫你 nanashi 嗎？」

「這——嗯，可以。」

就這樣，雖然有點像是被人牽著鼻子走，但我好歹沒有過於驚慌失措顯得不自然，對話進行起來應該還算流暢。雖然我好像隨波逐流，直接用比較親密的方式稱呼對方了，不過這部分應該沒什麼關係吧。

「我說雷娜——這樣 nanashi 先生會很困擾的？」

大概是看不下去了，馬克斯先生跳進來插嘴。看起來他好像跟雷娜很熟，說話語氣上並不生疏。

「咦～才不會呢，對吧？nanashi 會很困擾嗎？」

「嗯。超級困擾的。」

「咦——!?」

只見雷娜先是高聲發出驚呼，接著就看著我哈哈笑。那樣的反應很有親近感，言外之意彷彿在傳達她很樂在其中。

對了，剛才說的玩笑話就是我在展開人生攻略後，常常重複實行的「捉弄調侃」之基本組合技，既然能夠用到這種程度，那在實戰中也能於某種程度上自由運用。其實就只是用誇張的方式去肯定對方說的話。就很像是 Found 在用的下投加空上攻擊。

「討厭——好過分——」

嘴裡一面說著，雷娜用一種勾人的目光望著我，輕輕觸碰我的肩膀。這種全身都是破綻的舉動是怎樣，就算大破綻橫向強攻開好開滿似乎也能輕易打到她喔。

面對那一直凝視著我的目光，我也回看過去。說她的肌膚接近蒼白也不為過，完全沒有半點晒過太陽的跡象，還有那深不見底的黑色眼眸。長相整體看來較稚嫩，五官又很端正，臉上總是笑咪咪的，散發一股不可思議的吸引力。

順著那服貼至手腕的針織衫往下看，我看到那手腕上戴著好幾個樣式粗獷的黑色手環。脖子那邊有泡泡領展現女性風情，一身緊身裝扮打造出來的線條又很性感，這種粗獷的設計看起來和這兩種特質有點不搭，相形之下那手腕就纖細到令人擔憂的程度。

雷娜一直看著我，嘴裡一面開口。

「原來 nanashi 是這麼帥氣的人啊？」

她臉上的表情朦朧誘人。剛才那些參加者你一言我一語說我是帥哥，害我覺得不好意思，但是像這樣被女孩子當面稱讚，那破壞力又是不同層次的。而且這位雷娜的視線和聲音就彷彿貼在我身上一般。那種氛圍不由分說刺激著我的本能，讓我的腦袋跟著熱了起來。

「哈哈哈，那就——謝謝妳了。」

我好不容易才免於讓自己陷入說不出話的窘境，對雷娜道謝。如果是水澤八成不會加上「那就——」，然而這次我實在是無力招架。雷娜聽完我的話露出微笑，目光突然從我身上轉開。感覺在那瞬間突然有種落寞感出現，怎麼會這樣。

「……竟然有女孩子在——!?」

結束跟我這段有如怒濤過境的對話後，雷娜直接轉眼看向日南，接著眨眨眼。

聽她說話的語氣似乎真的很訝異，雷娜迅速靠近日南。

「妳好。初次見面，我是雷娜。」

然後她目不轉睛地盯著日南的臉看。眼神看起來像是在觀察，嘴角向上彎起，帶著笑意。跟柔和的語氣形成對比，那目光看起來顯得特別冷靜。

「初次見面！我是 Aoi。」

日南用開朗的語氣加上滿分笑容回敬，一雙眼把雷娜從頭看到腳。

「咦——這個好可愛喔！」

在說這句話的同時，日南指著雷娜手腕上樣式粗獷的黑色手環……不對吧，這個很可愛嗎？就設計上來看硬要說的話，感覺是屬於比較帥氣的那種吧。

「哇——妳看得出來啊！這個很硬派很可愛對吧！」

「我也這麼覺得——！好適合妳喔！」

不過這在她們的認知中好像是屬於可愛型的。出現了，現充特有的「可愛」觀感。我以前碰到某個吊飾的時候也是如此，不過這次也一樣，我似乎無法理解。什麼叫「很硬派很可愛」啊。硬派跟可愛可以同時並存嗎？

「Aoi小姐妳的打扮才是真正有型呢！我喜歡這個耳環——！」

「謝謝誇獎——！我很喜歡這個喔！搞不好我們的品味很像喔。」

「就是說啊——！咦——！話說妳的頭髮好柔順，臉好小皮膚好棒喔——！好像洋娃娃！」

「雷娜小姐才是，身材超棒的——！」

這其中的奧妙我是不懂啦，但感覺那兩個人一直在互相誇獎，誰也不讓誰。看起來反而像是在對戰啊。

「Aoi小姐是第一次參加這種網聚吧？」

「對啊！」

「有不懂的地方儘管問～」

「謝謝——！雷娜小姐常常來參加嗎？」

「我已經來好幾次了！已經很像是常客了啦～」

雷娜邊說邊露出苦笑，接著她繼續開口。

「Aoi 小姐……妳是一個人來的——？」

這時日南應道「啊，這個嘛——」視線轉了一圈並捕捉到我。「我是跟那邊那位 nanashi 一起來的。」

這話一出。

雷娜就錯愕地在我跟日南之間來回張望。

「……是這樣啊？……你們是朋友？」

「對啊！類似 AttaFami 同好之類的。」

「是嗎……？」

該說是面無表情還是不帶任何情感，雷娜臉上的神情頓時一僵。

最後她再次於我和日南之間看過來又看過去，並且揚起嘴角笑了一下。

「真是一對俊男美女！可別打退堂鼓，要常常來參加網聚喔？」

「啊哈哈。正有這個打算呢～」

那兩個人都在笑。感覺剛才那陣對談根本就是激烈的脣槍舌劍，第一次見面的女孩子們在對話上都會這麼激烈嗎？步調快到我都快跟不上了。

這未知的世界為我帶來衝擊，結束對話的雷娜立刻來到我身邊，動作輕柔地敲敲我的背至側腹間兩次。我想她應該只是在叫我吧，但那陣動作莫名令人出現一股搔癢感，一不小心可能會叫出來。

「嗯？」

我佯裝平靜做出回應，結果雷娜把臉靠近我耳朵旁邊。由於她整個人也跟著貼上來，我的衣服和雷娜的衣服就互相摩擦，害我的上臂如臨大敵。

「問一下喔……」

她說話時還跟著吐氣，那股甜美的香氣再次隨之流入我的意識中。

「唔、唔嗯？」

我回答時臉一直面向正前方，雷娜用聽起來伴隨更多喘息的聲音對我說——

「難道說，你們兩個其實在交往？」

她嘴裡吐出這麼一句。

想要否認的我轉頭看雷娜。雷娜的臉就貼在我耳朵旁，讓我跟她正面對望。但不知道為什麼，雷娜一步都不退讓，一直目不轉睛地看著我。這女孩怎麼有辦法一直維持在這樣的位置上。我們兩個近距離對看，不過我自己也無法不去看那對黑色的眼眸。

「真、真的只是朋友啦。」

當我後退一步回答完，雷娜就一直用試探性的目光盯著我看。

「這是真的嗎？」

「嗯。」

「……那就好。」

雷娜一說完就再次轉頭看大家那邊。我總算從那對能夠將人束縛住的眼眸中解放，可是她說「太好了」是指？

＊　＊　＊

應付完來自參加者們的質問攻擊和跟雷娜之間的對話後，整個會場這才變得像AttaFami網聚，開始展開自由對戰大會。這下我就放心了。對了，主辦人哈利先生催促日南趕快加入大家，然而她說自己還不到能夠挑戰大家的程度，以此為由拒絕。也是啦，假如日南認真起來對戰，大家八成就會發現她不是泛泛之輩，按照這傢伙的性格來看，她想必也無法在對戰的時候適當放水吧，所以才會只剩下觀戰這個手段能用。既然她不打算公開自己的身分，我認為這麼做是明智的。

「nanashi先生，那我們就先來一局吧！」

這時哈利先生邊捲起袖子邊說了這麼一句。

雖然比起玩家身分，平時他在當直播主的時候名氣更加響亮，不過他在線下對戰和線上對戰中通常成績都排名中上段，也是屬於有實力的人。使用的角色是「Yogur」，屬於體型嬌小的一頭身角色。在對戰時能夠活用多段空中跳躍和高速的空中移動速度，是有點特殊的打手。

靠連續空中攻擊及其威力，利用攻擊判定上的優勢在空中對戰及近身速攻中展現強處，可是對上攻擊範圍大的角色就顯得很弱，擁有這種局限型的特徵。在線上對戰的時候，我都沒遇過使用這個角色打得很厲害的人，很想跟他對戰一次看看。

「這是一定要的！」

於是我跟哈利先生就坐到空著沒人的對戰臺前，準備進行對戰。我聽見雷娜說「好期待喔～！」。撇除除了她就只剩下日南一個女孩子這點不談，她的聲音聽起來依然特別響亮。

我們兩人確認完按鍵設定後，開始選擇角色。對戰舞臺就用猜拳來決定，贏的人就從幾個式樣簡單的舞臺中選出一個，算是簡易的決定方式。

「請多指教。」

「好的——請多指教。」

彼此打完招呼後，我在猜拳中獲勝，負責選擇對戰舞臺。我選擇的是「Buono 火山」。這個舞臺比各舞臺的平均廣闊度更加狹窄一些，左右各有一個站臺，是樣式不複雜的關卡。

Yogur 是能夠在空中自由飛行的類型，基本上進入有好幾個站臺的關卡會變得比較強。因此我把最能夠活用這種特性的關卡「鬥技場」剔除掉，但我也很想見識哈利先生會如何使用站臺對戰，基於這樣的好奇心才選擇「Buono 火山」。

在對戰開始之前，有幾秒鐘的讀取時間。我鼓足鬥志，用左手的拇指轉動搖桿。搖桿擦到外框的聲音聽起來很舒暢，引燃我的鬥爭本能。

經過幾分鐘後，比賽結束——

「哎呀，果然很厲害呢。」

哈利先生在那之後靦腆地笑著開口。我認為去否認這樣的稱讚不大對，就回說「謝謝誇獎」，選擇接受。

「話說我也嚇了一跳呢。原來 Yogur 竟然還有那樣的能耐。」

雖然有在影片中看過，但實際上跟人對戰，感覺起來還是不同。Yogur 的對戰方式是能夠在空中施放攻擊，來迎戰接近的對手，看到對手露出破綻就抓準時機進攻，只要掌握好防守的距離，那就不構成太大的威脅。這正好是我擅長的領域。

不過依然有威脅性存在，那就是活用空中機動性阻止對手回歸場內。

「我當時還很著急，想說是要追殺到什麼時候啊。」

哈利先生會緊迫追擊被打到場外的對手，阻止他回歸，趁早將對方打落。而我使用的 Found 有個能夠瞬間消失並進行傳送的回歸技能，從某方面來說算是難以阻止我回歸。然而技能的移動距離本身很短，移動路線也因此受到局限。假如活用 Yogur 的空中機動力，瞄準多個路線裡的其中幾條來採取行動，這個時候我要脫身就沒這麼容易。

「哈、哈、哈，多謝抬舉。不過 nanashi，你反應很快呢。」

「啊哈哈，想趁我在狀況外把我幹掉是行不通的。」

我邊說邊笑著。哈利先生的回歸阻止確實將我逼到差點要被打掛的地步，乍看之下對 Found 很有威脅性。然而仔細觀察他的動作會發現，在他要針對我的幾個逃跑路線展開行動前，很快的他就已經不做其他選擇，光顧著朝我這邊衝過來。

我原本很怕他成功阻止我回歸，著急到沒看出這點，但其實就在前一刻。他反而完全暴露將要阻擋我的路線。

「使用 Found 的情況下，在接近對戰臺之後及早輸入上B，就能開啟無敵狀態躲避攻擊並迎擊對手，就算沒有得逞，Found 回到對戰臺上的速度也比 Yogur 快，因此不會遭受殺傷力太強的反擊。」

「哎呀——說得真對。這點一旦被看穿就沒戲唱了。」

一臉懊惱的哈利先生好像又有點開心的樣子。

我們採取先三勝者為贏家、角色有四條命的對決方式，結果是三比零。雖然剛開始被人搶得先機，但之後我依然在對戰中思考對策，在最後一戰中打出三勝的成績獲得勝利。我想能夠在對戰中想出對策，這應該是讓我能一直保持第一名的其中一個要件。

「嗯嗯。可以跟那位大名鼎鼎的 nanashi 對戰，是我的榮幸。」

「不不，我才要感謝你。」

就這樣，結束了互相分享感言的戰鬥後，我轉頭看後面。看到一群觀眾入迷地聽著我和哈利先生對話，以及用有些別具用意的閃亮雙眼看著我的雷娜——更後面的是，用一種極度躍躍欲試的表情看著我的日南。既然那傢伙這麼想跟人對戰，那就一起來呀。

於是我決定過去日南那邊，帶著苦笑對她這麼說。

「妳真的不玩嗎？」

「……咦、咦——！因為我不是大家的對手嘛！」

「喔喔……這樣喔。」

無論如何都要演到底就對了。其實老實招認也沒什麼關係嘛。

＊　＊　＊

接下來，這場線下網聚來都來了，我們決定展開簡易的淘汰賽，當然我也有參加。包含雷娜在內，除了日南，所有人都加入戰局，要來爭奪優勝寶座。日南則是咬著手指難耐地看著這一切。

第一回合。跟我結束對戰的參加者啞口無言開口道。

「謝謝、謝謝指教……！我根本連出招的機會都沒有……」

「我也要多謝指教～」

我也跟對方以禮相待，將手把從主機上拔除。

該說這是理所當然的結果嗎？贏得游刃有餘。來參加這樣的網聚果然沒有白來，參加者的素質都很不錯，但我好歹是日本區線上競賽的冠軍衛冕者。照目前情況看來，以等級來說我比任何參加者都還要高上一兩個層次，按照這次的三勝者贏規矩來看，我自認不會輸給任何人。

第二輪對戰。我的 Found 在畫面上自由自在跳躍。捉弄對手，趁對方出現破綻給予致命打擊。

「唔喔喔！在對手衝刺攻擊之後的空檔，趁機解除防禦再順勢進行上攻墜對手！好冷靜喔～」

「像這樣防禦成功再進行反擊，冷靜判斷怎樣能夠給予最大傷害，真的很有日本第一的架勢呢。」

「畢竟是在懸崖邊，會反射性想抓住對方往後丟。這樣的例子常常看到。」

「嗯——打好基礎果然很重要呢～」

觀眾們開始熱衷於分析我的打法。拜託別這樣，會讓我感到莫名難為情。而且說的每一句話都正好切合我的想法，這樣更恐怖。

不過同時也有了深刻感受。

至今為止我都沒對人大方表明自己對這個遊戲如此熱衷，但來到這個地方，談跟 AttaFami 有關的專業內容都能說得通，彷彿這是一件理所當然的事情。

我又多贏了一局，在那之後重新環顧整座會場。

在這裡的人都很喜歡 AttaFami，每個人都認真跟人對戰。

光是想到這邊就覺得雖然跟大家第一次見面，卻給人一種好像認識很久的感覺。讓人心中浮現一種不可思議的舒適感。

「好——！多謝指教！」

在這個空間中的對戰對手，個個盡是熱愛 AttaFami 的人。年齡層也很廣，彼此之間對本名和頭銜都一無所知。

然而不曉得為什麼，我卻覺得能夠逐漸釋放真實的自我。

「竟然能在那種時候才攻擊!?」

「這都是為了做假動作誘騙再趁機抓住對手吧。在那之前都堅決防禦就是為了這瞬間……？」

「將對手抓起來丟到空中，會更容易累積有助於將對方打爆的傷害值，所以比起直接用空中攻擊，會更想先捉住對手。」

「原來如此，nanashi 是這樣在思考的啊……！」

……說真的，我的行動被人分析得如此透徹，那樣會讓我有點難做事呢。

「——喔喔喔～！」

就在這時。

隔壁的對戰臺那邊傳來歡呼聲。

我在想應該是出現什麼名場面了，趁著下一輪對戰之前的空檔，我看向那邊。看到那邊的景象害我差點嚇到噴飯。

因為坐在螢幕前面的人就是——

「我輸了——！Aoi 小姐，妳好厲害呢？」

「咦——會嗎？我好高興，謝謝你！」

那裡有個一臉開心卻又很懊惱的男子，還有一名被他稱讚的女性。

對。在那邊的就是披著完美女主角外皮，日本第二強的玩家 NO NAME。這傢伙在做什麼啊。

「請問……她也參加淘汰賽了嗎？」

聽我這麼一問，在後面看我對戰的馬克斯先生點點頭。

「對啊！她說她還是想玩玩看！既然都來這邊了，就讓她以種子選手的身分來跟大家對戰看看。」

「啊哈哈……原來如此。」

我還想說她一直躍躍欲試坐立難安，看樣子終於忍不住了。畢竟那傢伙對 AttaFami 有很深刻的感情。話說遊戲手把基本上要自己帶才行，原來那傢伙都有帶著。從一開始就蓄勢待發是嗎？

但這樣沒問題嗎？這傢伙的打法準確到有點像是另一個次元的，用那種方式操控 Found，照理說應該非常具備特徵性。看了她的對戰過程，搞不好會有人發現她就是 NO NAME。

總之我要先來面對眼前的對決。

於是我吸了一口氣，準備對第三輪對戰再一次集中精力，結果馬克斯先生在這時興奮地脫口而出。

「哎呀，真是太強了！那個女生的『Foxy』！」

「……Foxy？」

這句話讓我又向日南那邊看去。那傢伙主要使用的角色並不是 Foxy，應該跟我一樣是 Found 才對——

她該不會不想讓人發現自己是 NO NAME，可是又想玩 AttaFami，才祭出苦肉計，用別的角色參加對戰？如果是這樣的話，那傢伙未免也太喜歡 AttaFami 了吧，但我也沒資格說別人就是了。都做到這個地步了，那妳乾脆就公告身分啊。我獨自一人在那苦笑，同時切換思緒，將注意力放到遊戲上。

「……第三回合，請多指教。」

「請、請多多指教。」

就這樣，我連第三回合對決也輕鬆獲勝。

＊　＊　＊

在對戰中順利贏過兩個人的我來到日南所在的對戰臺前，比賽正好要開打。問了觀眾得知這是第三回合的對戰，據說前兩場也都是日南獲勝。

「那女孩……其實很厲害吧？」

主辦人哈利先生這時那麼說。我不曉得該如何回答才好，就說了一聲「算是吧……」並曖昧地點點頭。緊接著人在旁邊的雷娜興致盎然地加入對話。

「是 nanashi 先生鍛鍊她的嗎～？」

「也不完全是那樣……這個嘛。」

我一時間不知道該如何回應，雷娜則是一直在觀察我臉上的表情。我說日南，妳好像想隱瞞自己是 NO NAME 的事實，那妳今後打算用怎樣的身分混下去啊。這部分都沒先跟我商量，就擅自加入戰局，害我現在很頭大。在這種時候出怪招拖延對話又讓我覺得對不起人家，再來會變成怎樣，我不管了啦。

「我們算是滿常對戰的……她會模仿我的打法，後來漸漸變得厲害起來。」

我在回答時避重就輕。日南確實是參考我的打法才變厲害的，基本上我並沒有說謊。都怪我必須要配合日南的假面具演出，讓我越來越會在不說謊的前提下，又避開真相回話。

此時哈利先生一臉佩服地點點頭。

「是喔～！很少有女生這麼厲害呢。」

「你說這種話是什麼意思啊——！」

聽到他這樣打哈哈，雷娜開心地吐槽。緊接著她換上正經的表情點了點頭，開始一直盯著遊戲畫面看。

「不過說真的……我對她束手無策。」

「咦。妳有跟她對戰到？」

這讓我很驚訝。

「沒錯！在比到第二輪的時候遇到她，三回合都敗給她。」

「哈哈，這……」

聽到雷娜隨口說了這麼一句話，我開始苦笑。雖然她嘴巴上說得不以為意，感覺卻有點心不在焉，應該還是會在意吧。

話說被日南的 Foxy 贏了三次是嗎？我是不曉得雷娜有多強啦，但可以打到第二輪就表示她在第一輪也贏過某個人，後來才會碰到日南。總不能說日南是碰巧把一個門外漢打到三場完封吧。

「nanashi 先生，請代替我報仇雪恨。」

「不對吧，我變成跟妳一隊的了？」

「咦——！那你跟 Aoi 小姐是同一個隊伍囉～？」

雷娜一直用試探性的目光看著我。雖然她的視線很直接，卻不如小玉玉那樣表裡如一，有點接近日南給人的感覺，讓人讀不出背後的深意。

「不，我不屬於這兩個隊伍的任一隊……應該算是 nanashi 隊的吧。」

「好過分──我討厭 nanashi 先生。」

「怎麼會!?」

我試著用鍛鍊過的語氣做出開朗反應，同時順便吐槽，結果雷娜開心地笑了，接著敲敲我的肩膀。總覺得這女孩的觸碰方式莫名令人心癢，是會渾身一顫的那種。我對這種行為沒什麼抵抗力，拜託別這樣。

「nanashi 先生真有趣呢？」

「哈哈……謝謝誇獎。」

情況就是這樣，當我在跟雷娜和哈利先生聊天的時候，日南也展開對決。那傢伙原本在用的角色是 Found，還不曉得換成 Foxy 會有多少實力。

對決一展開，日南的 Foxy 就透過光線槍掃射來牽制對手，除了造成細小的傷害促使對手行動，主要還會利用迅速跳下帶出的空N來應對。在半空中沒有讓方向控制搖桿倒向任何一個方向，按下攻擊按鈕後就能夠打出 Foxy 的空中 Neutral 攻擊，通稱空N，單發威力並不強，可是在跳躍方式和著地延遲上有優秀表現，只要能夠出現打擊判定，接下來就能連接多種連續技，是很方便的技能。確認打中之後，日南確實地接上連續技。

「做得很確實呢……」

只見哈利先生說話時微微點頭。

就算空N被擋下了，不利的空白時間並不長，也不太會遭受損傷太大的反擊。不過根據角色而定，有的時候就算抵擋攻擊也不會發動反擊。但說真的，那也是「總之先打出去不會吃虧」的技巧之一。不僅可以發動連擊來增加獲利，當傷害值累積到高百分比時，根據出招的方式而定，還會直接轉變成高威力的上攻擊，有可能直接把對手擊墜，所以是很可怕的。

「Aoi小姐，她很擅長在空N之後發連續攻擊呢～」

「……的確是。」

日南透過細碎的跳躍、緊急降落，預布技空前、空後等等，交錯出招來逐步奪走對手的思考能力，一步步掌握主導權。然後不經意使出急降落空N，漂亮地打中對手。接著連上流暢的高火力連續技。面對跳到無法追擊之處的對手，就會用光線槍追殺，只要能多打出百分之一的傷害值都不放過，做得很徹底。

「唔哇……」

我邊看邊發出感嘆聲。這該怎麼說，已經到了每個動作都很確實的地步，讓人覺得不愧是日南。反覆進行低風險的行動，等待對手露出破綻。一旦有機可乘，知道可以釋放火力，她就會利用那精確的操作技巧接上必中連續技，藉此累積傷害。若沒有這個機會，她就會想辦法不讓對方有機會連擊，盡量讓受到的傷害壓在單發火力之內。結果導致日南能夠發動連擊，對手卻只能對她使出單發攻擊。戰況發展不算是高潮迭起，但一回神會發現雙方已經出現巨大的落差。

只不過，那傢伙是在什麼時候練習使用Foxy的啊？這個角色本來就屬於高性能，就算隨便亂用也滿強的，可是要把使用連擊的準確度做到那麼高，應該需要某種程度的鍛鍊才是。如果想要認真起來操作，那這個角色的難度是很高的，不管日南再怎麼厲害，只有稍微練習一下都很難達成。

「她的破防抱投做得很確實呢。」

不經意地，在旁邊觀戰的哈利先生說了這麼一句。我也對此深深認同。

「看對手使出這樣的空N，難免都會採取防禦動作。」

破防抱投。即是什麼都不做，從空中跳到對手眼前著地，然後直接接上抓捕的動作，是針對防禦動作做的超前行動。

在著地同時，對手若是選擇出招，那可能就會被打中，雖然伴隨這種風險，日南卻確實地讓破防抱投生效，讓人看了覺得很爽快，做得乾淨俐落。

乍看之下不可思議，其實機制上很簡單。

「那完全是在引誘人防禦吧。」

話說日南打出的空N攻擊，基本上是在跳躍狀態中緊急迫降，同時放出這招。有別於從地面上突然施放的一般技能，在那之前絕對會看到對手待在半空中，從某方面來說只要貫徹「Foxy在空中時我方防禦」這種做法，就不會被空N打到。

而日南也明顯出了好幾次空N，可想而知一旦被她打中，接著就會用連擊釋放強大火力。假如對手身上累計傷害值很高，根據日南出招的方式而定，搞不好會直接被她打爆。

而對手的腦海中不免會牢牢印著這樣的畫面。

『被那種攻擊打中就糟了。』

『那很危險。』

就是這樣的想法才容易誘導對手做出防禦動作。

與其說是為了對付空N才進入防禦狀態，倒不如說是腦子裡有個根深柢固的想法，在面對空N攻擊時都會「不由自主展開防禦」，狀態上更接近是這樣。

當對手懼怕空N幻象，看到待在空中的Foxy就展開防禦時。

日南將大膽降落在對手前方，直接一把抓住對手。

看著日南跟人對戰的過程，我逐漸掌握全貌。

「……話說那傢伙基本上也只會這麼做。」

「咦，是這樣嗎？」

在旁邊的雷娜出聲問我，我朝她點點頭。

日南能夠把非主要戰力的Foxy用到這種地步，讓人不免懷疑她究竟是什麼時候練起來的。其實說來簡單。

那傢伙在這場對決中。

——恐怕是包含今天所有的對決。

除了超前發動技能和最低限度的走位放小招，基本上她幾乎只採取「在空Ｎ之後連擊」和「破防抱投」兩種行動。

當然像是為了保持優勢而發射光線槍，超前發動預布技空後。還有連擊中使出各種空中攻擊，發動ＤＡ來突襲或趁對手僵直時攻擊，在空Ｎ被抵擋時發動弱攻擊來掙脫等等，她都會常常使出這些技巧。

只不過，基本上能讓她接連施放強大火力的連招用初始技能，就是空Ｎ和抱投這兩種。再來就只有規矩地稍微放些周旋用小招。

也就是說——我原本還納悶日南是在什麼時候花那麼多時間練習用 Foxy 的，卻想錯了。那傢伙並沒有把 Foxy 所有的技能用到透徹，而是只練習好幾種形式的「空Ｎ接連擊」，練到完美的地步，只靠這種打法進攻。

因此那傢伙的行動都有完美的準確度，若只看這一點，會以為她用 Foxy 用得很熟練，然而實際上她只是採取練習過的少數行動模式。因此表面上看到的行動都很熟練，背後的祕密其實就是這樣。

「我想她是怕被人看出既定的模式，才一邊出小招補刀，迫使對方做出她要的選擇……但實際上幾乎就只靠某種套路來讓對手大失血。」

Foxy 在地面上的移動速度很快，空中的縱向移動速度也很迅速。結果導致實際上的進攻招數雖然單一化，對手還是會把注意力放在那靈活的動作上，以至於忽略關鍵。而且空Ｎ打中之後，根據傷害值累計的多寡，還可以放出各式各樣的連擊，乍看之下會覺得攻擊方式千變萬化。

可是實際上那傢伙透過對戰技巧來管理攻擊範圍，藉著一些小動作擾亂對手——同時關鍵攻擊「從頭到尾單純就只有兩種方式」。怎麼會有這樣的打法。

「……聽你這麼一說，好像是那樣呢。」

「nanashi 先生，你好清楚？」

在旁邊看了一陣子後，哈利先生跟雷娜似乎也注意到了。若是仔細觀察，會發現手法其實並不複雜。

「雖然是那樣，還是找不到方法對應……」

Foxy 的攻擊速度很快，一旦打造出對自己有利的狀況，就能夠趁機乘勝追擊，是屬於這種類型的打手。與其說對手是在冷靜的狀況下速度被迫做出選擇，倒不如說更像是排山倒海而來的攻勢讓思考速度開始跟不上，日南再趁機誘導對方做出某些行動，讓他做出自己希望他做的選擇，這樣更貼切。在玩剪刀石頭布的時候，不是先去預測對手會出什麼，而是想辦法讓對手失去冷靜，用力出了拳頭，她在趁機出布，這樣說應該也滿貼切的吧。

一旦演變成這樣的對決，那重要的就不是發現對方在操控自己，或是操作上有多準確，而是精神層面要能夠維持鎮定。這不是一朝一夕就能學會的。

「啊——……結束了。」

對戰在日南還剩下兩條命的情況下落幕。這場三勝先贏對決的成績是三比零。

日南贏了。

「多謝指教——！」

只見她帶著看了令人舒服的笑容這麼說，朝著對手微微一鞠躬。在她那華麗眩目的表現和散發出來的天真氣息圍繞下，雖然對方輸了，看上去卻也一臉不介意的樣子，日南前途不可限量，好恐怖。

當我面帶苦笑看完這一幕後，日南突然發現我們在這邊。然後她馬上豎起大拇指，也對我們露出笑容。

「nanashi、哈利先生、雷娜小姐！我贏了！」

「喔、喔喔。恭喜。」

「啊哈哈，恭喜妳。Aoi 小姐好有精神，真不錯。」

「恭喜妳囉～！」

情況就是這樣，日南除了一步步確實取得勝利佳績，還輕易跟大家打成一片，感覺他們好像反而開始中意妳這人，而且中意過頭了，這樣沒問題嗎？她巧妙周旋，甚至讓我開始擔心這檔事。這傢伙不管玩 AttaFami 還是在人生中都有出眾的周旋技巧。練習過的連續技都使用到位。看樣子用不著我出馬了。

「那麼——接下來換我……」

我在說這句話的同時，眺望著淘汰賽的賽程表，還發現一件事情。

「咦，妳看這個……」

「啊，你注意到了？」

只見日南咧嘴露出一抹好勝的笑容。

對。話說從某方面來看，會這樣也很正常。

若日南就這樣一路過關斬將，那決賽當然是我對戰她。

＊　＊　＊

「也對，果然變成這樣了。」

正如字面上所說，果然不出所料。

「咦——！對上 nanashi 不就沒勝算了嗎！」

「喔、喔喔……」

到了決賽。我們兩個人穩紮穩打地晉級，穩穩地遇上。畢竟是全日本排行榜第一名和第二名的玩家參戰，理當會變成這樣。日南雖然沒有使用主要角色，基礎的遊玩技巧卻有別於那些泛泛之輩。

不過這傢伙打算怎麼辦。她在用 Foxy 的時候，操作精確度確實非同凡響，但若只知道空N接連擊這招殺手鐧，對我可是行不通的。她應該曉得我在後面看她打了好幾場，很清楚自己的招數已經穿幫了吧。

然而換成使用 Found，真實身分有可能露餡，因此她也不可能這麼做。若要跟

nanashi 對決就更不可能了。因為能夠和我勢均力敵的 Found 真的不多。

抱持疑問的我來到對戰臺前坐下，將手把連接上去，用最低限度的力量握住手把。

「對了，nanashi。」

我朝著聲音來源轉頭。

看到日南揚起嘴角望著我，臉上神情明顯很得意，感覺有所企圖。

「……怎麼了？」

光只是這種氛圍就莫名讓我的心情浮動起來。

緊接著日南就像對平靜的水面滴入一滴水那般——

「用一般的方式對戰，我也贏不了你……」

她做出這樣的提議。

「要不要按照特殊規則對戰？」

雖然不曉得具體內容是什麼，我的心卻本能地劇烈跳動。

「妳說特殊規則……應該不是要我讓妳吧。」

「當然不是。」

維持最低限度的可愛度，日南臉上浮現有點邪氣的笑。

「但其實也不複雜，就是彼此都不能用主要角色。所以我們都不可以用 Found 和 Foxy。」

「……喔喔，原來是這樣。」

她要我們彼此都用自己不習慣的角色，單純靠我們在 AttaFami 上的實力決勝負。除去有可能會讓她真實身分穿幫的 Found，想用其他角色和我對戰。

「可以呀。要單純比實力是吧？」

看到我撇嘴一笑，日南也愉悅地望著我。的確，這樣一來日南就可以隱藏真實身分，好好享受這場屬於 nanashi 和 NO NAME 的 AttaFami 對決。

理解她的意圖後，我的心情跟著開心起來，日南嘴邊仍帶著笑意，她點點頭並加上這一句話。

「嗯——以此為基礎，還要用相同的角色對戰。」

聽到這句話，就連觀眾都跟著騷動起來。

這過於好戰的提議也讓我開始變得躍躍欲試。

用相同角色對決。

換句話說，不會仰賴角色性能和相剋度，要比的是遊戲技巧以及洞察力。

「哈哈……意思就是完全要靠實力決勝負，這樣就沒機會找藉口了。」

聽我這麼說，日南沒有點頭，而是再一次露出一抹笑容。

「沒錯。你打算怎麼做？」

在完美女主角面具的背後，NO NAME 正在對我挑釁。

而我並沒有戴面具，就是最真實的 nanashi。

面對如此有趣的提議，我怎麼可能放過。

「好啊。來比吧。」

這句話再次讓觀眾激動起來。我想這個企劃光是有 nanashi 參加就已經夠稀罕了，事實上我的對手還是那個 NO NAME 呢。只是大家不知道罷了，接下來一場不得了的對決即將展開。淘汰賽決賽可是日本第一和第二用相同的角色對戰喔。

「呵呵，那就來選角色吧。」

「好，正有此意。」

我們兩人用互不退讓的目光注視彼此。觀眾們隨著這股熱度起舞，跟著發出叫喊。

我和日南的決勝之戰就此展開。

彼此都不使用主力角色，要來一場相同角色之間的對決。這時最重要的當然就是要選哪個角色對戰。

若由其中一個人來選擇角色，那他有可能用「其實這個角色我用的滿熟練了」

這招來作弊，雖然按照雙方的性格來看，照理說是絕對不會這麼做的，但與其去賭對方會不會做，更重要的還是在規則上先行禁止。

在我們針對這點討論後，結果如下。

「哈利先生！」

這時日南出聲呼喚主辦人哈利先生。

「嗯嗯？」

「亂數選出好像也沒什麼意思，那這次就讓哈利先生來選如何？」

被日南這麼一問，哈利先生有點猶豫。

「原來如此！這樣也不錯，但是 nanashi 你可以接受嗎？」

對於他的詢問，我也表示同意。

「可以，我沒問題。」

「這樣啊——那就……」

哈利先生開始眺望螢幕上顯示的遊戲角色選擇畫面，稍微想了一會。接著心裡有譜地點點頭，轉頭看我們兩人。

「嗯！果然還是選 Yogur 比較好吧！你們兩人會怎麼用，我也很想拿來當參考。」

聽到這句話，日南用非常直率的表情點點頭。

「我知道了！nanashi，這樣可以嗎？」

「喔，可以呀。」

裝無害的日南和我二話不說接受了。看我們這樣，哈利先生用有點擔心的眼神望著我們兩人。

「先問一下……你們兩個玩 Yogur 這個角色大概多久了？」

「我幾乎沒有用過！是有過最低限度的操縱經驗，再來頂多就只有在遊戲影片中稍微看過幾次吧。」

「我也差不多是這樣。」

「好！這樣就公平了！」

話說到這邊，哈利先生如少年般笑開。連這樣的細節都會顧慮到，不愧是主辦人。

看到日南指名要哈利先生選角色，不免令人覺得她是蓄意將選角導向 Yogur 這邊，可是按照這傢伙的性格來看，應該不至於吧。目的恐怕單純只是要展現公平性。

「那就請 nanashi 和 Aoi 小姐用相同的角色對戰吧！感覺這會是一場很有趣的決賽！」

這句話讓現場觀眾跟著激昂起來。

「啊，還有一件事情……」

只見哈利先生接著一臉不好意思地說道。

「這場決賽的對戰過程可不可以在我的頻道上轉播？想說好像滿有趣的。」

「頻道……我知道了，是不是在說 YouTube？」

「就是那個。」

轉播的意思是要做實況直播嗎？

反正有好多在線上跟我對打過的人都隨便上傳影片了，我也沒有特意要掩飾自己參加這場網聚的事。沒什麼問題。

「可以呀。話說——……」

這時我開始看日南的臉色，結果她轉頭對哈利先生送上一個很開朗的表情。

「只要臉跟聲音不會錄進去就沒問題！」

「啊，這部分不用擔心！我們會負責做實況講解！」

「啊哈哈。原來是要收錄實況解說啊？了解。」

日南回答時一邊呵呵笑。像這些小動作和不經意流露出來的音色，都讓人覺得看起來很開心又華麗，這傢伙開啟完美女主角模式時，就會有這樣的特徵吧。任誰都會希望能更討她歡心而為她做牛做馬。正確來說是除了我以外的人。

「ＯＫ——！那我去準備一下，你們稍等！」

事情就是這樣，我跟日南之間的對戰直播突然間就這麼定了。我不用說什麼話，要做的就是像平常那樣對戰而已，但總覺得有點緊張呢？

＊　＊　＊

在距離市區車站五分鐘路程的網聚會場內。

十幾個人聚集在三臺對戰機臺中的其中一臺前方，在觀望對戰情形。螢幕先轉接到一個小小的設備上，然後再跟筆記型電腦對接。

「大家好。我是哈利。」

「我是馬克斯。」

哈利先生跟馬克斯先生透過和螢幕轉接器不同的另一個轉接器，將麥克風連接到電腦上，對著麥克風用清楚的口吻說話。說話方式感覺比之前修飾得更多，表示他們已經進入直播主模式了吧？我還是第一次看人轉播，感覺就像是在對著空氣講話。還有聲音比想像中更大。

「是這樣的！其實今天……」

哈利先生對直播觀眾簡單說明接下來要舉辦什麼活動。包含今天在AttaHouse線下聚會上將有一場淘汰賽決賽要轉播，決賽是要用相同的遊戲角色對戰——還有其中一人是nanashi。為了避免自己接收多餘的訊息，關於會有多少人來觀看，他們又有什麼樣的感想，我都不去聽也不去看。

「那接下來，總不能讓大家等太久，我們趕快來舉行吧！兩位如果準備好了請點點頭！」

這是在暗示我們不用出聲也沒關係，我們兩人都默默地點頭。早在我坐上對戰臺的那瞬間，就已經準備好了。

「那我們開始吧！」

在宣布比賽開始後，我跟日南都選擇 Yogur 當戰鬥角色，並且選出預先決定好的對戰舞臺。寬廣度中等，左右各有一個可以站立的臺座，是樣式很簡單的關卡。

這時畫面轉換。伴隨一些開場動作，兩個 Yogur 降落在舞臺上。

『三！二！一！』

我不用太多力道握住手把。

屏除雜念，用冷靜的腦袋去捕捉畫面。

『GO！』

遊戲內的聲音已發出，我跟日南的 Yogur 幾乎在同一時間動作，微微跳上空中。活用凌駕於所有角色之上的空中橫向移動速度和多段跳躍，有節奏感地打出空中攻擊，一下子靠近對手一下子遠離。

我們兩個都在重複多段跳躍，除了放出能夠持續比較長時間的技能，還前前後後調整跟對手之間的距離。不夠內行的人看了或許會以為我們一直在那邊前後跳，隨便連打一些根本打不中對方的招式，而我們就用這種方式暗中較勁。在其他角色之間也常常會出現類似的較量，但重複在空中前後移動到如此顯著的，八成就只有Yogur對Yogur了。

「他們這是在做什麼呢？」

邊看著我們較勁，馬克斯先生對哈利先生提出問題。這聲音應該透過麥克風傳到全國各地了吧。

「這個嘛——是在觀察對手的動作，彼此都在等對方露出破綻，好讓自己有合適機會出招～同時雙方都在看是要向前進還是向後退，該在什麼時候出招才合適。」

「原來如此，雙方都在觀望啊。」

當哈利先生他們在為實況轉播做解說的同時，我跟日南依然繼續周旋。

若遇到一般的對手，舉凡攻擊時機、移動慣性，還有攻擊間距，我會綜合這些做判斷，往往都會等到「只要在這個瞬間向前方逼近就能確實打中對方」這樣的必勝機會出現，但那也意味著要等對方出錯。若是碰上像日南這樣很會判斷狀況的玩家，就不太會有那種機會了。反過來說沒辦法輕易製造這樣的契機，那也可以說這代表對方是很高超的玩家。

當雙方都不會出現破綻，那就會——使戰況陷入膠著狀態。沒有給對手任何可乘之機，而且還會在對手孤注一擲時，於相對應的位置上放出可以抵擋的招式，雙方不停重複這些動作，讓兩隻 Yogur 除了發出「Yogu」「gur！」的聲音，還在空中對著空氣不停用腿踢擊。這樣的景象持續十秒左右。

「當對手突然跳過來，為了要讓自己預先設置的招式打中他，或者是反過來在對手出完招式時，正好趁此機會讓自己出招打中他。雙方都一直在重複調整，找出對自己有利的時機和間距。」

「哦——哦——」

但若不或多或少背負一點風險，那就沒甜頭可吃了。最先採取行動的人是日南。她往攻擊範圍內踏進一步，試圖撼動我。

不過在這個區塊內，已經有我事先出好的空中前攻擊判定存在。日南手上那隻 Yogur 打算靠過來，在沒有任何防備的情況下直接衝進那個點上，而這種低風險的預布技能正好完美作用。

「哎呀——！打中第一下了！」

「首先是 nanashi 攻擊到對手。」

日南的 Yogur 稍微往後仰，露出破綻。但再怎麼說這都只是擦傷而已，日南的 Yogur 還不至於僵直到足以讓我使出連段攻擊。我打算乘勝追擊，卻被她順利迴避掉。

情況再度陷入僵局。

「像剛才那樣，對方若是試圖過來進攻，如果預先在那個空間中放出攻擊，那在對手開始攻擊之前，我們這邊就能夠先打到他。這就是所謂的預布技。」

「原來如此。就是對手衝過來的時候，剛好會被攻擊判定掃到對吧。」

「嗯。不過雙方都是在觀望而已，不小心被打中在所難免，但這也可以解釋成運氣不好。」

來看接下來的發展。一般人碰到這種情況都會有點畏縮，接下來會變得比較保守，但日南不是這種人吧。我知道她不會放在心上，還會再一次進攻，於是選擇在此預先施放招式，同時穩紮穩打地放招固樁。

就在這時，日南透過絕妙的間距管理，趁我的預布技出完，利用那段空白時間打過來。她的攻擊打中我了。

「啊，有的時候也會反過來出現這種情況。看出對方要施放預布技，趁著招式放完的空檔打進去，這次就換攻過來的人打中對方。可是要像這樣管理間距是很困難的。」

「預布技原本是很難突破的，卻能善用空檔來反過來出招。」

「對對。」

就這樣，雖然雙方都打中對方了，但彼此依然繼續循環這一連串動作。那都是一些小擦傷，沒辦法接著出連段攻擊。

「話說雖然有許多不同的形式，但基本上可以想成這是採取保守行動會更有利的猜拳遊戲。」

「……採取保守行動會更有利？還可以跟猜拳聯想在一起？」

「說明起來有點困難。基本上在周旋的時候，採取『退守』的方式會更有利。」

「這是什麼意思啊？」

面對我的攻擊，日南邊後退邊閃避。然後趁我攻擊完抓準時機進攻。雖然她並沒有打出能夠接連段攻擊的打法，那卻讓她有機會反擊，針對這點我大概還有反省的空間。

「你看，就像剛才那樣，如果配合對手的動作後退，除非機動力有很大的落差，否則就有機會避開對手的攻擊對吧？避開攻擊就代表會碰到對手攻擊完出現的一小段延遲空檔，那就能夠抓準這個空檔出招。」

「的確是呢。」

「所以說用打帶跑的方式，基本上選擇這種做法就不會輸掉。」

「咦，那是不是只要一直後退就行了？」

看樣子比起主動進擊，日南的作戰方式更傾向於避開我的攻擊再趁機出手。也對，若是在戰鬥的時候考量到風險報酬率，使用 Yogur 這個角色不免會有這種做法。

「……一般都會這樣想對吧？『對戰舞臺』就是為了這點存在的。」

「對戰舞臺。」

「嗯。你看……對戰舞臺不是有盡頭嗎？」

「對對，這下我懂了。」

一退再退的日南來到對戰舞臺邊緣採取防守姿勢。若是在她面前著地並且直接使出破防抱投，就有機會把她丟出場外，可是Yogur從防禦狀態下轉守為攻的最速空中攻擊是很迅速的，在判定和威力上也很優秀。讓我不能輕易做出那樣的選擇。還是先觀望一下好了。

「就因為有盡頭存在，如果背後還有空間，將能夠一直採取無風險外加收穫中等程度報酬的『退守』行動。可是一旦來到邊緣，就不能再後退了。」

「的確，因為後面已經沒路了。這種情形就叫做『失去動線』對吧。」

「沒錯沒錯。反過來說，將對手逼到盡頭的那個人在動線上就很通暢，想要從那邊後退多長的距離都行。」

「啊，有道理。」

既然日南已經走到無路可退這一步，那她就只能在洞察力上戰勝我。她只能玩跟對手勢均力敵的猜拳遊戲，不然就是身陷情況對自己不利的猜拳對決中。

因此面對日南的防守，我就先放出空中技，在間距拿捏上是屬於前端好像會打到又好像不會打到的那種。用這種方式出招就不會被對手取回一些退路，可以在低風險的狀態下施加壓力。然後等到對手再也忍受不了露出破綻時，我給他致命一擊就行了。畢竟我還能從這邊開始後退，想退多少就退多少，可藉此來避開日南的攻擊。

「若要採取退守來保持優勢，那處在『可以有無限空間來選擇退守』這樣的狀況下，就變得非常有利吧？『後退』是非常具有優勢的行動，但可以使用的回數會隨著使用次數遞減，反而會讓對方『後退』的空間增加，算是一種很特殊的選擇。」

「雖然是最強的招數卻是兩面刃，是這個意思嗎？」

「很像是那樣沒錯。」

對方可能會在某些位置上跳躍或發動緊急迴避，於某些位置則是採取防守並反擊時不容易打中我，但我打出去的攻擊前端會掃中她，我的 Yogur 針對這些區塊預先放出攻擊，一直在觀察日南的行動。已將對手逼到懸崖邊的 nanashi 可是很纏人喔。

「只要後退就不容易在猜忌較勁中輸掉，可是退過頭下場又會很慘。所以也可以突然間透過前進動作來縮短距離再後退，觀察對手的行動並出招攻擊。這就是他們從剛才開始就在玩的，名為『拉鋸攻防』的猜拳遊戲。」

「原來如此……換言之就是互相讓對方消耗掉名為『退守』的最強行動，當對方沒有選擇『後退』的時候，就要想辦法化解他的招數……是這樣嗎？」

「嗯。當然也有例外，但基本上流程是這樣沒錯。」

當哈利先生和馬克斯先生默契十足地解說，我跟日南在懸崖邊的拉鋸戰依舊持續著。目前狀況是我可以自由自在後退，對方卻無路可退。

持續像這樣對日南施壓後，關鍵時刻到來。

「太嫩了。」

她沒辦法後退，也很難往前進。在這種情況下觀望促使她祭出不怎麼堅固的防守，我沒有漏看這點，直接抓住日南的 Yogur。

下投、空前、空前。在傷害值累計還不高的情況下，我在抱投之後直接接高確率連段攻擊。日南的 Yogur 被打到懸崖外，我則追上去。

「來了，接下來才要玩真的！」

在哈利先生的煽動下，我彷彿也在配合他的發言，開始一步步發動追擊。

防止對手回到戰鬥舞臺上，直接壓在懸崖邊打起來。可是我在可以連段的時候已經消耗掉兩次多段跳躍，因此沒辦法進一步追擊。但若要暫時回到戰鬥舞臺上讓多段跳躍的使用次數恢復，然後再過去阻止日南回到舞臺上，將她打出去的距離又沒遠到足以讓我這麼做。所以我操控 Yogur 對準日南被打飛出去的方向放出空中上攻擊。

然而日南的 Yogur 巧妙朝向下方施放空中緊急迴避，躲開我的攻擊，直接掛在懸崖上。

「啊～！什麼都沒發生就結束了呢～」

「剛才那樣是要連段嗎？」

「不，應該不是要連段，而是想創造對自己有利的局面吧。所謂的攻擊一旦打中就會出現僵直，之後會有一段時間不能行動，假如這比對手放出攻擊之後的延遲空檔還要長，相對的下一次行動速度就快不過對手吧？」

「那樣就會出現一段不利的空窗期對吧。」

「對對。如此一來在下一次的類猜拳較勁中，將會面臨不利的狀況。」

「在類猜拳較勁中處於不利位置……是指在雙方勢均力敵的情況下，猜拳還是猜輸這樣嗎？」

「啊，就是這個樣子。若是逆勢出招賭對了，那麼接下來在出招賭注上還是會對自己有利。就算沒辦法完全把連段跑完，還是能夠看看在對自己有利的情況下可以取得多少傷害值，在這個遊戲中，這點也是很重要的。」

早在日南爬上懸崖前，我的 Yogur 就已經回到對戰舞臺上，堵住她的退路。

「那麼這次，看起來招式只有放一次就沒了。」

「嗯，這是因為 Aoi 小姐的判斷正確。處在那樣的位置上，趁對方的 Yogur 還沒緊急迫降，先對著下方使出空中緊急迴避來抓住懸崖，就不會在懸崖外遭敵人追擊。」

「啊～其實運作起來並不複雜呢。」

「對，原理非常簡單。但就算腦袋中明白這個道理，還是會怕在半空中選擇朝下方做緊急迴避這個動作，像我就是那種會在關鍵時刻變得畏首畏尾的人～哈、哈、哈。」

「這沒什麼好笑的吧。」

我的追擊被她躲過。可是日南依然沒有太多的活動空間，如此一來我還是處在上風。我增加了預布技，再次對日南施壓。

「……百分之三十、下投。」

但不知為何。就算不用看日南的表情，也能聽出她用冷靜的語氣碎念些什麼。

日南似乎企圖從我頭頂上跳過去，來恢復自己的動線，但是我邊後退邊放出技能阻止她。同時放出去的招式還打中她。日南依然沒有太多活動空間，持續處於劣勢。

像這樣周旋避免讓對方又把活動空間贏回去，持續讓自己居於上風。那也是在這個遊戲中很重要的要素之一。

「nanashi果然把守得滴水不漏呢～」

「沒錯。Aoi持續處於不利的狀況中。」

「畢竟他們兩個都用相同的角色，很難靠機動力和判定較靈敏的技能硬是扭轉僵局。若維持這樣的狀態被對手連續打中的話，那情況將會一下子變得很不利。」

阻止對手回到戰場上，一直把他逼在懸崖邊，當然有助於順勢打爆對手，而對手身上的傷害值若還處於較低的狀態，重點就是要在這樣的過程中加倍累積傷害值。我利用多段跳躍連續在空中施展多次攻擊，創造出一堵攻擊判定之牆。受到逼迫的那一方會想要恢復動線，可是一來到前方就會被攻擊打中，然而背後又是懸崖，要後退也不是。處在這種受到壓制的狀況下，對手會越來越痛苦，最後將會露出破綻。就算是像日南這樣的頂尖玩家也不例外。再來我只要確實瞄準這些痛點出招就行了。

「……五。」

就在這個時候。日南又開始說些什麼。同時她的 Yogur 不再進行多段跳躍，而是降落到地面上，我待在有點遠離地面的半空中，她在地面上加速衝向我。

——這是。

那時我注意到了。

就在剛才這瞬間。我的 Yogur 把空中多段跳躍的使用次數都用完了。

「……！」

我發出無聲的驚叫。原本我可以利用這種多短跳躍和空中機動力來後退，藉此閃避攻擊。可是我的 Yogur 已經沒辦法繼續跳到空中，接下來肯定會落到地面上。雖然我可以利用空中迴避來調整位置和落下時機，也能夠邊發出攻擊邊著地，但落下地點還是能在某種程度上被人預測出來。而在著地的瞬間，雖然只有一點點，卻會出現著地之後的一小段延遲。

一看出我把多段跳躍用光，日南就先下手為強，她立刻著地做出奔跑動作。她一直在等我著地。接下來這場預測賭注將對我不利。

「唔……」

Yogur 的多段跳躍總共可以用五次。剛才她數到「……五。」，那是在數我的多段跳躍數量吧。

我一著地就放出空中攻擊。然而日南在預測上占了上風，邊衝刺邊防禦擋下我著地時用來做反擊放出的空前攻擊，將我的遊戲角色抓住。

緊接著——

「百分之三十……」

她用很有魄力的音色小聲呢喃。

「——下投。」

一說完這句話，日南的 Yogur 就將我的 Yogur 壓在地面上，接著朝斜上方微微拋出。百分之三十。這個傷害值和我剛才抓住日南的時候一樣。

「空前……不對。」

只見她用可怕又冷靜的語氣說完這句話後，把我拋出去的同時跟著轉向，對著斜上方跳躍，瞄準我放出空中後攻。

「哎呀在這個時候用空後！」

那讓哈利先生興奮地大叫。

就連我都嚇了一跳。我也在這個傷害值出現的時候抓住日南，當時一樣用了下投。然後我接著用的是空前。

不過雙方之間確實還是有差異存在。因為論 Yogur 的空中技能，比起空前攻擊，空後攻擊的威力更高一些。雖然會多少提升操作上的難度，不過要從下投轉而接空中攻擊來發動連擊的話，比起直接跳躍接空前，在投擲結束的瞬間轉換方向，跳到背面追上敵人再接空後，這樣火力會更高。

……只不過。假如我沒猜錯。

現在日南會在傷害值百分之三十的節骨眼上選擇用下投接空中攻擊，是從我這邊現學現賣的吧？

每個角色在傷害值多少的情況下，要用什麼樣的投擲技巧才可以接連段攻擊，數值上都不一樣，若是自己常用的角色，這方面當然都已經掌握了，可是換成自己不太觸碰的角色，要掌握這一切資訊就很困難。事實上我幾乎已經知道所有角色的連招方式了，可是日南跟我不同，她是透過照抄 nanashi 玩法來在最短時間內變成高手的玩家。

這傢伙在現實生活中還必須把時間花在其他事情上，她恐怕需要去區分哪些是必要情報，哪些不是，以免花費多餘的時間在汲取不必要的資訊上。那她就不需要去記其他遊戲角色的連招方式，對於那些不熟悉的角色，不用去記「朝向哪個方向投擲可以方便自己連招」，只要去記「讓對手的攻擊偏向哪個方向會使他難以連招」就行了。「當被這個角色抓住的時候，只要把搖桿倒向這個方向就能安全。」每個角色身上都有很多類似這樣的相應選擇，Yogur 也不例外。

按照日南之前的言行來看，自然會聯想到她看過我出招後，再當成參考來推斷出投擲之後的連招方式。

也就是說那傢伙——會在戰鬥中從對手身上學習如何接連續技，然後「在第一次實踐時就會改良成能夠發出更強火力的組合」，再拿來用在我身上。

「……太扯了。」

在戰鬥中確實觀察對手的動作並且完全吸收就已經很恐怖了，居然還理所當然地修正成更厲害的版本。

嗯。這個叫做日南葵的玩家果然擁有非常強大的人體機能。

＊　＊　＊

「哎呀……真是精采的對決。」

「啊哈哈，連我也跟著熱血沸騰了。」

決賽結束後。我除了在腦海中回想剛才的戰鬥，還不忘對哈利先生笑。

「話說 Aoi 好厲害呢。」

「啊哈哈，謝謝。」

聽到別人稱讚她，日南率直地對應。

「哎呀——！妳真是 AttaFami 界的明日之星啊。竟然能夠把 nanashi 逼到那種程度！」

「嗯——」那讓日南苦笑著看向斜下方。「可是……最後還是輸了。」

她說話時臉上滿滿都是懊惱的表情。

對。只用 Yogur 對 Yogur 的三勝決賽。

我以三比一的成績擊敗日南，獲得勝利。

「哈、哈、哈，那表示妳還太嫩。」

「……哼——」

看我話說得如此得意忘形，日南用銳利的瞪視迎擊。我想她大概真的生氣了，只希望不會影響到課題才好。

「nanashi 先生真的好厲害！這樣是我們贏了吧？」

「不，這跟雷娜一點關係都沒有。」

「咦——!?」

當我用一種很敷衍的語氣說完後，不知為何雷娜看起來一臉開心。這女孩是那種人吧，就是被人家當空氣或是被調侃會很高興的類型。

哈利先生也看著筆記型電腦的畫面，一臉滿足。

「多虧你們，實況轉播非常熱烈！還有人留言說沒想到 nanashi 第一次的實況轉播竟然是用 Yogur，看了這麼高潮迭起的比賽，大家都很滿足！更有人在問『Aoi 是誰!?』之類的～訂閱人數也變多了，感謝感謝感謝。」

「哈哈，幸好我還有一點貢獻。」

留言啦訂閱人數啦，這些網路用語一直蹦出來，讓我的頭好暈，但我還是盡量讓自己展現出自然的樣子來回應對方。我這個人雖然是阿宅，卻是電玩遊戲阿宅，對網路文化還真是一竅不通。

「話說我也要謝謝你們，這是我第一次在線下跟這麼多人對戰，為我帶來很棒的體驗。謝謝。」

我鄭重跟哈利先生他們道謝，這時哈利先生突然想起什麼。

「啊，對了對了！就是這個！我一直有點在意！」

他指著我興奮地開口道。

「有點在意？」

「嗯。比如說，原本都在線上活動的玩家，一般而言在線下跟人對戰時都會比較卡對吧。可是 nanashi，你主要的活動範圍雖然都是線上，來這邊卻從一開始在操控上就很自然不是嗎？是不是有什麼訣竅？如果做過這方面相關的練習，我很想參考看看！」

「啊——……」

想著想著，我詞窮了。

因為我在現實中跟人對戰也很強的原因，幾乎都出在——

當我偷偷看過去，常常在現實中找我接連對戰的全日本第二成績保持人也在看我，是我覺得她看起來好像在看這邊啦。我看看——她應該是在暗示不要讓人將她跟 NO NAME 本尊聯想在一起。

既然這樣，我就盡量在最低限度上實話實說。

「事實上……我會定期跟 NO NAME 在現實中聚會。」

「咦⁉」

「是那個 NO NAME 嗎⁉」

「騙人的吧，怎麼認識的⁉」

聽到如此令人震驚的消息，原本只是在旁邊稍微聽到一點點對談的參加者們也全都湊過來。嗯好吧會這樣正常。畢竟我們講到的可是在這之前真實身分不明，也不曾在線下露臉的遊戲比賽全日本第一名和第二名，其實兩人私底下都有偷偷碰面。這檔事足以在業界掀起一小陣波瀾吧。

「哈哈……也對，大家難免會驚訝。」

「獲勝的比例大概是怎樣⁉」

「你們見過幾次面了⁉」

「NO NAME 是什麼樣的人⁉」

都不等我回話，問題就飛也似地射過來。當我偷偷看那位當事人，發現這次她可是厭惡地皺起眉頭。嗯，意思是不要透露太多細節吧，我明白了。好吧也對，假如那位身分成謎的全日本第二名 NO NAME 其實跟我一樣是高中二年級生，還讀同一間學校，加上又是美麗的女孩子，把這些都說出來不只會震盪整個業界，搞不好還會衍生出別的風波。

「嗯、嗯——其實她本人不是很想拋頭露面，我沒辦法將詳細情況透露太多……」

「啊，是、是這麼一回事啊……那沒關係！」

雖然哈利先生看起來一臉遺憾的樣子，他還是把話題帶開了。唔，害我開始有罪惡感。今天他還滿關照我的，讓我心想是不是該或多或少透露一點訊息比較好。

「那、那個——如果是在可以說的範圍內……」

「喔喔!?」

我這句話讓觀眾們跟著興奮起來。畢竟 NO NAME 可是人如其名，是一個年齡、性別乃至於所有訊息都不透明的玩家。接下來我要說的資訊對 AttaFami 業界而言應該也會造成舉足輕重的影響。

於是我針對日南比較私人的部分去做探尋，找出沒辦法跟她個人做連結的部分，在腦子裡吟味著。

「NO NAME 她……這個嘛，如果要比喻的話。」

「要比喻的話!?」

稍微想了一會後，我突然靈光一閃。嗯。若是要形容 NO NAME 這位玩家，或者是要形容她這個人，最貼切的詞彙大概就只有這個了。

只見我信心十足地面向前方，決定把剛才想到的那個字眼如實說出。

「NO NAME——是一個如同魔王一般的傢伙。」

這句話讓在場觀眾全都打了一個寒顫，吞了吞口水。

「魔、魔王……」

「……咦？」

感覺大家好像誤會大了，但我並沒有說謊所以沒關係……應該吧？

對了，她本人就處在人群之中，用一種宛如遭囚禁女主角會有的表情看著這邊，妳才是會把人抓起來的那個吧。

＊　＊　＊

幾十分鐘後。經歷了熱烈的淘汰賽，在一段高潮結束後，這場網聚跟著沉寂下來，大家開始閒聊。

「是喔，也就是說大家常常聯繫囉。」

大夥兒在附近的便利商店一起合買隨興挑選的點心和果汁還有酒等等，一起分著吃，同時聊起 AttaFami 的事以及業界相關話題。大家說了一些只在線上活動的我不會知道的資訊。當然我、日南跟其他未成年人都喝果汁。

順便說一下，哈利先生跟雷娜坐在我旁邊，尤其是雷娜距離我很近，害我的腿會跟她的腿互相碰撞，還有就是隨便偷看一眼就會看到那個心型空洞，可以的話真希望她遮起來。如果我現在沒有進入水澤模式，早就死翹翹了。

「對啊——啊，足輕有的時候也會來參加我們的網聚。」

「咦，足輕該不會是那個職業玩家？」

「沒錯沒錯。」

我被雷娜說出的網聚資訊吸引過去。說到這位足輕，他是日本最強的「Lizard」操控者，還會定期參加世界大賽，若狀態不錯甚至會拿到前幾名，是職業AttaFami玩家之一。簡單講就是一個很厲害的人。

「足輕他是不是真的很強？」

「超強的——我根本拿他沒轍。」

「啊哈哈。也是啦。」

「這種反應是怎樣——！討厭——」

雷娜嘴巴上發牢騷卻笑得很開心，還碰我的膝蓋和大腿之間。就說這樣很癢了，快住手。就算她的手指離開，還是留下奇妙的觸感。

一旁的哈利先生也「嗯嗯」地點頭。

「畢竟用的角色是Lizard，若不清楚該使用者慣用的戰鬥方式，確實會束手無策。」

「啊——意思是沒辦法針對Lizard整理出個別角色因應對策吧。」

Lizard是屬於盜賊類型的遊戲角色，除了能夠在舞臺上撒下鞭炮或捕獸夾之類的設置型飛行道具，還能使用沉重的打擊技巧跟對手周旋，是行動範圍上屬於中長程的打手。有很多可以預先練好的技巧，還有多種跟對手周旋的技能組合方式，在對戰中要時常同時進行多工思考，上述性質使其變成強大的遊戲角色，卻被大家評為難以操縱。

不過相對的，使用得當將會帶來強大的壓制能力，尤其是對於沒有找出相應對策的對手而言，是非常強大的敵手。可以利用撒出去的飛行道具來射中敵人頭部，掌控整場比賽的走向，什麼都不做也能取得勝利，常常能看到對戰流程如此發展。

恐怕在國內——也許在整個世界上，能夠把這樣的Lizard用到最淋漓盡致的，都非那個足輕莫屬。

一邊捏起煙燻烏賊，哈利先生也跟著用懊惱的語氣開口。

「如果想要贏他，沒有確實擬出一套專門用來對付Lizard的對策是行不通的。我也覺得自己沒勝算～」

「我懂我懂！我也覺得要贏過他有點難。」

馬克斯先生表示認同，我也覺得有道理。

「假如他毫不留情出招，搞不好連預測行動的空間都沒有。」

「沒錯沒錯！而且都沒辦法靠近，就算真的靠近好了，一旦布局失準，就會被對方用衝刺攻擊或橫向強攻迎頭痛擊！這種時候是不能著急沒錯，但就是會忍不住著急起來……」

「是喔……好想跟他對戰看看。」

我們像這樣聊著跟AttaFami有關的事情，哈利先生、馬克斯先生和雷娜小姐喝著罐裝的燒酒雞尾酒，我則是喝可樂。盡情暢談自己喜歡的事物，讓原本不怎樣的便利商店零嘴和果汁變得無比美味。

……話說，嗯？

「雷娜，那個是……酒嗎？」

「咦，對啊～」

奇怪？未成年人不是不能喝酒嗎……

「那個——雷娜妳幾歲？」

被我這麼一問，雷娜錯愕地笑了。

「啊，我就在想你八成搞錯了。我已經滿二十歲了喔～」

「咦!?」

原來這個人大我那麼多啊，怪不得莫名散發一股成熟吸引力。我順水推舟直接叫她雷娜沒有加敬稱，還順水推舟用平輩之間聊天的語氣對談，但我們好像都還沒詳細做過自我介紹呢。我有跟大家說自己是高中生，這麼說來我都還沒問大家分別幾歲。人際關係好難。

「那我應該叫妳雷娜小姐才對，不好意思。」

在我這麼說完後，雷娜——應該是雷娜小姐才對，她露出一個誘惑的笑容。

「咦——nanashi 你直接叫我雷娜也行喔？」

「這——……」

她跟我之間的距離好像突然間縮短了。不管是精神上還是肉體上的。那股甜甜的香氣又開始令我意識渙散。糟糕，這種時候必須進入水澤模式。否則我會連句話都說不出來，變成一個木頭人。

這種時候，如果是水澤……？

我一面想著，一面回想不久之前跟水澤之間的對話。

接著。

「這麼說也對……我可是 nanashi，就按照原樣叫妳吧。」

我裝出很有自信的樣子，然後用調侃的語氣說了這段話。雖然不知道這麼做是不是對的，可是我進入水澤模式後，嘴裡就蹦出這句話。大概是因為不久之前在跟水澤聊未來出路的時候，他曾擺出一副「我就是厲害」的嘴臉，展現出自信滿滿的樣子，八成是受到這點驅使。撇開我現在看上去自以為是給人感覺怪怪的這點不談，對話上應該沒有突兀之處才對。

「啊哈哈——！不愧是 nanashi 呢。」

不知為何雷娜再一次用很開心的語氣回應。這女孩果然被人欺負或是被人用高姿態對待都會有很愉悅的傾向。真奇妙。

「那就叫妳──雷娜？」

「嗯，nanashi。」

我們還像這樣確認對彼此的稱呼方式。該怎麼說呢，像這樣一回過神就發現對方已經靠近到足以觸碰彼此的程度，是不是來到二十歲之後都會當成是稀鬆平常的事情看待？我也盡量讓自己假裝用理所當然的表情去配合她，這下得到的經驗值不得了。

情況大概是這樣，當我正在想辦法挺過跟大人們的新世界對話──

突然間從不遠處那邊傳來日南的聲音。

「根本找不到啊──！在這個圈圈是有男生沒錯，但都沒半個女生。所以我才不太在學校提起這件事情。」

當我轉眼瞥向那邊，就發現日南被好幾名男性參加者圍繞，看她那樣子似乎是被環繞在正中央，正在講自己的事情。

「啊──！確實很少看到女性玩家呢。」

「就是啊！這讓我覺得寂寞才會跑過來，那也是原因之一啦～」

大概在聊學校裡面有沒有 AttaFami 玩家吧。看日南用很怡然自得又有魅力的語氣滔滔不絕地說著，大家邊附和邊聽，似乎很開心──她儼然變得像公主一樣了，這樣沒問題嗎？希望不要演變成兩位公主大人在較勁。我偷偷觀望後發現雷娜用讀不出感情的黑色眼眸瞥向日南那邊，只看了幾秒鐘。

「nanashi 你不參加線下大賽嗎？」

這時哈利先生的聲音讓我將目光拉回，馬克斯先生和雷娜也用感興趣的目光望著我。線下大賽呀。

「老實說，一直以來我對這種大賽都沒什麼興趣。」

「是這樣啊？」

面對雷娜的回應，我點點頭。

我之前都一直專注在線上比賽，當然我並不是沒想太多就那麼做。

「明明就有經歷好幾百戰、幾千戰後總結獲勝機率算出來的概率排行賽，再去參加會被當天自身狀況左右的大賽，這樣真的有意義嗎……我一直這麼想。」

「啊啊，原來是這樣。這麼說確實也有道理。」

這跟我原本對於「人生」的想法很接近。

不管平常的獲勝機率有多麼高，等到正式上場比賽若是因為緊張而失敗，就會被人當成失敗者看待。難得有 AttaFami 這樣的神作遊戲，一旦變成名為線下比賽實為「人生」的一部分，糞 GAME 要素就會跑進 AttaFami 中。我不希望這樣。

在這個世界上應該要靠努力和實力來爭長短，因此我想要盡可能排除偶然性。

「不過……」

「嗯？」

我試著回想至今為止遇過的，所謂的「人生經驗」。

「最近我開始會覺得其實也能試著體驗這方面的東西，從中找出樂趣。所以才會像這樣，頭一次跑來參加線下聚會。」

在我說完後，哈利先生露出微笑。眼尾擠出深深的紋路，那是很溫和的笑容。

「這樣啊……表示你經歷了很大的心境轉變了。也對，畢竟你還是學生嘛。」

「啊，這可能也占一小部分。」

我用半開玩笑的語氣回話，還輕輕地笑了。像這種時候的親切表現都是學日南的。

「所以我想今後應該也會試著去那類場合露面。」

「是嗎！不錯喔。那之後有什麼活動再邀請你。」

「真的嗎？」

「嗯。那要怎麼聯絡你？nanashi 有在玩 Twitter 嗎？」

「這個嘛……沒有耶。」

我不是沒有帳號，但基本上都是用來看別人的文章，上面什麼文都沒發，是鎖起來的，其實我並沒有用來跟別人交流的帳號。

「是這樣啊？那可以用 nanashi 這個名字來開帳號，從各方面來說都會比較方便喔。」

「果然是這樣嗎？」

在我回問後，原本在旁邊聽我們說話的雷娜也點點頭。

「在我們這個業界基本上都是用 Twitter 聯繫的——像是回覆或傳私密訊息等等。」

「啊——那還是來開個帳號好了。」

「如果是 nanashi 開的帳號，可能會一下子就廣為人知喔～」

這話雷娜是由下而上抬眼望著我說的。她臉上表情看起來很高興，為什麼是妳在開心啊。

「那那妳也有帳號嗎？」

「有啊～？我找一下——」

雷娜邊說邊拿出智慧型手機，讓我看帳號的個人頁面。

「嗯——謝啦。」

我看了發現上頭有著名字叫做「雷娜 @AttaFami 垢」的 Twitter 帳號，大頭照完完全全就是她的自拍。追蹤了五十六個人，有五百二十一個人追蹤她，這樣的水平在我心中留下些許印象。

「我都用這個帳號跟大家互動～」

她邊說邊毫無防備地將智慧手機交給我。有點不知所措的我接下那樣東西，開始回溯之前的文章。一些文章上面寫著「來練習對戰吧」，並且附上 AttaFami 的畫面，還有一些是放上自拍照的日常發文，以及跟網聚會有關的推文等等，涵蓋範圍很廣。甚至還有推文寫著「加入 Amazon 慾望清單的東西已經送到了～！」，雷娜在業界是不是也很有名啊？在 AttaFami 業界有那樣的外貌，會被人多加留意也不意外啦。

「啊，好可愛。」

跟「去貓咪咖啡廳」這篇文章貼在一起的照片吸引了我的目光，被雷娜抱住的貓也一起拍進去了。

「很可愛吧？話說這個……」

只見她整個人擠過來，開始解說那張照片。我們是兩人一起看同一個畫面，所以距離近到不行，肩膀跟肩膀都碰在一起了。傳過來的香甜氣息再度侵蝕我的意識，體溫透過觸碰的肩膀一點一滴傳遞過來。如果一直處在這樣的距離下好像會不妙啊。

面對雷娜的一席話，我除了隨口回應一句「是這樣啊——？」，還趁解說告一段落將智慧型手機還回去，把話題拉回哈利先生和馬克斯先生這邊。

「對了——那等我也開好 Twitter 帳號再聯絡你們～」

「了解。可是要怎麼跟我們聯繫說你 Twitter 已經開好了？」

這時哈利先生笑了一下，用揶揄的語氣這麼說。

「啊哈哈，對喔。那要不要來交換 LINE？」

「嗯，就這麼辦吧。」

「我也要——！」

於是我就跟哈利先生、馬克斯先生和雷娜交換了LINE。我已經不會被交換LINE的方法搞得焦頭爛額了——但是都在跟菊池同學交往了，就這樣跟其他女孩子交換LINE，讓我心中浮現些許罪惡感……

互相登錄為好友後，哈利先生睜大眼睛說了這麼一句。

「咦，這是你的本名，沒問題嗎？」

「啊——……」

聽他那麼說才發現。我來到這場網聚會上就只有說自己是nanashi，LINE的登錄名稱卻是「友崎文也」，是徹頭徹尾的真名。

總覺得nanashi和友崎文也這兩個名字連結在一起，令人一陣尷尬，但就算被人得知本名也不會怎樣吧。

「沒問題！又不會少塊肉！」

「啊哈哈。是這樣啊，了解。那我這邊的登入名稱幫你先改成nanashi。」

「好。」

我點點頭。順便說一下，哈利先生的就直接叫「哈利」，馬克斯先生的是「柴田／max」，雷娜的是「R*」。

緊接著，一直盯著智慧型手機畫面看的雷娜突然笑得很燦爛。

「原來nanashi的名字叫做文也啊？」

「啊、嗯。」

接著她再次直視我的雙眼。

「吶，可以直接叫你文也嗎？」

「這──是沒關係……」

確實是沒關係，但說真的都在跟菊池同學交往了卻變成這樣，確實會有點罪惡感呢。不過跟她說我有女朋友了，別直接叫我文也，這樣感覺又很莫名其妙，很難說出口。

「那我以後就叫你文也！好棒喔。」

「不對吧，這哪裡棒了。」

我跟雷娜開起玩笑。感覺我們好像變得很親近了。雖然有被她侵蝕的感覺，卻不會覺得討厭，真不可思議。

跟那三個人順利交換完 LINE 以後，我們又回過頭聊 AttaFami，我提出各式各樣的疑問。

「──原來是這樣啊！根據地區的不同，有些遊戲角色會變得難以對付，有些則是容易應對啊。」

舉凡像哈利先生和馬克斯先生這樣，正在 YouTube 上直播的人，或者是想要成為職業玩家的人。關東與關西，線上和線下等等。那裡有一大片我不熟悉的世界，身為一個 AttaFami 玩家，不可能不感興趣。

「嗯，最主要還是要看那一帶有沒有熟練的玩家。」

「總覺得……聽起來很有真實感呢。」

當我問完自己想問的，我就努力把自己想說的和曾經聽到的消息分享給他們，盡量用有趣詼諧的方式傳達。會覺得跟以往的「人生」有點不同，是因為一切的基礎都建立在我最喜歡的「AttaFami」上吧。

雖然為我帶來些許驚奇，但是這個空間待起來很舒服。

——希望日南也能這麼覺得。

* * *

隔天一早。

我在床上透過智慧手機逛社群網站和相關的網站，同時面露苦笑。

「線上對戰排行日本第一的玩家 nanashi 原來是超級大帥哥……」

當我用瀏覽用的 Twitter 私密帳號在看推文時間線，我看見「AttaFami 綜合速報」這則文章標題滑入眼簾。打開一看發現 AttaFami 討論串上提到 nanashi 現身網聚現場，運用那無人能敵的遊玩技巧稱霸當日淘汰賽，還有——甚至提到這位 nanashi 是帶著美麗女孩子前來的帥哥。

「……這、這是。」

不只如此。

來追蹤 Twitter 的 AttaFami 玩家除了幫推當天網聚參加者提到的「nanashi 是超級大帥哥，而且竟然是高中生！」這則推文，甚至還留言「真假？」。上頭還放了在決賽中我跟日南的戰況轉播片段，過去曾經在線上遇到我的人上傳對戰影片，這也跟著與推文連結，在網路上流傳。看樣子這幾天日本的 AttaFami 業界都在談 nanashi 的事情。

「看起來……關注程度比想像中還高。」

我知道自己身為日本第一，有某種程度的知名度，但老實說根本沒料到只是參加一個網聚會鬧到如此沸沸揚揚。就連那些在海外大賽上以職業玩家身分大顯身手的有名專業玩家也跟著留言說「nanashi 終於跑去參加線下聚會了嗎？」「而且還是帥哥，真的假的，那不就是超級精英了？」光只是看了都讓我腸胃一陣絞縮。

有些人還留言「玩 AttaFami 這麼強又是帥哥，神明未免太不公平了吧。我不會原諒 nanashi 的。」看不出是出於惡意還是在開玩笑，或是兩者混合，這讓我的胃更抽搐。

不過也不能怪他們，線上排行第一名的玩家是高中生，還附帶他是「帥哥」的傳聞，看了總會想說個幾句吧。

「帥哥啊……」

光昨天就被人用這個字眼誇獎過好幾次。以前被人下的評語不外乎是「很陰暗」、「內向陰沉」、「長得醜」、「噁心」，現在卻得到恰恰相反的評價。而且還說我看起來很潮，溝通能力很強，感覺很陽光，那簡直就是我看到班上現充會浮現的感想。在我的人生中還是第一次有這樣的經驗。

我站在全身鏡前面，不斷觀察自己的樣子。

「……原來如此。」

接著我注意到一件事情。

看著映照在鏡子中的自己。先前我會替頭髮做造型，買服飾店假人模特兒身上套的衣服來穿，看著那樣的自己，我有時會覺得「看起來變得很有潮流感」。這會替我增添自信。

不過——如今的感覺又跟那時不一樣了。

映照在鏡子裡的自己並沒有替頭髮做造型，身上除了穿著一套睡衣就沒有別的了。看起來一點都不流行，一副很日常的打扮。

但即便如此。

我也不覺得自己——看起來很噁心。

起床之後只有稍微把睡翹的頭髮弄平，髮型上沒有做任何造型，蓬鬆凌亂。身上那套上下全黑樣式簡單的吸溼軟質休閒衫已經穿很久了，都變成鬆垮垮的。稀鬆平常的房間當背景，看起來並沒有特別別致的感覺，想必也沒起到多少加分作用。

可是我卻——

不覺得這樣的自己是噁心宅男。

也不知這是自己有所成長，還是變自戀了。

或許單純只是因為表情和姿態變得和以前不一樣，才會有這樣的視覺感受。

不然就是昨天被一堆人誇獎，一時間心情大好使然，這個可能性我也考慮到了。

可是我出現這樣的變化。

比起外表變得更潮、開始懂得如何跟人溝通——那樣的變化必定都比這兩點更加重要。

「……很好。」

我目不轉睛地凝望自己的臉。

這張臉陪了我十七年。就代表我這個人，無法改變。

看起來並不是特別帥，但也不至於太醜，不過我開始越來越不討厭這張臉，我邊注視邊像是在無條件肯定般，慢慢地點頭。

「人家說我是帥哥……算了，那也不關我的事。」

說這句話的我一副事不關己的樣子，到最後突然覺得自己好像笨蛋一樣，在那邊自顧自笑了起來。

並非我不高興，只不過，我不認為這就代表我全部的價值。

若是真的要衡量我的價值，那我覺得應該要看的是為了改變自己，最終也成功改變自我，從而驅使這一切發生的行動力和意志力。

我是一個徹頭徹尾的電玩遊戲愛好者，而那是我最真實的想法。

「……先不管了！」

我轉換心情，開始坐到電腦前面查東西。

昨天哈利先生和馬克斯先生跟我說了很多關於 AttaFami 業界的事情。

我先搜索哈利先生在 YouTube 上開的頻道，瀏覽上傳到裡頭的影片一覽表。那裡羅列了一整排影片，最上面放著「日本最強玩家比我還要會用 Yogur。nanashi 對戰 Aoi【AttaFami】」這段影片，讓我看了不禁苦笑。我是知道自己比他還會用 Yogur，但沒想到他用這種標題上傳影片。

看自己的影片會有種難為情的感覺，所以我就跳過了，除了讓哈利先生過去上傳過的影片在背景中自動播放，我再度展開搜索。

要找網聚的時程表，還有關東區和關西區的差異。以及像哈利先生這樣在 YouTube 上開頻道來獲取收益的玩家。還有在海外活躍的職業選手們。

除了擔任職業選手活躍於業界，還順便在 YouTube 上開自己的頻道，這反而是現在的主流了，只要搜索著名的職業玩家Twitter，上面往往都會貼上YouTube頻道的連結。大家上傳影片的頻率都很高，那做練習和製作影片這之間的平衡是如何拿捏？我想有很多人原本應該是一邊上班一邊從事這方面的活動，是不是可以想成現在改把以前工作的時間切出來做影片。

還有去海外大賽遠征的時候，要付的旅費。關於贊助廠商和職業電競團隊的資源。獎金以及社會地位、歷史乃至於今後的展望。我調查了許多方面的事情。

跟線下遊玩又是不同的層面，與生活緊密相連的AttaFami對我而言是很新鮮的。以往對這個世界總是一知半解，它的遼闊讓我見識到AttaFami是如此深奧。

「大家都好厲害喔……」

除了哈利先生的影片，我也開了其他AttaFami的影片來看。之前我看了不少認真對決的影片和大賽影片，而我不用再看的初學者講座和角色介紹就會隨便快捲過去。雖然都沒有特別去留意，但就像哈利先生那樣，上傳這些影片都會帶來收益呢。根據編輯方式、講解方式和架構方式的不同，每個頻道都有自己的特質，可以看出是下了功夫的，不是只有在玩遊戲而已。

「原來是這麼一回事……」

線上排行戰。我一直認為這就是AttaFami的一切，但也許我想得有點偏差了。只要稍微擴大自己的視野，就會發現原來那是如此多采多姿的世界。

總覺得就好像——人生一樣。

一些人想要從中獲得樂趣，一些人是認真玩。或者有些人在當職業玩家，有些人在當 YouTube 的直播主。

一些人變成專業玩家，專門認真跟人對決，也有一些著重在娛樂性質上，比起認真對決，更重要是靠著說話方式來吸引人。

有些人把這個當成工作在做，也有人當成業餘的興趣。

大家著眼的方向、投注的熱情也各不相同，我想這些都是不分貴賤的。

那麼──

若是我要投入去做，會是什麼樣子的。

我不由得浮現這樣的想法。

# 4 對戰的勝敗最終取決於螢幕前的人

星期一。地點來到第二服裝教室。

「哎呀，友崎同學，先恭喜你打贏大家。」

日南這話是用不爽的表情說的。新的一週早晨相遇不該劈頭就跟人講這種話，這傢伙是怎樣。

「怎麼突然說這個？」

「就是要說這個。恭喜你。」

日南明顯是在為淘汰賽上輸掉的事情耿耿於懷，用很挖苦人的語氣衝著我那麼說。別說是完美女主角的影子了，就連平常那冷酷魔王的形影都蕩然無存，活像個比賽輸掉很懊惱的小孩子。

於是我就決定接受她的挑釁。

「多謝，我贏得非常輕鬆。」

「嗯──？」

我彷彿聽見某人腦袋中血管發出的劈啪聲。照理說本來不會有這樣的聲音，我卻聽見了，那表示她非常火大。若是繼續刺激日南，恐怕真的會被她殺掉。必須設法讓她冷靜下來。

「妳在危急時刻的洞察力還不夠。只重視機率的話，妳是沒機會提升自我的。辛苦了。」

「嗯嗯嗯——？」

「噗滋——」一聲，腦袋血管爆裂的聲音響起。實際上不可能存在這樣的聲音，我卻聽見了，那表示她已經氣炸了。

然而日南選擇大口呼吸，接著憋氣幾秒鐘。再將怒火隨著黑暗的火焰噴發出來，狠瞪著我開口道。

「我不會找藉口。這次是我輸了。下次會贏你。就這樣。」

她說完就將臉用力轉開。壓抑怒火坦白對應是很厲害沒錯，但之後的動作也太那個。表現出這種孩子氣的行為，是這傢伙故意的嗎？

「妳是小孩子啊？」

「少囉唆。小心我增加課題。」

「妳要濫用職權喔？」

「少囉唆。」

照理說應該有很豐富的詞彙可以用，日南卻只靠著「少囉唆」這句話強行突破。就好像用 Foxy 這個角色卻只會發動空N，這樣也滿強的。智商明顯下降了，可是繼續反抗導致課題真的增加，那樣我也頭痛，所以我就乖乖讓步了。我好厲害，

好成熟。

「那──今天要談什麼？是不是跟課題有關。」

接著我轉移話題。繼續鑽牛角尖聊剛才那個對雙方似乎都沒半點好處。我要有效活用學到的技能。

「是沒錯。可是上次出的課題，從上個週末開始就沒什麼進展吧？」

「對啊。」

下一個課題。那就是「自己要當上幹事，四人以上結伴一起出去玩。」。

週末都不會遇到學校裡頭的人，這方面沒太大進展。

「既然這樣，從今天開始就確實針對課題重複展開行動吧。至少要在幾天以內完成，最慢也要在這個週末達成，否則這個課題就算失敗。」

「喔、喔──時間上意外緊迫呢。」

若要結伴四人以上，還要想辦法讓大家的時間都能配合才行，不趕快展開行動可能真的會完蛋。

我針對課題確認一些事項後，再來就開始跟日南閒聊。

這個時候我決定要為心中介意的某件事情提問。

「對了。」

「怎麼了？」

去參加網聚後，我擴展新的視野。

還有就是看了學校發下來的未來出路調查表後，開始思考一些事情。

我也想問問這傢伙有關這方面的事情。

「日南妳對未來出路有什麼打算？」

對。就是未來出路。

今後自己要何去何從。有什麼樣的打算。

同時也想知道——接下來「師父」她有什麼安排。

「……有什麼打算？」

日南反問我的時候，眉頭都皺起來了。

「是要升學，還是有別的想法。如果要升學的話，妳覺得接下來會怎麼走？」

「哦，原來是這個啊。」

日南隨口回了這麼一句後，接下來用毫不猶豫的語氣那麼說。

「我當然是要升學了。要上東大。」

「東、東大……」

看日南說得這麼理所當然，我一時間被她嚇到，但仔細回顧這傢伙的成績，會那樣選擇也是順理成章的吧。雖然號稱日本最難考的學校，但每年還是有好幾千人考上。日南沒道理進不了。

「那、那接下來呢？」

我進一步追尋，日南連想都不想就接著回應。

「接下來要盡可能進入競爭力高的企業任職。雖然還沒具體決定要去哪一家公司，但應該會進入綜合商社，不然就是外資來投資的銀行。考量到這點，其實上慶應也可以，不過目前就先瞄準東大。」

「原、原來如此……」

她滔滔不絕地畫大餅，是從什麼時候開始就有這樣的計畫？雖然按照這傢伙的行事規格來看，會那樣安排也不奇怪，可是以進入東大為前提，再加上為了今後的人生出路做考量還說上慶應也可以，想想真嚇人。

「那、那之後呢？」

我半是害怕半是好奇地進一步詢問，日南果然還是立刻回答。

「我想總有一天是要結婚的，但我並不認為這是重點。我也不認為去某個地方任職後就要一直待在那邊，只會去選擇最初要待的公司。那時累積的經驗也會開拓視野，以高中生身分是不可能看透人生最終樣貌的吧。到時也有可能單純只是受到時代變化的影響。」

「喔、喔是這樣啊。我懂了。」

日南接連道出具體的理想藍圖，我聽了頭暈目眩。不過她說的內容實在很有日南風範，我也能認同。日南唯一打從心底喜歡的似乎就是**AttaFami**，我是有帶她去參加網聚沒錯，但看樣子並沒有對這種機械式的特質產生太大影響。

「話說現在是怎樣？明明是你自己先問別人的，反應卻不怎樣？」

「我原本想要跟妳聊一下，可是雙方等級差太多，害我完全沒辦法出手。」

我原本以為會用更開心的方式聊，有時還會聊得津津有味，來針對未來促膝長談一下，可是妳卻獨自一人用飛快的速度，飛也似地爬上每一段落都有極大落差的臺階。這傢伙每次說話的格局都很大，而且具體過頭。拜託別把我拋在後頭啊。

「哦」了一聲，日南用平坦的語氣回應。「那你自己又有什麼想法？」

「我啊……」

面對她拋來的疑問，我陷入沉思。

去想自己想做的事情，還有人生目標。

我該朝哪個方向發展，好像已經稍微看到一些輪廓了，但目的地的具體形貌卻還未看清。

我自己究竟想朝什麼方向發展呢？

「……我。」

「我說。只不過是閒聊時順便提問罷了，可不可以不要這樣認真煩惱啊？太沉重。」

「對不起喔!?」

人家可是在認真思考，這傢伙真是的。自己在跟人認真傾訴，卻被說太沉重，這可是人生中最大的恥辱。既然這樣，我也不能不吭聲。

「妳才是，可以這樣隨隨便便就決定嗎？」

「隨便？哪裡隨便了？這可是艱難的抉擇。東大也好商社也好，還有外資銀行也是。」

「我不是在說這個。」

這傢伙是明知故問吧。

「妳是認真考慮過才決定的嗎？」

「我能夠順暢說出這麼多具體的答案，反而該問你，這樣還覺得我沒認真想過？」

「嗚……」

她這麼說是有道理。但我要表達的不是這個。

這傢伙口中的理想，聽起來似乎欠缺某種重要的前提。

就是那個。若要轉換成言語──

「我不是在說這個。是想問那些真的是妳真正想做的嗎？」

「……來了來了。」

日南吐出一個顯而易見的嘆息，看著我時帶著厭煩又失望的表情。

「又要糾結是不是『真心想做的事情』？」

她說完就面向下方，一副很受不了的樣子。這是完全把我當笨蛋看待了。

「吵死了，對啦我就是又要講這個！之前就跟妳說要教教妳！讓妳明白開心度過人生的方式！」

我的說話順序整個顛三倒四，那讓日南露出挑釁的笑容。

「基本上直到現在，你根本連什麼都還沒教我啊。」

「不、不是。應該不至於……這樣吧。」

「那你說有什麼？都教了我什麼？」

「這個——……」

稍微不知所措了一會，我突然靈光一閃。

我可是為了這個，才帶那傢伙去那種地方。

「網聚！參加起來很開心對吧？那場淘汰賽。」

「……是沒錯。」

「對吧？」

我得意地接話，日南則是皺眉以對。

「不過，我本來就很喜歡 AttaFami。這並不是你教會我的。」

「那、那個——……這麼說、也對。」

「……唉。」

這傢伙的嘆息聲接著將我的反駁打斷。她明明什麼都沒說，光嘆一口氣卻有強大的壓迫感。

「還有玩 AttaFami 很開心，這跟人生出路一點關係都沒有吧？」

「不、不至於吧……」

在否認的同時，我的聲音也越來越小聲。畢竟連我自己都不清楚自己的目標，沒辦法在這種時候很有自信地主張。

「不至於？」

「對、對對，沒錯。不至於毫無關聯。」

「這種說法真站不住腳……」

日南的說話方式好像越來越像不想讓孩子受到傷害，而在逗孩子玩的大人。不管我們的實力落差有多大，小看人都很沒禮貌喔。怎麼能任她囂張挑釁。

「哦。那是怎樣？你想說要拿 AttaFami 來當工作嗎？」

「這、這個……」

聽她回得這麼現實，我的心臟莫名狂跳了一下。就好像做了什麼事情被人告發一樣，還有類似不安和迷惘的感覺，絞扭成一股漩渦擾亂我的心，讓我突然間變得無地自容。

「不、不是……我沒有這麼說。」

「這算什麼。說話不清不楚的。」

只見日南錯愕地歪過頭。但這是為什麼呢？我好像不想繼續這個話題。

於是我有點像是在轉移話題般。

「不、不過，總覺得妳說的目標，不像是妳自己真正想做的事情，是因為世人都覺得那麼做很棒，妳才想去做，感覺只是這樣罷了。」

「哦。」

日南興趣缺缺地回應。看了就覺得她根本把我的話當耳邊風。

最後日南用手指直直地指著我的眉心，就像在指責我私底下其實是有點不誠實的，指責那顆想要逃避的心——

「連自己將來的目標都還沒決定，這樣就敢對別人的未來說三道四？」

完全沒有反駁的餘地，日南說得對極了。

「……是。」

她換用一種同情的表情搖搖頭，在她面前，我就只能氣餒地垂著頭。我又輸了。真想嘗嘗勝利的滋味。

＊　＊　＊

「於是我就去參加網聚——」

午休時間。在學校餐廳。

我跟菊池同學兩個人一起吃午餐，悠閒聊起彼此最近的近況。對了，我跟菊池同學每個禮拜會不定期一起度過午休時間幾次。其實也可以每天在一起，但菊池同學不希望我跟朋友的關係疏遠，所以她提議只要在彼此都方便的時候見面就可以了。

今天我有很多話想跟菊池同學說，才主動去找她。

「──後來我打贏所有人。」

「咦！友崎同學好厲害喔。」

「嗯。畢竟我在線上排行日本第一嘛。」

我一手拿著日式糖醋豬肉定食，隨口說了這麼一句話，那讓菊池同學驚訝地望著我。

「日、日本第一是……？」

「這個嘛。就是在日本玩 AttaFami 的人群中，我的獲勝機率最高。雖然嚴格來講跟這種說法有點出入就是了……」

「咦、咦，日本第一是那個日本第一吧？」

菊池同學在說話時重複相同的字眼。好吧會有這樣的反應也正常，畢竟是日本第一嘛。

「啊哈哈。嗯，對啊。就是那個日本第一。」

我立刻承認。緊接著菊池同學頓了幾秒鐘，然後才──

「……我好像有點明白。」

「咦，明白？」

「嗯，弄明白了。」

這意料之外的反應讓我大吃一驚，反問之後換來菊池同學一個調皮的笑容。

「這、這是什麼意思啊？」

「……這個嘛。」

菊池同學一臉拚命地尋找合適言詞。然後她小聲說了句「嗯嗯——……」害我都很想替她加油。

接著她總算想到什麼似地抬頭，並開口道。

「我原本就覺得、你是一個非常奇怪的人……」

「我說，斟酌個老半天卻說出這種話？」

「啊啊，對不起！」

在我半開玩笑地開口後，菊池同學也一臉開心地笑著道歉。能夠在說話時體現這種親近之人間才會有的幽默感，我想一部分當然是因為我們兩個開始交往的關係——一方面也是在跟泉對話的時候，身體逐漸記住那種對話節奏了吧。人生就是不斷學習。

「可是總覺得……看了會發現你跟其他人還是有點不同……」

「是、是嗎？」

我想我在面對 AttaFami 或其他遊戲時，態度和思考方式應該是跟一般人不一樣的，可是在菊池同學能夠看見的範圍內——也就是在「人生」這個遊戲中，我是不是也能展露那種特質，這就說不準了。

「嗯。總覺得你做事情都很認真，算是為人很嚴謹吧。」

「啊——……原來是指這個。」

關於這點，聽她那麼說，我無從否認。

「記得最近回家的時候，深實實也說過我有點奇怪，或者說我很認真。」

「在說……七海同學嗎？」

像是在確認一般，菊池同學輕輕地說著，我聽了點點頭。

「最近不是有發出路調查表嗎？」

「嗯。」

聽我說話的時候，菊池同學顯得津津有味，似乎很期待後續。

「其實我也沒多想，原本打算只要寫上『升學』，然後填上錄取分數是我搆得上的志願學校就好，但又覺得這樣真的好嗎？就開始胡思亂想一通。把這件事情跟她說了，她就說我很認真。」

「的確是。我也這麼覺得。」

菊池同學露出沉穩的笑容。

「我可能會一頭熱去做我想做的事情，不管別人說什麼都不放棄，哪天做出成績了再跟他們說『看吧』。」

聽我那麼說，菊池同學似乎覺得有趣，還用手遮住嘴巴。

「呵呵，我好像明白這種心情。」

「也有可能一頭熱栽進去做了，最後卻變不出什麼把戲。」

「啊哈哈，這我也能理解。」

「妳能理解嗎⁉」

我怎麼會舉出兩個這麼極端的例子。聽到我們兩個人都預見未來有可能走得跌跌撞撞，讓人更替將來感到不安。

「記得你好像說過……跟七海同學在同一個車站下車？」

「咦，嗯。」

面對突如其來的問題，我點頭以對。這串對話乍聽之下好像跟前面連貫，實則有點離題。

菊池同學在這時若有所思地沉默了一會，接著才用半開玩笑的語氣補充。

「或許七海同學也覺得友崎同學是個怪人呢？」

「好過分⁉」

就像這個樣子，雖然菊池同學還要先想一下，但她已經會毫不掩飾地開我玩笑了。這樣好愉快。

「不過若是跟電玩遊戲有關……我確實會想認真應對。」

「果然是這樣嗎？」

「嗯。」

在那之後，我道出自己的想法。

「跟 AttaFami 有關的當然就不用說了，還有我平常就在做的，那些改變自我的努力，若沒將完成眼前課題的事先擺一邊，去想『真正想做的事情』是什麼，在這些方面我根本無從著手……」

「呵呵，真像友崎同學的作風。」

「像這部分，或許真的有點奇怪也說不定。」

跟周圍的人詢問後會發現，和自己有類似想法的人並不多。在我跟菊池同學對看的當下，她一臉感同身受地緩慢點頭。

「……是這樣啊。」

「嗯？」

她眨眨眼睛，目不轉睛地望著我。

接著不知為何展露喜色。

看似能夠體會，並說了這段話。

「對友崎同學來說，每天的現實生活——一定也昇華成『電玩遊戲』了吧。」

這一語道醒夢中人。

不只是說出我內心的感受而已，我聽了有更深的感觸。

菊池同學已看出在我背後推動著我的「大前提」，我似乎為此感動。

「嗯，或許是吧。」

將湧現的心情表現出來，我面露笑容。

就在這個時候，我似乎已經明白自己為什麼會對未來如此煩惱了。

於是我就為接下來「這句話」灌注積極正面的用詞語氣。

「因為對我來說——『人生』形同一場『遊戲』，我才會想要認真面對。」

腦袋突然變得一片清明。

或許我這個人真的有點奇怪。但那只是因為我身為一個玩家，想要用比任何人都要來得認真的態度去面對遊戲罷了。

那我就不需要為此感到可恥，而是應該驕傲才對。

我決定了。就連面對這段「人生」，我都要努力煩惱個不停。

因為我可是 nanashi——而我喜歡這個遊戲。

＊　＊　＊

「這樣啊……原來日南同學也喜歡玩 AttaFami？」

「嗯。」

吃完飯後。我跟菊池同學邊喝著溫熱的麥茶，邊開心閒聊。這些麥茶是不用錢的，感覺味道偏淡，但習慣了就覺得是故鄉的味道。反而會覺得很有深度，這點令人玩味。

「後來我們在決賽中碰到……」

「是嗎！日南同學真是什麼都會呢。」

我還跟菊池同學說日南那天在網聚上的狀況。仔細想想，雖然那個會場有很多人，但我畢竟還是跟女孩子單獨出遊，覺得應該不要隱瞞，老實跟菊池同學交代比較好。畢竟我跟菊池同學正在交、交往。

「那個──……」

這時菊池同學小口小口地喝著麥茶，一面開口。

「嗯？」

「就是……友崎同學……跟日南同學感情不錯呢。」

緊接著她就一直看著我。

「啊──會、會嗎？」

該說我們感情好，還是這一切出自師徒關係，雖說我這半年來跟很多人建立良好的關係，但她特別提及日南依然讓我稍微捏了一把冷汗。

「就好比，你們還會一起到店裡消費。」

「啊，對喔。」

自從之前演過話劇後，菊池同學似乎也開始對日南行動的動機感興趣，對方可是菊池同學，不曉得她都看出些什麼了，雖然這麼想，又覺得真的發生這種事也不奇怪。總而言之至少不要是我來揭露日南私底下的嘴臉就好。

「話是那樣說沒錯，但我最近也交了不少朋友啊。」

我顧左右而言他。

這好像讓菊池同學有點不滿。

「……是這樣子嗎？」

她一直盯著我看。

「嗯，好比是中村、水澤和竹井……最近還多了橘。」

「嗯——……的確是。」

「對、對吧。」

菊池同學難得用陰鬱的目光看著我，害我不由得焦躁起來，拚命擺出討好的笑容。能在這種地方看出不對勁，菊池同學果然很敏銳。

「記得還有、那個……像是跟七海同學和泉同學，也變成好朋友了呢。」

「對對。沒錯吧。」

並不是只有日南一個喔，我是在特別強調這點，但不知為何這反而讓菊池同學更加不悅。

「說得……也是，友崎同學跟大家都很要好呢。」

「嗯是最近才開始的。所以說，我覺得呢、並不是只有日南一個啦。」

「……這樣啊。」

菊池同學說這話的時候顯得有點落寞，接著她稍微想了一下，並露出笑容。

「啊，先不說這個了。」

這時我想到一件事，並改變話題。與其說我是要掩飾，還不如說其實是有話想跟她說。

「嗯？」

只見菊池同學不解地歪過頭。

我開口道「這個……」同時讓菊池同學看智慧手機的畫面。「我也開始試著用 Twitter 了。」

菊池同學仔細端詳出現在我那智慧手機畫面上的「nanashi」帳號，頭歪了歪。

「……nanashi？」

「啊，嗯。這是我在 AttaFami 上的名字。名字並沒有太深的意涵就是了……」

我盡量不要表現出害羞的樣子，將自己心中的話如實說出。

「我是想要……第一個、告訴菊池同學。」

直視菊池同學的雙眼說完這句話後，我接著面露微笑。

沒錯。畫面上列出追蹤零人、追蹤人數零人這些數字。

如假包換是剛創的帳號，還沒告訴任何人，是友崎文也兼 nanashi 的第一個帳號。

「我們在交往，所以我想重要的事情應該要第一個告訴妳。」

「咦……」菊池同學吃驚地睜大眼睛，最後慢慢綻放笑容。「……我好高興。」

我除了溫和地點點頭，視線還落到智慧型手機上。然後透過 Twitter 的搜尋功能搜尋菊池同學的帳號ＩＤ，追蹤她的帳號。

「所以說……呃——今後也請多多指教？」

在我打了個沒頭沒腦的招呼後，菊池同學便一臉欣喜地望著智慧手機的畫面。上頭寫著我的帳號出現「一位追蹤對象」。

「……那我也先來追蹤你吧。」

在她用溫和的語氣說完後——我帳號上的數字立刻變成追蹤對象一人，被一人追蹤。就在這個瞬間，只有我們兩人知道的祕密帳號誕生了。

嗯。跟菊池同學一起度過的時光果然很悠閒、很暖心。

＊　＊　＊

放學後。既然已經知道自己要如何面對人生，我就想試著往前邁進。

我想找到自己的人生目標——也就是要找出長遠來看「想做的事情」。為這點小事認真煩惱未免太矯枉過正了吧，就算有人這麼看我，我也無所謂。我可是nanashi，而人生是一場遊戲。

那我要做的事情當然就只有一樣吧。

對。就是像平常那樣「蒐集情報」。所謂的遊戲就是這麼一回事。

「小玉玉。」

我跑去找坐在自己位子上玩智慧手機的小玉玉說話。

眼下我想做的，就是去問大家關於未來出路的看法。之前已經問過水澤他們，還有深實實和日南，接下來就來問小玉玉吧。不管怎麼說，單就會貫徹自己想做的事、說想說的話這點而言，小玉玉跟我是很像的。

那表示我們的生存方式一定很像，小玉玉對於未來的看法也能拿來當成今後自我發展的參考吧。

「怎麼了──？」

只見小玉玉用開朗又歡迎我的語氣回應。我也露出自然的笑容，直接把我想問的話問出口。

「妳的未來出路已經決定好了嗎？」

這疑問讓小玉玉說了一聲「這個嘛──」，稍微想了一下就小聲接話。

「事實上……雖然我很少提到。」

「嗯。」

「其實我們家──在經營蛋糕店……應該說是賣西式點心的。」

「原來是這樣？」

這消息確實是頭一遭聽說。是說平常我們很少聊到自己家裡的事情。

「我是很想上大學沒錯，但在上大學的時候會試著實際投入，去幫忙家裡做事情。」

「是喔！」

小玉玉要當西式點心店的店員，感覺意外的適合她呢。

「是說會實際上去幫忙，最後可能真的會繼承家業？」

聽我這麼說，小玉玉嘴裡發出「嗯──」的一聲，一副很煩惱的樣子。

「這種事情沒有實際上做做看不會知道！其實我現在假日的時候也會三不五時幫忙……」

「嗯。」

「要說我會不會繼承，說真的我也拿不定主意。才想說邊上大學邊考慮可能不錯。」

「啊──或許真的是那樣。」

既然小玉玉說接下來才會真的加進去幫忙，那等到嘗試過再來想要如何安排也不遲。這麼說有道理。

「但我很喜歡店裡的點心，很喜歡那邊的工作，目前會覺得想要去接！」

「……是喔。」

一邊聽著，我同時感到佩服。不只是對未來出路有非常具體的決定，她還憑自己的喜好下決定，很有小玉玉的行事風格。不是讓別人來決定自己該怎麼做，而是靠自己的意志力決定。

而我到了選擇的時候，必定也會那麼做吧。

就在這個時候。

「小——————玉——————!!」

有人邊喊邊衝過來，不用想也知道是深實實，但要說有哪一點跟平常不同，那就是在她後頭，用不亞於她的氣勢對著這邊揮手的竹井也在吧。

「唔喔——————!!小玉——————!!小臂——————!!」

這是什麼情形，瞬間鬧出了大騷動。我原本就覺得這兩人行事風格很像，原來同時間加在一起會變得這麼誇張啊。

「你們兩個都好吵！」

被小玉玉厲聲糾正後，那兩個人同時說了句「是！」還立正站好，在小玉玉面前並排敬禮。是在當兵啊？

「哈哈……話說你們兩個是怎麼了。」

帶著苦笑的我出聲詢問，結果深實實露出燦爛的笑容並開口。

「沒什麼——！是因為竹井一直在偷看軍師你們，我就在想他該不會是很想跟你們一起聊天？所以就一起跑過來了！我是個很會察言觀色的女人！好有魅力！」

「就、就是這樣喔！」

深實實很有朝氣，說得一副若無其事的樣子，而竹井好像有點語無倫次。

「……？」

這時我才想起一件事情。記得文化祭剛開始的時候，竹井曾經這麼說過。

『哎呀！我喜歡小玉這型的！』

這段話在腦子裡重新播送，令我再次歪過頭。

「……嗯嗯嗯？」

我一下子看看竹井的臉，一下子又看看小玉玉的臉，發現竹井回頭看小玉玉，然後又轉去看其他地方，這讓我又大大的、真的是非常大幅度地歪頭。

「竹井。竹井你看這邊一下。」

「嗯!?怎麼了小臂！」

我對竹井招招手，背對著深實實和小玉玉，偷偷跟他說話。

「問你。前陣子你說過小玉玉是你喜歡的類型對吧？」

「喔、喔喔!?有、有、有……有說過。」

「現在會跑過來這邊……是為了那個？」

在我直截了當地提問後，竹井紅著臉看向旁邊。

「這、這、這我不能告訴你……！」

他用明顯焦急的語氣那麼說。

「是嗎？那我知道了。」

我回過頭看小玉玉和深實實那邊。這麼做顯然很詭異，令深實實湊過來纏著我逼問。

「剛才那是怎麼一回事～？在講什麼可疑的事情嗎～？」

我總不能把竹井的想法告訴那兩人，應該是說如果我把這件事情具體說出口，那別人可能會直接當真，因此無論如何我都不想說。

「這我沒辦法告訴妳。」

「咦——!?」

只見深實實「噗——噗——」地嘟著嘴。竹井還是一下子看小玉玉，一下子看別的地方。竹井。我說竹井。

接著我就發出嘆息——同時一股使命感油然而生。

「我只是發現一件事情。就是必須守護小玉玉才行。」

「軍師!?怎麼突然求婚了!?」

「友崎……你在說什麼啊？」

這讓深實實嚇了一大跳，小玉玉回話時也露出納悶的表情。

儘管如此，我心中湧現的使命感也沒有消失。

「不，沒什麼。那黑暗的真相就讓我來承擔……」

我到這邊把話打住，為了避免對方繼續追問下去，我把話題扯到別的地方。雖然深實實嘴裡說著「什、什麼……？」，一臉困惑的樣子，但只要轉換話題就沒問題

了。

「啊，對了小玉玉，剛才說的那些也可以跟這兩人說嗎？」

「嗯，可以。」

「什麼什麼要說什麼～!?」

話題突然間急轉彎，深實實理所當然地追上來，那運動神經令人佩服，同時我把剛才聽說的有趣消息分享給這兩個人。

「聽說小玉玉他們家是開西式點心店的。」

「咦!?是這樣喔!?西式點心店就是賣西點的鋪鋪嗎!?」

「嗯。」

「怎麼用鋪鋪這種字眼。」

深實實用了很像小孩子會用的名詞，而且一臉訝異，小玉玉老實地點點頭，我則是對深實實吐槽。大家都好我行我素。至於竹井，他慢了一拍才說「原來是這樣!?」沒想到這個不太用大腦的現充反應會比我還慢。竹井一旦慌亂就會反應遲鈍呢。

「深實實妳也不曉得啊？」

「嗯！第一次聽說！」

深實實說完就用手指直直地指著自己的雙耳。我想這大概沒什麼特別意義，所以只說了一句「是嗎？」就敷衍過去了。

話說聽小玉玉講，她之前好像都不太跟人提起此事，但沒想到也沒跟深實實說。不禁讓我覺得大概不會有其他人知曉這件事情吧。這反而讓我好奇，為什麼突然告訴我。

「是什麼樣的店⁉一般的西點店嗎⁉」

「對啊。有賣蛋糕餅乾和布丁之類的。」

「居然！小玉妳也有在做嗎⁉」

「嗯。有的時候會幫忙。」小玉玉說完突然靈光一閃。「『偶爾』會幫忙！」

「出現了！」

深實實在這時開心地笑開。她們看起來感情好好，真不錯。

我還順便偷看某個人，發現竹井早就被進展迅速的對話搞得頭昏眼花，臉色蒼白。我彷彿看見不久前的自己，心中出現一種溫馨的感覺。

「這還得了！既然是小玉做的，那一定要去吃吃看！」

「我就猜到一定會變成這樣，才沒跟妳說。」

「好過分⁉」

小玉玉毫不掩飾地補上那一句，還露出有點壞心的笑容。雖然她直接說出心裡話，卻散發非常柔和的氣息。說完話是否加上這樣的笑臉——光這點就讓外在印象一百八十度大轉變。我沒辦法使用這種技能，那表示小玉玉已經超前我好幾步了。真不愧是我的徒弟，我好驕傲。

「不過妳怎麼會突然跟我們說這個？」

面對我的提問，小玉玉稍微想了一下。

「因為你問我。」

「就只有這樣!?」

深實實整個人往前撲倒。嗯，聽了會覺得這理由也太爛，但那實在很有小玉玉的風格。

看深實實出現這麼誇張的反應，小玉玉開心地「啊哈哈」笑。接著一改先前的態度，用正直的語氣加上這麼一句話。

「還有就是最近我試著對大家敞開心扉，覺得這麼做讓自己越來越輕鬆了，我想這樣或許也不錯。」

她在說明時的語氣聽起來完全沒有別的意思，顯然是小玉玉最真實的想法。

「……是這樣啊。」

這讓深實實面帶微笑，換上像在溫柔守候的目光，並點點頭。

聽了小玉玉的真心話。她想必是跟我一樣，感到安心了吧。

覺得小玉玉如今是真的很享受校園生活了。

「嗯，既然這樣。」

我決定更進一步試探。

一方面是因為我想到還有課題要完成，但更多的是——

看到小玉玉願意對大家敞開心扉，我才有那樣的念頭。

「等一下放學要不要大家一起去？——去小玉玉他們家開的店。」

＊ ＊ ＊

眼下我們在小玉玉的帶領下，正往她家前進。剛才菊池同學有傳 LINE 邀我「今天要不要一起回家？」可是我拒絕了，說剛好跟人有約。想做的事情同時有好幾件，難免會產生這樣的壞處吧。

話說午餐都已經一起吃了，連放學回家也想跟我一起回去，菊池同學不太會這樣呢。之後一定要找機會跟她一起回去才行。

「我第一次在這邊下車——！距離車站多遠啊？」

離開車站的驗票口後，深實實朝氣蓬勃地發話。

「嗯——差不多三分鐘吧。」

「喔喔！很近耶！」

「好、好近喔。」

事情就是這樣，小玉玉帶頭走在最前面。竹井看起來果然還是顯得不知所措。

在微微變暗的寒冷天空下走了一會，沒過多久我們就抵達西點店「Le Petit Bois」。

在仿造成樹木樣式的咖啡色與綠色基調有型看板下方，一間鑲滿玻璃的店面出現在眼前。透著橘黃色的溫和光芒，不知道是不是我想太多，奶油和小麥的香味好像都飄到這邊來了。

「喔——！好有西點店的感覺！完全沒有小玉感！」

「嗯，走這邊。」

「小玉感是什麼鬼。」

小玉玉將深實實的玩笑話無情略過，這下我不拿來接不行。正確來說這裡應該是換竹井來做反應才對，可是他現在一直處於慌亂狀態中，根本沒那個能耐。

我們四人一起走下從道路綿延幾階的臺階。打開玻璃門後，那裡有一片半地下空間。面積大概有一般便利商店的一半吧，以西點店來說店面算是偏向寬敞的，裡頭密密麻麻地擺著餅乾、法式金磚蛋糕、法國麵包脆餅等等，放著琳琅滿目的西式點心。

收銀臺前方的展示櫃中整齊擺放一些蛋糕，除了有經典款奶油蛋糕和巧克力蛋糕，還放了口味豐富多變的芒果派、起司桃子蛋糕、檸檬捲心蛋糕等等，涵蓋範圍很廣。

「聞、聞起來味道好香喔……」

竹井開始發揮他身為動物的本能。

我轉頭張望，發現裡頭出來一名女性店員，大概是發現有人來吧。看起來差不多四十幾歲，眼尾和嘴角的笑紋令人印象深刻，外表看起來是大人，這名女性卻隱約散發著如同少女一般的氣息。

女店員一看到我們就綻放微笑，接著發出中氣十足的聲音。

「哎呀，花火妳回來了啊！這幾位是妳的朋友嗎？」

「我回來了，媽媽。是朋友沒錯，不用管他們沒關係。」

「花火妳真是的，怎麼能說這種話呢——」

劈頭就來這樣一段對話，讓人聽了不禁覺得原來小玉玉在家裡也是這樣，不由得想笑。或許是因為在那樣的環境下長大，才會教養出像小玉玉這樣的女孩子吧。看來這名女性就是小玉玉的母親。

「對不起喔，我家的孩子真是的。大家來了就別見外！」

小玉玉的媽媽說話時還帶著天真無心機的笑容，然後不停指著櫃檯旁邊的布簾。

「來的有三個人，可以進去嗎？」

「可以呀～」

「謝謝！來，我們走吧！」

緊接著小玉玉動作飛快地拉開那塊布簾，脫下鞋子踏進去。小玉玉對媽媽的態度雖然很隨便，卻會不避嫌地開口道謝，看樣子感情並不壞。

「打擾了——！」

「打擾了。」

「打、打擾了！」

深實實打頭陣跟小玉玉的媽媽打招呼，我也趕緊跟著點頭打招呼。竹井說話莫名變得結巴。

「請進——！妳這孩子，竟然帶了這麼帥的男孩和這麼強壯的男孩子回家！」

「這不重要啦！」

「被、被人家說帥好害羞喔⁉」

只見竹井開心地回了這麼一句。這什麼情形，我說這種話好像太自戀了，但用消去法來看，你應該不是「帥氣」的那個。因為看到我應該不會說出「很強壯」這種評語才對。不過加上 AttaFami 來評斷，那我是最強的沒錯。

「是有客人來嗎～⁉」

這時突然從後方傳來一名男子的聲音。

「是花火帶朋友過來了——！」

「什麼——⁉等我一下！等這個烤好，我再過去打招呼！」

「哎呀慢點，不用這麼著急啦。」

裡頭那名男子在跟小玉玉的母親說話時，聽起來很親暱。照這個樣子看來，他應該是小玉玉的爸爸吧。

「那你們慢慢玩喔～」

先是對我們露出一個親切的笑容，接著小玉玉的媽媽就對我們揮揮手。

「可惡！等這個烤好了，你們再來一下！讓我跟你們打聲招呼！」

「好了啦，我們先走了！」

小玉玉把爸爸的話當耳邊風，直接牽著深實實的手往裡面快步走去。怎麼啦。這氣氛上看來並非他們感情不好，但有必要這麼著急嗎？是不是在害羞啊。

「等等我～」

發出一聲沒用的吶喊，竹井也跟在她們的屁股後頭走掉。我對小玉玉的母親點頭致意後，跟上他們的腳步，前往位在後方的房間。

對了，要進去房間的前一刻，我有偷偷回頭看後面，發現小玉玉的媽媽依然面帶笑容目送我們。嗯，感覺是個很好的人呢。

＊　＊　＊

之後我們來到小玉玉的房間裡。

放眼望去都是粉色系的小東西和玩偶之類的，意外的有很多可愛物品，整個空間很有女孩味。我原本想像成更重視機能性的房間，問了才知道這裡放的東西基本上都是孩童時期人家買給她的，不是小玉玉的個人興趣。這才讓我恍然大悟。看來小玉玉很惜物。

眼下我們四個人圍著一張小小的桌子，開始閒聊。

「是喔——那小玉做的點心也放在店裡？」

「對啊，不過在這之前需要先經過爺爺考核。」

「哇——！」

深實實開始對小玉玉訪談，除了閒聊外還順便問了很多事情。聽了才知道小玉玉在週末若是沒有安排活動，有的時候她爺爺會教她怎麼做點心，小玉玉會嘗試製作。

她的爺爺一手創立這間店，直到幾年前都還是這間店的店長，但覺得體力不夠就退休了。現在負責指導繼承店面的小玉玉雙親，還有以後可能會接手這間店的小玉玉，教他們如何製作點心，負責考核他們做的點心夠不夠好。

這樣一子單傳的模式，說真的讓我很感佩。

「這樣聽來，真的是代代相傳呢。現在這樣的店好像不多見了。」

「也許吧？但還不確定我會不會繼承啦……」

這樣的傳承模式對我而言很新鮮。我們家是很普通的受薪家庭，就近見識到這樣的環境後，接受了不少刺激。就連竹井都佩服地說「好厲害喔……」但你幹麼正襟危坐。

小玉玉是獨生女，聽說她不繼承的話，就會讓其他親戚接手，或是交棒給某個值得信賴的工作人員。

我們正在聊這些，房門適時傳來「叩叩」的敲門聲。

「花火～！我拿點心和紅茶過來了喔～」

「咦，好──！」

小玉玉一回完話門就開了，放滿點心的盤子、裝滿紅茶的馬克杯就放在一個托盤上，小玉玉的母親拿著托盤走進來。

「不用這樣啦。謝謝！」

雖然有意見，小玉玉還是率直地道謝了。我們三人也跟著說「謝謝您」以表示感謝。接著小玉玉的媽媽就開朗地說「別客氣別客氣！」然後將那個托盤放到我們面前的桌子上。

「這是本店的特製紅茶……還有花火做的法式金磚蛋糕跟馬卡龍！」

「咦！」

聽到這句話，竹井臉上的欣喜表露無遺。你還真好懂。剛才明明那麼收斂。

「不嫌棄的話，還可以跟花火一起來參觀店內喔～」

一邊說著，小玉玉的母親再次揮揮手離去。她臉上的表情天真爛漫、沒有半點心機，果然是個很正面的人。

我們的視線全集中在小玉玉母親拿過來的點心上。

「好厲害喔──！這些真的都是小玉做的？」

被深實實問到，小玉玉變得害臊起來。

「嗯，應該是最近做的那些。不過爺爺說這些還不夠格拿去店裡賣。」

「咦——！好嚴格喔？」

「畢竟是要賣的嘛！」

當我們在聊這些的時候，平常話總是很多的竹井目光全放在小玉玉製作的點心上。想吃就吃啊，竹井。

於是我直接伸手去拿放在盤子上的金磚蛋糕，並放入口中。

「……咦，好好吃！」

那味道令我驚豔。一放進嘴裡的瞬間，奶油香氣和不膩口的甜味就在整個嘴巴中擴散開來，激盪出幸福的感受。鬆軟順口的口感好新奇，在舌頭上融化消失的感受引誘人一口接一口。

「真的嗎？……謝謝。」

小玉玉難得說話時這麼害羞，開心地看著吃點心的我。我完全沒空去管這些，一口氣就將那個點心接連吃下肚，接著又是一陣驚訝。

「這、這真的是小玉玉做的？」

「對啊？」

「超級好吃……這樣還不能拿出去賣啊……」

我同時受到好幾種不同的衝擊。

那就是這麼好吃的點心，居然是同學做的。

還有點心都做得這麼好吃了，卻還是不能放到店裡賣。

「啊，話說，爺爺有誇獎我做的味道不錯……卻說賣相不夠好。」

「啊——……原來還有這層原因啊？」

「嗯，爺爺說在烘烤的時候必須更仔細計算膨脹空間，不然會烤得不夠漂亮。」

「是喔……」

專業領域我就不懂了，但畢竟專家就是專家。大概有我完全無法捉摸的細微堅持吧。超級高手的堅持，門外漢是不可能明白的。

「好、好好吃喔……」

跟我一樣吃了金磚，竹井一副很感動的樣子，說話時眼裡盡是陶醉的色彩。竹井他可能還為別的事情感動。

「哈哈哈，也謝謝竹井。」

「不不不、不客氣！」

竹井在跟小玉玉對話的時候，說話超級結巴。你還好吧竹井，已經變得跟我一樣囉。

「真的耶！馬卡龍也好好吃！」

深實實吃了也很感動，那讓小玉玉再次害羞起來。怎麼會有如此療癒的時光。

「這個的話，比起形狀，爺爺說更不行的是顏色。他說馬卡龍的顏色也很重要。」

「妳、妳的爺爺對潮流還真敏感呢？」

從沒聽說過哪位老爺爺對馬卡龍的賣相這麼有見解。

「畢竟說起這個馬卡龍，原本可是傳統的西洋點心！」

「啊，原來，並不單純只是時下流行的產物。」

就這樣，我們開始圍繞著西洋點心閒聊。中心人物變成小玉玉，這點很新奇，感覺這樣也不錯呢。

「要注意燒烤的情況和烤箱溫度，還會因為氣溫和溼度產生變化，總之爺爺要我多多累積經驗。」

「是喔……」

只見深實實用亮晶晶的眼神看著小玉玉。看起來帶點憧憬，又好像有一絲落寞，如今深實實在想什麼呢。

該不會──在想將來的事情。

「那以後我們結婚的話，每天都要叫妳烤點心才行！」

「我們不會結婚喔。」

雖說是將來的事情沒錯，但我指的可是比較無聊的那個將來喔。此時深實實露出大受打擊的表情。

「軍師！她不是說不能結婚，而是說『不會』！」

「意思是就算有機會結婚，她也不會跟妳結吧。」

「竟然直截了當的說明!?」

深實實在那邊炒熱氣氛，我努力吐槽她，小玉玉則是毫不留情地直言。這段時光大家一起吵吵鬧鬧，都沒人勉強自己，過得很開心。

可是身在其中的竹井整個人都石化了，真的都沒說幾句話。加油啊竹井。

＊　＊　＊

後來大概過了一小時左右。

「然後呢，蛋糕主要都放在這邊賣。」

在小玉玉母親的邀請下，我們幾個被小玉玉領著參觀店內。

「花火做的曾經放在那邊喔～」

除了對我們介紹店裡的代表性商品，人在櫃檯後方的小玉玉母親還補上這句。小玉玉對母親抗議說「哎呀夠了啦別煩我們！」她媽媽加碼說「別說這麼無情的話嘛──」不死心繼續講。看來感情真的不錯。

「什麼!?是在帶花火的朋友參觀嗎!?等爸爸烤完這些再把下一批送入烤箱，馬上就過去！」

小玉玉父親的聲音從後頭傳出，害我不小心偷笑出來。她爸爸似乎一直很忙碌呢。

「總覺得……小玉玉妳家好像很有趣呢？」

當我老實說完感想後，小玉玉便吐槽「才不有趣！」她的父母則是悠哉回應

「就是說啊～！」「對吧～！」爸爸你就別回了趕快烤吧。

大概是被這樣的雙親吸引，深實實不斷跑到櫃檯那邊找這兩個人說話。

「哇——好厲害！這個看起來好像寶石喔！」

「對啊～其實呢——」

就像這個樣子，對方也會針對點心做一堆解說，最後小玉玉的爸爸總算出來了，我們三個人重新跟他打招呼。

小玉玉的父親身材嬌小卻一副精力充沛的樣子，長相英挺，照這風貌來看年輕的時候八成是一個大帥哥。他戴著一頂很高的帽子，應該是所謂的廚師帽吧，除了戴著這個長長的高帽，他的表情還跟小玉玉母親很像，氣質上都很乾淨。而且猛一看會發現還比小玉玉母親矮。

在聽他們講這間店才有的堅持、一些關於點心的小知識時，深實實對那兩人提出這樣的疑問。

「小玉以前是怎樣的女孩子啊？」

這讓那兩人有一瞬間互相對看，接著臉上隱約浮現笑容，再轉頭對著深實實。

「這個嘛。花火從以前就是很誠實，不會說謊的女孩子。」小玉玉的父親如是說。不知為何小玉玉變得面紅耳赤，眼珠子緊張地亂飄。

「果然是這樣！」

「對。會清楚說出自己的想法，班上若是有人欺負別人，她會跳出來制止，碰到不喜歡的事情就說不喜歡，不會去做。」

「是喔！」

一邊聽著深實實和小玉玉父親的對話，我跟著回想。

想到就在第二學期時，小玉玉曾經跳出來義正辭嚴指責班上發生的霸凌事件。

她果然從以前就是這樣呢。

「所以這孩子做的點心也不藏私，有著表裡如一的味道，她的爺爺也給了很好的評價，不過……」

「不過？」

聽到深實實這麼回應，小玉玉的媽媽就看似故意地補上這麼一句。

「他說外觀上還不及格。」

「那兩人以前還常常吵架，說『味道好吃不就好了嗎！』。」

小玉玉父親在這時用很緬懷的語氣開口補充。聽起來真的很像小玉玉會說的呢。

「這些就不要再提了啦！」

「不過她最近好像開始慢慢能夠明白爺爺的用意了。」

當小玉玉父親緩緩說出這句話的時候，臉上帶著微笑。

然後用會在眼尾擠出深深笑紋的柔和笑容對著小玉玉，看著她那麼說。

「知道不只是味道要實在——如何傳承下去也是很重要的。」

＊　＊　＊

我們一群人跟小玉玉他們一家子聊著天，吸收了許多資訊後，過沒多久就解散了。

「打擾了～！」

「打擾你們了！」

「打、打、打、打擾了！」

這次就只有竹井在緊張，說話變得很奇怪，但我們大家還是一起跟小玉玉的雙親道別。

「好的——改天再來～這個給大家當伴手禮。」

嘴裡一邊說著，小玉玉母親把三個紙袋分別交到我們手中。看起來像是和紙，是泛著一層亮光的淡綠色紙袋，會讓人不想將視線轉開，質感上很高級。

「咦！裝這麼多太破費了！」

深實實一看到袋子裡的東西就迸出這句話。我也跟著確認，發現整個袋子都裝滿各式各樣個別包裝的西式點心，若是用商品定價來買，整體算起來金額不小。

「沒關係沒關係！這個明天就到期了，沒辦法拿出去賣。」

「是、是這樣嗎……？」

「啊，但不會因為這樣就壞掉，只是爺爺他老人家說『東西出爐三天以後味道都會變糟別拿出去賣』，放兩個禮拜是沒問題的，你們可以放心。」

小玉玉母親說完就露出看似開心的微笑，然後伸手要摸小玉玉的頭。

「畢竟花火帶朋友回來是很難得的事情嘛！」

然而那隻手被小玉玉迅速蹲下避開了。我們看那兩人的互動都覺得想笑。

「那、那麼，我就不客氣收下了！」

深實實帶頭回應，我們幾個就這麼收下那些紙袋。

「好的——！話說回來……」

話說到這邊，小玉玉母親臉上浮現別有用意的笑容。並且一直看著小玉玉。

小玉玉看著她媽媽，好像察覺到什麼了，擺出厭惡的表情。

最後小玉玉母親這麼說。

「……原來這孩子有個叫『小玉』這麼可愛的綽號～！好適合花火！」

接著她跟在店裡的父親一起「小玉～！」「小玉！」地叫，就像在捉弄人一樣。

這、這是，小玉玉的臉變得越來越紅。

她直接轉頭瞪我們幾個人，嘴裡還大叫。

「討厭——！所以我才不想帶人回家！」

原來如此，小玉玉不願意帶人回家是為了這個啊。雖然我覺得那個綽號不錯，但被父母親知道了，確實會覺得不好意思。

＊　＊　＊

回家路上。跟小玉玉道別後，我們幾個人拿著伴手禮，走上要回車站的路。竹井望著收到的伴手禮，看上去無比開心。感覺以前沒表現得這麼明顯，是現在開始認真喜歡小玉玉了嗎？或者只是因為說出那種話，才跟著萌生情感？

「啊！」

「怎麼了？」

突然發出驚叫聲的深實實讓我轉頭看她，結果她把智慧手機的畫面轉到我面前。

「你看這個！美食評鑑網站 Tabelog 得分三點五！人氣很高呢！」

「咦，真的耶。」

智慧手機畫面上顯現「Le Petit Bois」在 Tabelog 上的頁面，評價分數是三點五八。幾乎要逼近三點六，分數非常高。

「看來是很有名的店呢。」

「好、好厲害喔……！」

連竹井都很驚訝，我們大家一起看評語。每個人都給出很棒的評價，就連我們看了都跟著高興起來。

「啊——！怪不得那麼好吃！被擺了一道！」

只見深實實說這話的時候還拍了額頭一下。

「哈哈哈，被擺了一道是在說什麼啊。」

「沒想到連小玉都超越我的意思。」

「這什麼邏輯……」我邊苦笑邊回，接著才察覺話中含意。「噢我知道了，是在說未來出路的事情？」

「對對！」

就是深實實為之著急的未來出路。就這點而言，雖然小玉玉說她還在想要不要繼承，但她眼前已經有一個再具體不過的選擇。

「用不著那麼慌張吧？那是她們家本來就在做的事業，算是例外案例。」

「是沒錯～可是感覺好開心喔！」

「在說小玉玉她家嗎？」

經我反問後，深實實點點頭。

「感覺很熱鬧……啊，或許跟友崎你們家有點像？」

「咦，我家？」

「小臂的家⁉妳有去過⁉」

竹井聽了整個人湊上來追問。

「啊，嗯。大家曾經一起去他家玩過一次。」

「是、是這樣啊……？都、都沒有找我一起去……」

只見他一臉悲傷。被人排擠在外的竹井，變得像很寂寞的小型犬一樣。可是他體格太好了，這種形象跟他好不搭。

但仔細想想好像有這回事。暑假的時候，為了讓中村和泉在一起，大家來我家開作戰會議，討論一起去外面住宿的事情，若是被竹井知道，他可能反而會把事情搞砸，所以我們就瞞著他偷偷進行。到現在依然覺得那是正確選擇，但我們這麼做確實對不起他。

「啊──抱歉抱歉竹井！下次會找你啦！」

當深實實笑著說完這句話後，竹井就眼眶帶淚地開口「說、說好了喔……！」

「其實來我家也沒什麼好玩的……」

「咦──會嗎？我覺得很有趣啊！感覺好熱鬧。」

「……？」

話雖如此，印象中深實實那個時候看過我的家人，好像有說很有趣之類的。

「是、是什麼樣的感覺……？」

像是要填補沒跟到團的那段空白時光，竹井開始追問。原來竹井這麼怕寂寞啊。還是去過小玉玉她家後餘波蕩漾，感情上出現起伏呢。

「什麼樣的感覺啊，就很普通。」

「這個嘛──是什麼樣的感覺呢……就是家裡有媽媽跟妹妹在，但大家好像朋友一樣。這部分就跟小玉她家很像。」

「咦──！」

面對深實實分享的資訊，竹井做出回應。不知其他人是怎麼看我們家的——從這個角度出發，我覺得那樣的評語挺新鮮。

「啊——……不過以距離感來說，搞不好真的像是朋友。但硬要說起來，會覺得也有可能只是被人小看啦。」

在我半開玩笑地補充後，深實實和竹井都笑了。

「啊哈哈！這樣好有小臂感！」

「喂你什麼意思。」

吐槽完後，我還做補充解說。說爸爸是一般的上班族，母親是全職家庭主婦，妹妹是跟我就讀同一所高中的一年級生。

「咦！原來她也讀我們這所高中啊!?」

深實實好驚訝。話說我好像沒提過？泉知道這件事情，但妹妹畢竟是低年級生，不說出來根本不會察覺吧。

「對啊。跟我年齡相近，不是嫌我太吵就是嫌東嫌西。」

「啊哈哈。想像得到。像我們去你家的時候，她反應也很大呢。」

深實實在說的時候似乎還一面回想，接著就笑了。竹井對於自己跟不上話題這檔事好像覺得很悲傷，除了說「原、原來是那樣啊……？」還用狼狽低落的表情望著我和深實實。

「小玉她家也好厲害呢！感覺好像比友崎家更熱鬧喔？」

「那樣的情況確實很少見。大概是因為雙親都一直待在家裡工作吧。」

一起工作就算了，兩個人的工作場所還都在家裡。我想這樣的環境是很特殊的。

「若是來到青春期，可能有時會因此感到憂鬱……但從某方面來說也算得天獨厚呢。」

「或許可以這麼說喔！」

說到一半我突然想到。那這兩個人家裡是怎樣的？這麼想來，好像完全沒聽他們說過這方面的事情。

「那深實實和竹井你們家是怎樣的？」

「我嗎!?」

被我問到，可能是之前都沒辦法加入話題的反作用使然，我明明是同時問他們兩個，竹井卻跳出來打頭陣，很有精神地回應。

「喔、喔喔。那竹井先來。」

被我指名後，竹井開心地笑著，開始說自己的事情。

「我們家是五兄弟！」

「咦？是喔。」

我只是一時興起問問，沒想到對方說出的話比想像中更引人入勝。現在家裡有五兄弟的好像不多了。

「父母都在工作，我是五兄弟中最小的！大家都是男生！」

「是喔——！這樣的機率還真強！我看看……是三十二分之一！」

「說你是最小的，我很能理解……」

這個竹井當五兄弟中最小的，當之無愧。感覺他就算有一百個兄弟姊妹，也會是排行最後的那個。

「大哥已經結婚了，人在東京，其他人年紀都很相近，都是大學生——而且大家都還待在老家。」

「這、這樣聽起來好像又是一個熱鬧的家庭……」

光是想像就令人苦笑。也就是說人多的時候，家裡面總共會有三個哥哥，再加上雙親是嗎？客廳裡面有四個竹井——這有如惡夢般的場景在腦子裡擴大，我趕緊甩去那個念頭。

「咦——但好像會很辛苦！生了五兄弟，而且還要上學！」

「啊，確實是。」

聽人這麼說，我才發現。仔細想想如果有五個孩子，大家都要上大學，那可是要花一大筆錢。如果要上私立學校，幾乎是不可能的吧。

「對——對——！所以我在想一定要上國立大學才行～」

「或許真的得那樣……」

「嗯——家庭環境不一樣，選擇的路也會跟著改變呢！」

深實實發表意見，我聊著聊著也產生一個想法。

在想未來出路的時候，會出現一個指標。那跟學費、雙親的工作等等有關，單純屬於家庭環境方面的問題。

「不過小玉玉大概也是那個樣子。」

會因為家庭狀況的關係，沒辦法去上私立學校，或是像小玉玉那樣，被人寄予繼承家業的期望。

我想有些案例也許不會受到限制，可以讓他做自己想做的事情，反過來說，應該有些家庭會給小孩子施加壓力，要他無論如何必須考上好大學吧。例如醫生的兒子都要當醫生，這樣的案例也時有所聞。

如此想來，我在考高中入學考試的時候，並沒有被要求要上私立或公立學校。關友高中是私立學校，我跟妹妹都可以來讀這邊，搞不好是因為我們家家境還不錯。以前我都沒意識到這點。

「原來如此啊……」

像這樣廣納意見後，果然也會讓自己更深入去思考自己的未來出路。別想太多先付諸行動，有時可能會有很多意料之外的收穫。

有鑒於此，我再次製造話題。有效運用技能。

「那深實實妳家呢？」

「啊──我家？我家的話──……」

面對我的問題，深實實稍微猶豫了一下，接著才娓娓道來。

「我們家只有我一個小孩子，父母都在工作，就算回家基本上也只剩我一個人。算是鑰匙兒童？」

「都是高中生了，這種時候就不會叫鑰匙兒童吧……」

我除了來個小小的吐槽，同時有了體悟。有像小玉玉她家那樣，雙親總是在家的，也有家中住了五兄弟，吵吵鬧鬧的家庭。但還有基本上家中總是只剩一人，活脫脫是個鑰匙兒童這種的。

「其實呢——我父母在我中學的時候就離婚了，我跟媽媽兩個人住在一起。」

「咦？」

深實實不經意吐露這番話，讓我心中一驚。咦，我是不是問到不該問的？

「啊！沒關係沒關係！這件事情很多人都知道了！竹井不是就知道嗎？」

「對啊，我知道！」

「是、是這樣嗎？」

聽他們這麼說，我心裡比較沒那麼多疙瘩，但還是難免覺得自己做得不太對。

「幹麼擺出那種表情啊！現在離婚的例子很多啊！在我們國家可是每三對就有一對離婚喔!?」

「聽、聽妳那麼說……」

三對裡面就有一對，這樣計算起來班上大概就有十個人的雙親是離婚的。如此想來，若是我表現得太內疚尷尬，搞不好深實實更不愛那樣。

竹井這時像是要來幫我打圓場。

「對啊！孝弘他家好像也是。」

「啊——好像是喔。」

「咦。」

這點再次令我吃了一驚。從別人那邊八卦到這種資訊，這樣好嗎？不過深實實好像早就知道了，應該沒關係吧。感覺好複雜。原來水澤他家是那樣。

「總之，小玉她家開點心店的事情就是一個例子，家家有本難念的經，情況各不相同！」

「……原來是這麼一回事。」

我不知道該如何表達心中的感觸，沒有對著任何人地點了好幾次頭。之前從未思考過的現實，彷彿開始在腦海中逐漸發酵。

「正所謂人生百態，世界上有各式各樣的家庭～！」

「對啊～！」

已經完全找回平常步調的竹井開始附和深實實。世界上有各式各樣的家庭啊。

這樣想來，我過得好像很普通，家庭算是很一般吧。從某個角度來說，像這種看起來就像一幅畫的「一般家庭」或許才是比較少見的。

「話說回來！軍師為什麼會問小玉家裡的事情？之前都沒人知道她家在開西式點心店。」

「真的！為什麼小臂要問！」

「啊——那是因為……」

問我為什麼，說明起來有點困難。

假如跟人說無論他人怎樣說三道四，我都決定要以一個玩家的身分認真面對「人生」，這樣講會被人當成怪人吧。簡單講其實就是想要找出自己的未來方向，那就必須尋找人生中的「目標」，所以我才在蒐集情報——

將這些翻譯成「人生」這場遊戲中的遊戲語言，大概會變成以下這樣。

「其實之前就跟深實實聊過，我不是說自己在認真思考未來出路嗎？」

「嗯嗯。」

「舉個例子，就如同剛才問到的那樣，竹井考量到家裡的情況想要上國立大學，還有要不要自己一個人出去住等等……如果要決定未來的方向，看家裡情況而定，可能也會碰到一些問題。」

「真的耶⁉」

「小玉玉也因為家裡的關係，感覺未來出路都已經有個方向了……我想去找多點人來問問他們有什麼想法，並了解對方是什麼樣的背景，或許也可以為我的人生帶來啟發。」

我設法理出一個頭緒，將想法轉變成言語，說給這兩人聽。

「所以才會想去問問看啦。」

這話一出便讓深實實恍然大悟地點頭。

「啊哈哈。真不愧是友崎，好認真喔。」

話說到這邊，不知為何深實實露出喜悅的笑容，然後帶著溫和的神情凝視我的臉龐。怎麼了，這是什麼意思。

「哎呀——！小臂好厲害喔！我都沒想這麼多……」

「我想也是。」

「嗯——……看來我也必須認真思考一下。」

「的確，眼下深思熟慮是最重要的。」

「對啊——！」

就這樣，我們幾個開始聊起將來。

談想做的事情。自己的未來。為此選擇的路。有好多選項出現。

「雖說要思考一下，但竹井應該還是會升學吧？」

「……嗯——」

在我重新提問後，竹井回答時變得不是很確定了。

「應該……十之八九會升學，至於之後自己想做什麼，我可能會像小臂那樣認真去思考這件事情！小臂感覺有點帥！」

「是、是嗎……？」

竹井害我不好意思了。真是失策。

「像這種特質，就是軍師的優點。不過相對的也有難搞的一面喔？」

「少、少囉唆。」

雖然被人稍微調侃了一下，在那之前的誇讚還是足以讓我感到難為情。我一被人誇獎就受不了。

不過，原來是這樣啊。

仔細想想，我們三個是還不知道自己想做什麼三人組。

這時我想到課題。而且還想起自己要找想做的事情，念頭之強烈早已蓋過課題。

那好，既然這樣。

我就試著做出這個提議吧。

「那不然……下次我再跟你們倆一起找個地方去吧。」

一方面是為了課題做考量，但更大的動機是這個，就是想要更進一步去探尋自己「想做的事情」。

像這樣出於自身意志選擇想要的人生，這種感覺必定會為我所處的這個遊戲增色。

「嗯——？要去哪？」

「不錯喔！我們走吧!?」

深實實想要詢問細節，竹井則是二話不說就接受這個過分模糊的提議。雖然那兩個人都是屬於急性衝動型，但在這種時候卻出現很大的差異呢。甚至可說他們兩個人的人格特質完全相反也不為過。

「嗯──就是說，我們一樣都是還找不到目標的人……我想想，該怎麼說呢？……算是要去探尋自我吧？」

「軍師，這聽起來真的好可疑。」

「探尋自我，聽了就好期待喔!?」

那兩人又意見相左了。每次贊成的人都是竹井，感覺好不可靠，真讓我不滿。

看我和竹井這樣，深實實噗哧一聲笑了出來。

「不過呢──應該也行啦！我們就很像是要一起去體驗許多事物的組隊夥伴吧？」

「對、對對對！」

大致上來說是那樣沒錯，既然深實實萌生意願，我就先認同她的說法就對了。

「ＯＫ，我加入！那我們來創一個 LINE 群組吧！」

「喔，不錯喔！」

「這點子好棒喔!?」

連竹井都認同，於是我立刻打開智慧手機裡 LINE 的 App。

「……呃──要怎麼開……？」

「啊──真是的，我來開好了！」

事情就是這樣，細部操作就交給深實實，我們幾個就此組成探尋自我的同盟

LINE 群組。下次我要學會自己開群組。

「好了——那再次請你們多多指教！」

我刻意出來帶頭主持，深實實和竹井都跟著配合回應「請多指教——！」。仔細想想，其實好像是那樣喔——這兩個人配合度都很高，我第一次當群組領導人，那兩人在這種情況下應該算是很好帶的。

總之在我的提議下，大家一起到小玉玉家裡去，讓我圓滿完成「自己來當幹事，成員四人以上一起出遊。」這個課題。

不過主要是想探尋自己想做的事情，課題只是順便。

＊　＊　＊

這裡是北與野。接下來再怎麼掙扎也會落得跟深實實兩人獨處的境地。這樣對菊池同學有點抱歉，但這也是無可奈何的事情。

我們還在聊剛才聊過的出路問題。

「可是，我的想法好像比竹井還天真!?真丟臉！」

深實實半開玩笑，狀似不滿地說了這番話。

「啊哈哈。說得也是，關於要不要上國立大學，這部分竹井可是有認真思考過。

深實實就什麼都沒想。」

在我拿話逗深實實後，她嘴裡就發出懊惱的「咕唔唔……」聲。

「嗯——……我是不是也該來認真思考一下。」

「我覺得應該要那樣才對。」

我隨口應聲，只見深實實用手指抓抓脖子，臉上浮現落寞的笑容。

「也對啦……總不能做任何事情都是半吊子。」

「……嗯？」

前面那句「任何事情」令我在意，但這個疑問被深實實緊接而來的話淡化掉。

「友崎你大概都在為哪些事情煩惱？」

「為哪些事情？」

被我回問，深實實先是稍微想了一下。

「雖然你說還在思考自己想做什麼，但我猜你是不是已經有找到一些備案了。」

「啊——……這個嘛。」

說了我才想到，我心中不是沒擠出一些備案，但那些備案都還不夠力，不足以提出。

「該怎麼說呢。我應該是想先或多或少打好基礎了，接著才往前進……不管是面對遊戲，還是其他所有的事情，我都是那種實際上線之前，會先瘋狂進入訓練模式訓練的人。」

「咦，怎麼了這是在說什麼？訓練模式？」

我自然而然就說出電玩遊戲的用語，聽得深實實一頭霧水。不管我改頭換面的幅度多大，還是不自覺會這樣，這就是阿宅糟糕的地方吧。

「啊，是電玩遊戲訓練模式的簡稱。簡單講就是並非實際找人對戰，而是在那種模式中單獨一人確認動作……」

「嗯嗯。」

「在格鬥遊戲中，有些人也會直接跑去跟人對戰，但我會先確實練習好幾次，因為我覺得沒有把自己該做的事情做到好，就等於是白做。跟人對戰說穿了其實比較像是在確認自己的成果。」

「哦——原來如此。」

「所以說，雖然會去上大學，但在那之前，自己能夠做些什麼，想要在大學時期做些什麼樣的嘗試，我想要先進入訓練模式，來模擬思考一下。」

我在說什麼啊。因為深實實回應得很積極，我就一不小心滔滔不絕說起訓練模式和人生了。

「是喔！這很像軍師會做的事情呢！」

而深實實也確實接納了這樣的我。妳的人類適性實在太高了。我可不能得了便宜就賣乖。

「啊，抱歉我說了一些莫名其妙的話。」

我不由得道歉，結果深實實「啊哈哈」地笑了，還拍拍我的肩膀。

「哈哈哈！我確實一時間反應不過來……可是會說這種話的友崎，我並不討厭喔！」

「喔、喔喔。好痛。」

我老實跟深實實說那樣很痛，她說那種話讓我不知該如何是好。我們之間發生了一些事情，希望她別說出「不討厭我」這種話。我可是一個弱角啊。

「不過，你不會想往那個方向發展嗎？」

「那個方向是指？」

「這個嘛——怎麼說呢。就是遊戲公司之類的。因為你開口閉口就提到遊戲，我才在想你是不是已經有這方面的考量。」

「啊——……還不確定。」

在說未來要進入跟遊戲有關的行業啊。我心裡的確是有把這個列入考量，應該這麼說，我有特別注意到這個選項。

不過到頭來，走那條路一般就會進入「遊戲公司」吧。

「若是要做跟遊戲有關的行業……我應該比較不適合開發，而是比較喜歡玩遊戲吧……我是這麼想的。」

「玩遊戲？想要當職業玩家之類的？」

「嗯——……」

對方問得這麼直接，我很難直接給出肯定答覆。因為那聽起來實在很像空談，最重要的是我還沒有那麼大的覺悟。而且我對那個世界也沒有很詳細的了解。

我不認為這個職業是這樣的我可以隨隨便便說想做就去做的。

「不，這也不一定。說真的，我都還沒徹底了解自己。」

「了解自己啊。」

我點點頭。

「想要當什麼樣的人。喜歡什麼東西……不對，我已經知道自己喜歡什麼，但那不等於未來出路。因為沒有考量到現實面，喜歡歸喜歡，卻不曉得真的拿來當工作是不是也開心。」

深實實用真摯的態度聽我說話，最後認同地點點頭。

「這樣啊──我也沒什麼頭緒呢。像是自己想成為什麼樣的人。想做什麼事情。還有喜歡什麼，這些我好像都沒什麼概念……不過我知道自己喜歡誰就是了♡。」

「咦、咦咦？」

她突然對我投下這個震撼彈，害我整個人驚慌失措。

「開玩笑的，那是假話假話！我說軍師！你身邊都有菊池同學陪伴了，別為這點小事煩惱！」

嘴裡一面說著，深實實用力拍拍我的肩膀。用的力量大概是剛才的三倍吧。

「好痛！」

「啊哈哈！那你要努力尋找自我喔！」

「喔、喔喔？」

緊接著深實實又在我肩膀上打一下，然後就快速走人。

「這、這是怎樣……」

我獨自一人被留下，剛才那些打擊造成的傷害都累積在左邊肩膀上。而累積更多的是精神上的餘韻。

但菊池同學妳放心，我心裡只有妳一個。

＊　＊　＊

這天夜裡。

「……哇喔!?」

看了 Twitter 讓我嚇了一跳。

在我開了 nanashi 的帳號後，時隔數日。我先跟菊池同學告知這個帳號，接著再透過加好的 LINE 告訴哈利先生、馬克斯先生和雷娜該帳號。然後他們就幫推，才短短幾天追蹤我帳號的人數就來到五百人左右。好吧，這就算了。

接著我回過頭去追蹤那天在網聚上遇到的人，有跟他們在 Twitter 上面聊 AttaFami 的事情。到這邊也都還好。

問題就出在約莫一小時前雷娜回傳的訊息。

『咦——文也好壞心。』

對。她喜歡跟我近距離接觸，這我已經管不動她了，而雷娜竟然還把我的本名寫出來。老實說我並不是非得要隱瞞真名不可，可是像這樣在不經意的地方洩漏真名，讓我有點捏把冷汗。而且這段文字還是回在跟AttaFami有關的話題上，是在我回傳「不過我不會手下留情喔？」這句話之後，她才回了那段文字。

那已經是一小時前的事情了，可能已經有人看見，但還是先處理一下好了。於是我就傳LINE訊息給雷娜。

『妳在Twitter上寫了我的本名！』

一傳出去訊息就已讀，雷娜馬上回訊息。

『啊，對不起！我馬上刪掉！』

我看到這個訊息就去確認Twitter，發現那則回覆已經消掉了。看來雷娜已經處理好了。

『我刪掉了！』

『謝謝妳！我看到了！』

這段訊息也馬上顯示已讀，接下來幾分鐘內都沒再看到什麼訊息，我就以為對話已經結束了，沒想到過十幾分鐘後，雷娜又傳了訊息。

『對不起！

我還有轉傳給哈利先生，原以為你不是很介意就……

你會生氣嗎？』

她打這段話給人的感覺好像很惶恐，因此我決定用輕鬆的語氣回訊。事實上就如雷娜所說，其實我並沒有那麼介意。

『我沒有生氣啦！反正那只是一條回覆，我想有在看的人應該不多！』

『真的很抱歉！下次見面一定會鄭重跟你道歉！』

『……我知道了！但妳不用那麼在意啦！』

聊到這邊，雷娜就沒有再回覆訊息。雖然不至於讓人感到不自然，但還是斷在有點奇怪的地方。

不過話又說回來。在這個名為「人生」的遊戲中，活動範圍越廣果然越容易發生意料之外的狀況，讓我受到驚嚇。但這從某方面來說也算是一種經驗吧。

腦子裡想著這些，我把智慧手機放到床上。

＊　＊　＊

隔天早上。

「哦。那課題應該算是完成了吧。」

「好耶。」

我跟日南說經過自己提議，我們四個人結伴去小玉玉家，獲得日南的認可，說我完成課題了。關於那個 Tiwtter 事件，我也有試著跟她報備，但她好像對此事興趣缺缺。這麼說來，在日南遊玩的社群軟體中，有使用本名的大概就只有 Instagram 吧。

「不過我也沒去過呢。原來花火她家在開西式點心店啊。」

「好像是那樣。」

點了個頭後，我大致跟日南形容小玉玉家給人什麼樣的感覺，還有她跟家人之間的關係，以及小玉玉製作的點心。最後還說我們拿到伴手禮，之後就解散了。結果日南的眼神頓時一變。

「咦，怎麼這麼奸詐。那我的份呢？」

「沒有，沒妳的份。」

「怎麼會……」

只見日南用一種很悲愴的表情看向窗外。我想她一部分是在誇大演出，但真的很想吃這點應該也占了很大的成分在。以起司為代表，這傢伙對好吃的東西沒有抵抗力，再加上她也非常喜歡小玉玉。

「總而言之，課題處理得還不錯。連 LINE 群組都開了，這部分得分很高。能夠形成類似某種同盟的群組，一開始就創建這種『容易跟人互動的結構』是很重要的。」

「啊──……也對，那樣就能夠輕易跟大家聯繫了。」

「對對。雖然是這樣，要說這個是『友崎群體』還太早，要達成中期目標還很遙遠。」

「這麼說是沒錯。」

只是創了一個 LINE 群組，我不敢說這樣就算是打造出以自己為中心的溝通群體了。至少得來到跟那個中村集團和紺野集團相同等級才行吧。我們是四個人一起出遊沒錯，但是 LINE 群組裡頭只有三個人。

「那接下來要出的課題是這次的延伸。看是要四人以上一起到外縣市，還是六人以上去某個地方出遊。你的行動目的就是達成這兩者之一。」

「我懂了。單純是要完成更高階的版本是吧？」

「對。你應該可以當成是循序漸進在爬樓梯那樣？」

「好。我知道了。」

就這樣，除了確認課題的效果和今後方針──我還有一件事想問這傢伙。

就是曾經拿來問過竹井和深實實的那個話題。

「對了。」

「嗯？」

我小心翼翼，盡量不要問得太深入。

「日南妳家……大概是什麼樣的感覺？」

「……什麼樣的感覺？」

「就是——」

接著我跟日南說起和竹井、深實實聊到的各式家庭，以及這會為未來出路帶來什麼樣的影響，還有想法如何不同等等。前面沒做任何鋪陳就直接問，未免太突兀。

「——然後我就開始好奇，不曉得日南妳家是什麼樣子的。」

「原來如此，好吧……這也難怪。」

老實說以前跟菊池同學一起去採訪和日南有關的事時聽說了「那件事情」，說問這個的背後不包含惡劣好奇心是騙人的。只不過用這種方式詢問的話，她不想說的部分就不會說吧。日南不僅可以避開她不想說的，我還可以拿來當作人生的參考——又或者是單純想要了解日南這個人，我才想去探尋。

「我家雙親都在工作，有一個妹妹。一路成長都沒有特別不順心的地方，算是千金小姐吧。」

「一般人會說自己是千金小姐嗎？」

「那是事實啊。」

這種自信心十足的語氣還是一如既往，感覺她並非有所隱瞞，也沒有在說謊。

然而當時曾經聽說「原本日南有兩個妹妹」，這點我卻說不出口。既然她本人都不想說了，我也不想強行逼問。我想每個人都有一兩樣不願意說出口的祕密。雖然我不太有這方面的祕密就是了。

「不管我有想學的東西或其他任何意願，雙親都會讓我去試試看，無論我做什麼，他們都會關心，會誇獎我。或許看在他人眼中會覺得爸媽對我過度保護。以前曾經有段時間被誇獎就會很開心，但現在比起得到父母的認可，更覺得顯現在數字上的成果較能證明自身努力，我很喜歡這樣。」

「最後那邊突然變得很日南葵。」

但我有頭緒了。以前不管做什麼都會被父母誇獎，那八成是造就這傢伙過分有自信的主因吧。還是說兩者毫無關聯，她原本就自認最強？

「至於未來出路的部分，現在只要讀書就代表一切，所以別對多餘的事情有興趣，要專心完成課題和好好讀書。」

「那算多餘的事情啊。」

這句話讓我有點意見。雖然會去問日南她家的事情，部分原因是出自我有點感興趣，但是像這樣跟很多人打聽，來尋找自己真正「想做的事情」，那才是我人生中該走的路。

我認為這樣才叫充實——不過一方面也覺得這對日南而言必定不夠。

既然如此，我想到了。

「那、日南。」

「……什麼事？」

像這樣特地去叫她的名字，通常接下來都會說些讓她覺得很麻煩的話，因此日南臉上明顯出現厭惡的神色。我才不管。

「是這樣的，有人發出這種邀約。」

我讓日南看智慧手機的畫面。那裡列出這陣子才剛加好友的 LINE 聊天畫面，對象是哈利先生。

哈利先生的留言內容很單純。說這星期週末大概會找來四到五個人，跟小有名氣的玩家開網聚，問說 nanashi 要不要來。雖然他有說過還要辦活動會邀請我，但他會這麼快就來找我，看來果然會定期主辦網聚。

「……要辦小規模的網聚啊。」

日南這個回應讓人聽不出她到底有沒有興趣。我想她是在刻意隱瞞自己的情感。

「妳應該有一點興趣吧？」

「也不算……完全沒有。」

日南說這話的時候有點不滿。

「對方的名號妳應該有聽說過吧？他說足輕也會來。」

「……是喔。就是那個用 Lizard 的玩家？」

「對對。不愧是 NO NAME。」

只是隨口說了一個名字就知道是哪位，日南果真是頂尖玩家。很勤於蒐集情報呢。

「我想應該能聽到許多有趣的消息，妳要不要一起來？……不對，拜託妳參加。」

看到我雙手合十請求，日南狐疑地望著我。

「為什麼你連拜託都用上了……有什麼企圖？」

只見日南皺起眉頭，有所讓步。

「之前不是說過了嗎？說我會教妳怎樣才叫開心享受人生。」

「就是去參加 AttaFami 的網聚？」

「說對了。」

不管怎麼說，恐怕這傢伙會不管三七二十一打從心底喜歡的就只有 AttaFami 和起司。就我所知，做其他的事情幾乎都要符合這傢伙定下的合理性。

只不過面對「想做的事情」是沒道理可以依循的吧。

「反正去了又不會有什麼損失，去去也可以呀？對不對？」

我繼續讓兩隻手掌貼在一起，同時向日南低頭。

「被你這樣大力請求反而更不想去……」

「喂、喂喂。」

我開始死纏爛打。看我這樣，日南一臉厭煩，不過——

「……唉，如果我那時沒安排活動是可以去。什麼時候？」

——她心不甘情不願地答應了。

「真的嗎！我看看，應該是這個週末！是星期六。」

我話一說完，日南就打開智慧手機的月曆 App。

「……唔哇，這天沒事。」

「還唔哇。妳這天沒安排吧？」

「對。」

聽她那麼說，我奸詐地笑了一下。

「很好。那妳要來參加。詳細事項之後再聯繫告知。」

「唉……知道了啦。」

「妳幹麼還嘆氣啊。」

雖然有很多讓人吐槽的點，我還是成功說服日南。而且她還答應我的邀約，只要說日南就是在那支影片中，於決賽跟 nanashi 對戰的 Yogur 操控者 Aoi，這樣跟足輕介紹應該就沒問題了，事情就這樣拍板定案。

「真是的，你到底想做什麼啊……」

「又沒關係。不管做什麼都行吧。」

我想做的事情就如同剛才所說，就是我所定義的「真正想做的事情」，希望日南也能理解這句話的意涵。

硬要說的話——就是要給她這位能操縱色彩的魔法師一份謝禮。

「不過能夠跟足輕對戰，這部分或許還有點意思，還算能接受……」

「對吧？」

在說這句話的日南，眼裡是否綻放光芒？我只能從面具之外看著她，這點我無法看透。

不過就這樣，我正朝著自己想做的事情邁進。

＊　＊　＊

這天放學後。

「哇，這裡看起來好棒喔。」

我跟菊池同學今天決定一起放學回家，還在途中下車，來到在網路上查到的漂亮咖啡廳。昨天她有約我一起回家，我卻沒辦法跟她一起回去，所以今天我主動邀菊池同學，兩個人一起來這邊。

「哦——好棒。整體氛圍就跟照片裡看到的一樣。」

這間咖啡廳裡面放了很多像是古董的家具，牆壁上排著大概是拿來當裝飾品的外文書。裡頭還吊著好幾盞水晶燈，以及看起來很有復古味道的油燈等等，事實上好像就是販賣品，在不起眼之處悄悄附上價格牌。

「聽說這裡邊販賣家具邊經營咖啡店。」

「是嗎……！」

我讓菊池同學看那些價格牌，對她這麼說。菊池同學的眼睛一下子看這一下子看那，那徜徉其中的模樣就如少女般純真無邪。

「來這裡好開心喔！」

我們來店裡都還沒點飲料，她就說了這種話。光這樣就讓我很慶幸自己帶菊池同學來這邊。心頭怦怦跳。

接著我們各自點了一套三明治和紅茶，我跟菊池同學就如平常那般閒聊起來。

「原來啊……沒想到花火她家居然在經營西式點心店。」

「對啊對啊。」

我努力用詼諧有趣的方式，把當時發生的事情都說給菊池同學聽。畢竟那天菊池同學邀我一起回去，我卻說自己已經跟人約好了，拒絕她的邀約。所以才想盡量與她分享當時曾經發生過的事情。

「感覺好厲害喔。我也好想吃吃看。」

「啊，那我下次帶給妳吃。他們說放兩個禮拜也沒問題。」

「真的嗎？」

只見菊池同學的表情瞬間一亮。雖然曾經拒絕她令人扼腕，但能像這樣分享小故事當伴手禮，還帶給她實質上的伴手禮，事情如此發展或許也不壞。

我獨自一人發出嗯嗯聲大感認同，菊池同學則是一直看著這樣的我。

「那個……回去的時候。」

她接著小聲說出這句話。回去的時候，這指的是什麼呢？

「回去？」

我不解地詢問，結果菊池同學馬上慌張地左顧右盼。

「就、就是……聽你說這陣子、針對未來出路的事情……有去找七海同學跟其他人聊了許多……」

「啊，嗯。是有這回事。」

「所以我就好奇那天回家路上，不曉得是什麼情況……」

菊池同學說話的時候一直不時偷看這邊。感覺她好像頗有顧慮，這是為什麼呢？是看我為未來出路那麼煩惱，她才想問這個部分進展如何嗎？菊池同學很少像這樣問得那麼具體呢。

「嗯——當時有聊到的是……」

我開始回想那天回家都聊了些什麼，最後腦海裡頭浮現的是——

『但我知道自己喜歡誰就是了♡』

「……唔。」

這好像是那天讓我印象最深刻的話。

明知這是深實實平常也會開的惡劣玩笑，光想起卻彷彿一記當頭棒喝，把我整個人都敲暈了——

「友、友崎同學？」

聽到有人叫我的名字，我才回過神。

「嗯嗯!?」

往前面一看，發現菊池同學正用擔憂的表情看著我。

「啊，抱、抱歉。」

「你、你怎麼了……？」

「呃……沒事，沒什麼。」

我們沒做什麼見不得人的事情，但又不能直接照此解釋給菊池同學聽，害我說話變得曖昧不明。

「是這樣啊……？」

「嗯。那個……是在問回家路上的事情吧？」

「是、是的……」

我開始斟酌用詞。

「她當時只是說了一些蠢話，還開了一些玩笑罷了。」

「……這、這樣啊。我明白了。」

這讓菊池同學看似垂頭喪氣地點點頭，接著小聲呢喃。

「應該、沒有問題吧？」

「什、什麼事？」

在我回問後，菊池同學欲言又止地說「就是……」並露出有點落寞的微笑。

「其、其實，一些事情讓我有點擔心……」

嘴裡一面說著，她拿出智慧手機，開始找某樣東西。

「嗯？」

「那個……其實我看了很多跟 AttaFami 有關的帳號……然後發現這樣的推文。」

她邊說邊讓我看一樣東西，我看了有點吃驚。

「……這是什麼。」

那就出現在菊池同學的智慧手機上。有一位 Twitter 主發了這樣的推文。

『現在被大家傳得沸沸揚揚的帥哥 nanashi，跟雷娜有過耐人尋味的對話（原本的推文已經被刪除了）。』

接下來，看到推文上頭附帶的圖片，一陣寒意頓時從我身上掠過。

圖片裡頭的是——某段推文的螢幕截圖。

『咦——文也好壞心。』

對。是昨天雷娜傳給我的，過了一小時就被刪掉的回覆。這被做成截圖張貼出來了。

「……可以給我看一下嗎？」

感到著急的我在取得菊池同學許可後接過她的智慧手機，然後點開那個推文發表人的個人頁面。

大頭照是「Ameba Pigg」的男性虛擬角色，用戶名稱叫做「masa」。在 Twitter 裡頭往上回看推文會發現每隔幾天，他就會發表跟 AttaFami 等電玩遊戲有關的超簡短推文，其他大多是幫推時事新聞，或者一些綜合性情報統籌網站的資訊。看起來他的幫推都是政治相關居多，或許是年齡比較大的人。

他的推文基本上都是短文，只有十幾個文字左右。但有的時候會突然發長文寫道「貧窮的人會被壓榨而變得更貧窮，這國家就是這樣～」「必須馬上讓政權輪替～」等等，都是一些很激進的言論，不過推文之中有大約十分之一的占比是「花語 bot」，是會定期幫推介紹很多種花語的機器人 Twitter，感覺好詭異。

「這、這是什麼……」

再往前拉一點，我看到他幫推一則看起來跟先前氛圍上有點不一樣的貼文。那來自雷娜的 Twitter，上頭還附帶她跟某種機械器材一起自拍的照片。

至於發布的文章內容則是——

『加在願望清單裡面的美顏器送到了！謝謝 masa！』

這個時候，突然有一道靈光乍現。我看這八成就是——

「那應該是……很迷雷娜的奇怪粉絲吧。」

我在這時皺起眉頭，嘴裡念念有詞。聽起來或許變得像是在跟菊池同學做確認，但菊池同學應該一頭霧水吧。說真的我有點緊張。

「這、這是怎麼一回事……？雷娜是……這個女孩子？」

我點點頭，覺得這種時候若沒做些解釋會變得很奇怪，因此決定約略跟菊池同學說明一下。

「就是呢——這個叫做雷娜的女孩子是參加 AttaFami 網聚的玩家之一，但她會像這樣自拍上傳，所以就有了粉絲之類的……我想這個叫 masa 的應該是她的粉絲，發現我跟雷娜感情要好地聊天，他有可能覺得不爽。」

印象中之後那則對話馬上就被刪掉了，但真的看在那個人眼裡，搞不好會覺得另有深意。

「她好像……那個、有寫到文也、之類的……」

「啊、嗯。這個嘛……」

一發現菊池同學得知我被其他女生直呼本名的事情，我就開始為別的事情驚慌。這——看來這下必須當場說清楚才行。

「這個女孩子年紀比我大一些，所以才會直接叫我文也……」

「原、原來如此……怪不得會貼一些酒類圖片。」

「就、就是說啊！」

我在肯定的時候彷彿抓到了救命稻草。我想菊池同學一定也是故作鎮定，不過她還是釋懷地笑了。

「那個……這樣沒問題嗎？名字被其他人看到……」

「這個嘛，說真的我覺得無所謂啦……」

老實說文也這個名字到處都是，只要沒有被大家看到完整的名字，那實際上也不會造成太大的傷害吧。是說就算被大家看到完整的名字好了，還是到處都搜不到我的資訊。

「這……莫名其妙招致怨恨，是不是不太好啊？」

「的確是……」

只見菊池同學用擔憂的表情望著我。這讓我覺得無論如何都要想辦法消除她的憂慮。

「不過這樣看來，應該只遇到這麼一個，看樣子他也不像有同夥……」

我邊說邊再次確認那則推文，看到幫推的有五個人，沒人按讚，是有點奇妙的數字，把幫推的人點出來看，發現只有顯示一位。表示其他四個人的帳號是上鎖的吧。這又是一個令人不解的地方。

對了，查看回覆會發現雷娜有傳送訊息寫到『masa 你可以把這個刪掉嗎？對不起！』。她可能只是不想給我添麻煩，但那麼做可能會讓看到那則推文的人變多。

「嗯。反正就算被知道了也無所謂，我認為沒什麼好擔心的。但我在想，嚴格說起來這個叫雷娜的還比較危險……」

這個 masa 是雷娜的粉絲——而這位雷娜若是跟其他的異性交好，那比起我，她更有可能遇到一些麻煩事吧。

「那個——先暫停一下。我可以占用一點點時間嗎？」

「……好的。」

看到菊池同學面露不安神色點點頭後，我把智慧手機還給菊池同學，然後用自己的智慧手機打開和雷娜的 LINE 聊天畫面。

『我看到 masa 的 Twitter 了，那個不會有事吧？』

只傳送了這則訊息後，我就關閉 LINE，這次換用自己的手機打開 Twitter，然後開啟 masa 的 Twitter 頁面。接著我發現自己已經被追蹤了。八成是看起來跟雷娜有關聯的人都先抓出來追蹤吧。我瞬間有個想法，想說要不要先把 Twitter 關起來，但立刻轉換思維。

「關起來……這樣不太好吧。總之目前最重要的就是不要刺激到他……」

「關起來……？」

看來菊池同學不知道我在說什麼，我關掉 masa 的頁面回到首頁，在感到焦急的情況下，我漫無目的地刷新 Twitter 推文時間軸。

就在這個時候——

「唔哇……!?」

我的智慧手機畫面突然間切換，畫面上出現大大的雷娜自拍圖。畫面下方分別出現一紅一綠的按鈕。

「……啊，是通話嗎？」

由於時間點湊巧，再加上我還不習慣跟人通話，一時間還以為雷娜被 masa 盜帳號，但這應該不可能吧。大概是雷娜看到我剛剛發送的 LINE 訊息，才打電話過來。

不過……

我戰戰兢兢地看向菊池同學。菊池同學她一下子看看我的臉，一下子又看看智慧手機畫面，表現出有點尷尬的樣子。這也難怪。因為她剛剛當場目擊我的智慧手機出現雷娜自拍圖。而且照片看起來還是一個打扮很跟得上流行的女孩子，自己的男朋友手機中出現這種照片，想必不會太開心吧。

「那……我先掛掉。」

「咦！沒關係啦，你接吧。」

「不用了。沒關係。」

我邊說邊滑動畫面上的紅色區塊，把那通電話掛斷。

「可、可是她不是有危險嗎……？」

這時菊池同學用很擔憂的語氣說了這番話，為了讓她放心，我搖搖頭。

「這件事情也不是一時一刻就能解決的，晚點再問她就好。」

在我說完這句話後，菊池同學就略為低下頭，嘴裡說著「晚一點……」重複我剛才說過的話。

「所以說，現在就讓我們兩人獨處吧，好不好？」

在我開口安撫她之後，菊池同學雖然神情緊繃卻再一次露出笑容，這肯定又是強顏歡笑。

「說得也是。那晚一點……請你、記得問她。」

嘴裡說著，菊池同學悄悄將手伸向自己的包包。包包拉鍊部分掛著以前跟我一起買的護身符，她用手指輕輕碰觸那個護身符。我也看向自己的包包。上面掛著跟菊池同學一起買的護身符，還有深實實給的吊飾，這個則是大家都有。

接著菊池同學突然看起智慧手機，並且著急地起身。

「啊，已經這麼晚了！我得快點回去。」

我也看看智慧手機，時間已經來到晚上七點。若是不快點回家的話，菊池同學的父母會擔心吧，但她怎麼會挑在這個時候？

「這、這樣啊？」

「……嗯，我得回去了。」

於是我們叫店員過來，請他幫我們結帳。

兩人一起來到外面後，又乾又冷的風吹到臉上。菊池同學沒有看我這邊，微微抿起的嘴沒有吐出半個字。

「菊、菊池同學……」

我怯怯地呼喚她，菊池同學看起來果然像是情緒不穩的樣子，好像在生氣，又好像感到抱歉，帶著那樣的表情望著我。

「請說。」

「沒什麼，我只是在想妳是不是怎麼了……」

「……什麼事也沒有！」

菊池同學罕見地在說話時有點感情用事，視線還落到斜下方。

「是、是嗎……哈哈。」

我根本不曉得這種時候該做些什麼才好，就只能用笑容來掩飾。

說時遲那時快，菊池同學突然轉頭對著我。

她眼裡透著決心，嘴角緊繃。她到底在想什麼，我真的一點主意也沒有。

之後菊池同學微微地低下頭，眼睛隔著頭髮縫隙仰視我。

「……手。」

她發出細小的呢喃。

「咦？什麼？」

當我回問後，菊池同學先是點點頭。再來就是——

「可以……牽你的手嗎！」

她再次充滿感情，將那句話脫口而出。

「咦……嗯、嗯。咦？」

剛才菊池同學原本看起來還像是在生氣，現在卻說出這種話，害我的腦袋打結，雖然把手伸出去了，卻猜不到接下來會發生什麼事情。

「咦？發、發生什麼事了……」

「那個……是、是因為我正好想這麼做！」

話說到這邊，菊池同學用力抓住我的手，將我拉往車站那邊。

「咦、咦、咦咦？」

我都被搞糊塗了，可是跟菊池同學牽手讓我好開心，於是就與她寸步不離地一同走向車站。我、我可以做這種事情嗎？

＊　＊　＊

『啊～沒關係呀～？反正那個人也不會特地跑過來找我。』

「那就好……」

這天夜裡。

我透過 LINE 通話跟雷娜講電話。剛才才跟菊池同學有過一些糾葛，之後卻在跟人講電話，這種情況讓我有點抗拒，但我晚上重新傳訊息給雷娜之後，她就打電話過來了。

『他如果來參加網聚就可以見到我吧～？可是他都沒來，我想膽子應該沒大到敢在現實中跟我見面。』

「既然那樣，應該就不用太擔心了。」

『就是啊～文也在替我擔心啊？』

「那當然，畢竟妳會碰到危險跟我脫不了關係……」

『好高興喔。謝謝～』

比起直接見面對話，我說話時的感覺顯得更加成熟一些。是因為被對方引導嗎？還是我想要學水澤說話的關係，總之對話進展流暢。有別於之前的騷動，對話間瀰漫著沉穩的氛圍，讓我有點放心。

『該說抱歉的反而是我～不小心在 Twitter 上說出你的本名。』

「哦……那個，妳不用太在意啦。」

『嗯——可是，那還是牽扯出這次的事件。』

「哈哈哈，這倒也是。不過事實上並沒有發生任何問題不是嗎？」

我盡量用雲淡風輕的方式帶過，結果雷娜回了一句『你人真好』，話裡似乎帶入了微妙的情感。

『對了。可以問你一個奇怪的問題嗎～？』

她這麼說會讓人對後續發展有所期待。像水澤或日南那樣，對自己有自信的人才能使用這種對話技能。

「什麼……」

我在回答的時候身體有點緊繃，雷娜的聲音變得比剛才更低更小，彷彿在說悄悄話一樣。

『話說文也。』

隔著電話，那成熟的聲音傳了過來。

聽起來好像還參雜著喘息聲，是很妖豔的語調，接著說了這麼一句話。

『你跟人——做愛過嗎？』

「什、什麼⁉」

這句話太出人意料了，我不由得大喊出聲。

『啊哈哈。那也不是什麼特別奇怪的事情吧？』

「話、話是這麼說沒錯……」

雷娜開始在言語間調戲我，害我被她牽著鼻子走。對方是成年人。我是十七歲的高中生。這之間一定有無法顛覆的經驗差距存在。

『有嗎？有沒有跟女孩子做過。』

不知為何，雷娜再一次強調，話說得很直接。長到這麼大，我還沒聽女孩子說過這麼直接的話，顯然那些話已經透過耳膜來到腦袋中，搖撼我的腦袋瓜。不行不行，必須確實做好水澤角色扮演才行。

我吸了一口氣再吐出，並緩緩開口。

「──沒做過。」

花了點時間進入水澤模式後，我理直氣壯地做出回應。我想水澤應該有做過，不過他就算沒經驗好了，應該也會說得理直氣壯才對。

『哦──是這樣啊。』

雷娜的聲音逐漸變成平常那種宛如甜美牛奶糖般的語調。

『不過，你應該有興趣吧？』

跟我之前在學校經歷過的對話相比，這段對話流向顯然與之迥異。那一句話與其說是傳到腦海中，倒不如說更像直接竄入體內。我就連好好思考都辦不到了。

思考迴路快要打結，我努力讓自己維持水澤模式。

「自然是有，不過要跟喜歡的人做。」

我盡量說得斬釘截鐵，而雷娜有如在耳語般回話『真的嗎～？』

『就算不是跟喜歡的人做，還是能夠提起興致的，男孩子都是這樣的唷。』

「不……」

她說那種話就像在暗示我一定會變成這樣，這令我驚慌失措，然而雷娜的說話音色和用詞中還是有一股支配力，足以將這種不對勁的感覺蓋過。

『那我問你～』

聽到對方先用這句話打底，我繃緊神經。

『你是不是完全不會想跟我做？』

「嗯。完全不想。」

我展露唯一擁有的擅長招數——立即否認，但不知道為什麼，雷娜好像笑得很開心。事實上聽到她那麼問的時候，我又想起之前被雷娜碰觸身體的感覺，但還是想辦法擺脫這一切。

『是這樣啊？』

她狀似愉悅，發出像是在蠱惑我的甜美聲音，接著又呵呵笑。

『吶。文也，這個星期六有空嗎？』

「咦。」

這番話讓我心臟撲通地跳了一下。這樣的對話不免讓人有所期待，我的腦袋幾乎是自動自發地想像起來。

「……這。」

我的思考不由得對那一切渴求，欲求強烈到沒辦法掩蓋的地步。硬是甩開在腦子裡逐漸擴大的景象，我努力讓自己回歸現實。

然後過了一會才注意到一件事情。

「……是說我這星期六已經有安排活動了。」

對。這個星期六要跟足輕他們一起參加網聚。

『啊，原來如此。那就別約了。』

「……嗯。」

結果雷娜一下子就收手了，害我莫名有種意猶未盡的錯覺。話說我混亂的程度大到連原本那麼期待的網聚都差點想不起來。

『啊，那我差不多該掛電話了。來去洗澡。』

「咦？好我知道了。那先這樣。」

『嗯。晚安。』

「……晚安。」

我話一說完，電話都還沒來得及掛斷，雷娜就冷冷地切斷電話。明明是她一直主動進擊，奇怪的是我卻有種被丟下的感覺，覺得自己變得孤零零的。那女孩子是怎樣。難道是貓還是其他別種動物嗎？

至於雷娜最後留下的那句話。

「這有必要說嗎？……說自己要去洗澡之類的。」

用半強迫的方式硬要別人想像煽情的光景，之後才說那種話。

感覺好像在離去之際看似無心地按下不該按的按鈕。

曾經在網聚上被她用大腿觸碰到，那種感覺，還有肩膀跟肩膀互相碰觸傳來的溫度，被特意突顯出來的身體曲線。

這些都在無意識中強行入侵我的意識，揮之不去。

「啊～～～～～～！好煩！」

我邊叫邊撲到床上去，最後像是在逃避那般打開AttaFami，上網跟人對戰。

「……可惡！可惡！」

接下來我連續跟人對戰一小時，這才終於讓心情恢復平靜。

──總覺得這天的獲勝比例好像變低了，不知是不是我多心。

＊　＊　＊

幾天後時間來到週末。就快到星期六下午兩點。

我跟日南來到池袋車站前方。

距離約好的會面時間還有二十分鐘。包含我跟日南在內，有五名參加者會來這邊見面，然後我們再去預先租好的場地。

目前只有我跟日南兩個人在等。我想說跟她一起來，介紹起來會比較方便，就配合日南的時間去搭乘埼京線，所以才會這麼早到。

「……對了。那件事情我真的不用在意吧？」

我除了用智慧手機看時間，還在為別的事情焦慮不安。

「你是說風香的事情？」

「對、對啊。」

「不是跟你說過了嗎？那沒問題。」

日南回話的時候好像有點受不了我。

自從之前去咖啡廳發生了那件事情後，雖然我跟菊池同學的關係又回到如往日那樣，我們之間的氛圍卻變了，變得很難去觸碰「那天突然牽手是怎麼一回事」這個話題。再加上跟人通過那樣的電話，之後我也變得很難跟菊池同學聊雷娜的事情。

我沒有把細節說得太詳細，除了將這件事情告知日南，還跟她商量，結果對方回應『那沒什麼問題』，於是我就繼續天天跟菊池同學見面，但是……假如日南說沒問題，那我希望她可以說出確切的理由。

「應、應該真的沒問題吧？」

「我沒事騙你幹麼。」

「這、這麼說是沒錯……」

嘴裡一邊說著，我邊滑動通知欄，在看昨天晚上菊池同學傳來的 LINE 訊息。

距離那天已經經過好幾天了，我們的話題完全轉變到別的事情上，但那天的事情依然令人介意。然而我又沒勇氣特意回過頭追究那件事。

「最後她說想要牽手對吧？」

「是、是沒錯。」

「那就沒問題了吧，不管怎麼看都沒問題。」

「唔、唔——嗯，好吧……」

我有些漫不經心地點點頭。好吧最後她確實是說了這種話，我只要解釋成菊池同學不好意思再去提及這檔事，應該就沒問題了吧。如此一來就能解釋菊池同學為什麼會想避開這個話題。

「我知道了。那我就相信妳吧。」

「隨你。」

於是我就努力將腦中那塊疙瘩硬是掃除掉，決定來想想要怎麼回覆菊池同學的LINE訊息。自從我跟菊池同學開始交往後，大概一天會傳一到兩則長度適中的文章，主要的活動模式都是走這種慢步調，而菊池同學最後傳的訊息來自昨天夜裡——我在想自己也差不多該回訊了吧。

「嗯——……」

我先是想了一段文字，然後稍微修改一下，不停重複做這樣的事情，修到覺得差不多了才搞定那段訊息。總之目前應該暫時可以先鬆口氣了吧。

在我呼出一口氣之後，剛好有人從對面那邊過來。

「哦～！是nanashi和Aoi小姐！你們好啊。」

是哈利先生，他邊揮手邊對我們這麼說。身邊還有馬克斯先生和另一名男性──那他應該就是那位仁兄吧。

「啊──你好你好。很高興見到兩位。」

這名男子用聽起來令人感到舒適、不慍不火的語氣開口打招呼。說話的頓點很獨特，不會招致緊張感，他跟我和日南點頭致意。

「初次見面你好。我是Aoi。」

「我是nanashi。很高興認識你。」

我們兩人都盡量用開朗的語氣回應，結果那名男性抬起眉毛，細細地點頭。

「就猜到是你。請多指教。我是足輕。」

對方在說話時的感覺既圓滑又輕佻。

並非渾身散發霸氣，但足輕先生的表情讓人感覺他天不怕地不怕。我們才第一次見面，會覺得看不透他的想法理所當然，可是他散發的氣質特別適合用上述那句話來形容。

這個人就是使用Lizard的好手足輕啊。

年齡看起來大約二十五歲，或者大於二十五。穿著藍色牛仔褲配黑色風衣，是很基本的穿搭，體型上屬於比較瘦的那種。頭髮有點長，用六比四的配重旁分，露出很多額頭。狹長的眼睛不會給人在威嚇的感覺，反而更增添知性氣息，他有在網路上公開自己的長相，所以我有些印象，但讓人印象深刻的是猛一看會覺得他看起來不太像很喜歡玩遊戲的人。氣息上比較像是天才型的年輕創業家吧。

「還有其他人會來嗎？」

只見足輕先生跟哈利先生稍微確認一下，哈利先生則回應大家都到齊了。緊接著足輕先生再次隨興地說了一句「那我們走吧」就邁開步伐。該說他很我行我素嗎？有著獨特的步調。

「也對。啊，nanashi 和 Aoi 小姐一起過來吧，走這邊。」

「好的——」

於是我們五個人就前往對戰的會場。

＊　＊　＊

「你們是情侶嗎？」

「並・不・是。」

想也知道足輕先生會這麼問，我在回答的時候特別加重語氣。日南在一旁竊笑。妳別笑了啦，好歹也說句話啊。

「不是啊？但的確不會想跟 AttaFami 玩家交往。感覺會吵架。」

足輕先生說話的語氣乍聽之下平坦，卻又有著微妙的韻味。說話方式介於自言自語和跟人對話之間，不過其他人還是能聽出他在跟自己說話，真不可思議。形容起來或許就像是要自言自語給他人聽那樣。

「啊哈哈，搞不好會喔？」

日南聽完笑了出來，做出讓人舒服的回應。

目前我們來到距離車站幾分鐘路程的「FreeSpace」。白色的細長桌子上放了幾臺螢幕，前方還放了一排折疊椅。只要把遊戲機帶過來就可以自由自在玩遊戲，聽說時常會有人來舉辦人數較少的對戰賽。順便說一下，這次我們總共有五個人，所以就只準備一臺遊戲機。哈利先生他們還特地帶過來，要心存感激才行。

哈利先生率先出動，快手快腳地將遊戲主機接到螢幕上，再連接電源，過沒多久 **AttaFami** 的開場畫面就出現在螢幕上。

「那接下來，大家先來稍微確認一下運作是否正常，然後我們就來對戰吧。」

面對足輕先生的提議，哈利先生回說「動作還真快」。

「當然快啦，我可以第一個上嗎？」

「這是一定要的。其實今天大家都是要來跟足輕先生對戰的。」

「聽起來負擔好重，真不想這樣……」

雖然眉頭皺了起來，足輕先生還是踩著緩慢的步伐來到桌子前方的折疊椅上坐好。

接著他轉圈面向後方。

「那誰要第一個跟我對戰？」

「我。」

有個人在第一時間舉手。

這人當然就是——

「喔，是 nanashi 啊？」

對，就是我。而且我還偷偷看向後方，發現日南的手剛好舉到肚臍那邊，也許這傢伙也想衝第一吧。很可惜，舉手這個動作還是我做的比較快。

「我一直很想跟你對戰看看。」

「哈哈，最讓人緊張的人先來呀。」

足輕先生嘴裡說著「真是的」，還用手抓抓脖子後方，他果然給人一種隨興的印象，嘴巴上雖然這麼說，卻沒有表現出焦躁或緊張的樣子。

「那要訂什麼樣的規則？讓猜拳猜贏的人來決定對戰舞臺可以嗎？」

被他這麼一問，我用認真的眼神回看足輕先生。

「不……」

聲音很小，但是卻很堅定。

我會來參加這場網聚，可不單純只是為了興趣。

「如果可以的話，希望能夠採用足輕先生會參加的那種——採用跟職業比賽一樣的規則來對戰。」

我正面看著他的臉龐如此主張，結果足輕先生面無表情地點了幾下頭。

「哦……」

看他的眼神好像對這提議沒什麼興趣，並未出現任何波瀾，唯獨嘴角卻上揚了。除此之外——

「動機是？」

他丟出一個簡短的問題。

「……這個嘛。」

要我把那句話說出口，我還是有點抗拒的。

可是在我眼前的這個人是職業玩家，實際在這個世界上活躍。

這種時候就不該替自己先設下一道防線。

「我想知道自己跟職業玩家在職業比賽的規則下對戰，會有什麼樣的結果。」

這句話必定無法將我的真實想法全數道出。

然而足輕先生卻說著「是嗎？」並一臉了然於心地點點頭，那認真的視線慢慢移向遊戲畫面。

「——那我就必須全力以赴了。」

＊　＊　＊

緊接著我跟足輕先生的對戰就此展開。

規則就參照世界大賽的前幾強淘汰賽，先拿下三分的人贏。

我就跟平常一樣選了 Found，而足輕先生當然也選了他擅長使用的角色 Lizard。

至於對戰關卡，會透過猜拳來讓贏的一方剔除掉某幾個舞臺中的一個，輸的那一方則是剔除掉兩個，然後贏的人再從剩下的舞臺中選出要用的，參照世界大賽的規矩。用來剔除的指定舞臺跟日本這邊有點出入，我常常在想幹麼不統一就好了。

「請多多指教。」

「嗯請多指教。」

順便要說一下的是，我都是打線上對戰，幾乎都是在線上對戰能選的「邊境之地」和「競技場」這兩個舞臺上對戰。在現實中跟日南對戰的時候，有時會選擇這兩個舞臺以外的對戰關卡，但我想自己跟足輕先生的關卡對戰經驗應該有極大落差吧。

在猜拳中獲勝的我剔除掉「Buono 火山」，猜輸的足輕先生剔除掉「競技場」和「戰艦 Clasia」，我從剩下的關卡中選出「邊境之地」。這個關卡比其他對戰舞臺還要大一點，特徵是連一個供站立的平臺都沒有，屬於地形平坦的關卡。很難說對 Lizard 而言是否較有利，但首先最重視的還是對這個關卡的熟悉度。

『3！2！1！』

隨著遊戲內的旁白出現，一名忍者和一隻人形蜥蜴紛紛降落在對戰舞臺上。這是我第一次在現實中跟職業玩家對戰。免不了情緒高漲。

『GO！』

比賽開始了。同時足輕先生在舞臺上撒下鞭炮。Lizard 的鞭炮會在一定的時間後爆炸，屬於小道具型的飛行道具。其中一個丟在我跟 Lizard 的中間，另外一個直接丟到我待的位置上，要創造對他有利的戰況。

我冷靜小跳躍避開這顆鞭炮後，蓄力挑個好時機射出飛鏢，讓飛鏢打中 Lizard。雖然只有造成微小的傷害，但重複累積就會出現龐大差距。

Lizard 除了設置能向上攻擊的煙火，還放了屬於設置型的陷阱捕獸夾，把不用承擔太多風險的下強攻擊等等放置在預布技該放的位置上，來牽制我。

我的 Found 朝著後方走位來迴避攻擊，找一個不錯的時間點迴轉並且放出飛鏢，給 Lizard 帶來傷害。目前我們雙方都只有用飛行道具，處於觀望狀態。

「一旦進入觀望狀態，飛鏢就很棘手呢～」

「因為射出來的速度很快。」

哈利先生和馬克斯先生邊看著對戰狀況邊說了這番話。相較於處在直播模式下，此時的他們話不多，說話語氣平穩。

所謂的觀望狀態就是沒有直接去打擊對手，而是利用飛行道具牽制，要逼對方發動攻擊。雖然 Found 跟 Lizard 是不同類型的，卻都是擁有優秀飛行道具的角色，像這樣要觀望時就變得很強。

我一看到鞭炮出現就來到可以迴避的位置上，蓄積飛鏢，以備接下來使用。

在對付像 Lizard 這樣的飛行道具使用者時，重點在於要針對對手做出的「撒下飛行道具等人上鉤」這種行動創造風險。

若是撒下飛行道具，那表示在攻擊時跟對手是有一段距離的，不容易遭受反擊。只要對方打不到他，那他就不會有風險，算是一種做了也不會有什麼損失的行為。

為了防止情況演變成這樣，那就要讓對方承擔風險，例如「只是撒下飛行道具等人上鉤也會讓自身蒙受損害」，藉此來限制對方的行動，對手也會被迫發動攻勢。

所以我才要使用飛鏢。飛鏢射出去的速度很快，難以迴避，雖然威力不高，這種飛行道具在看見之後要閃躲卻是很困難的。

即便造成的傷害就只有個位數百分點也無妨，只是撒下飛行道具會讓自己處於下風——這樣的事實將會限縮對手的行動。

「這樣的組合，你覺得在相剋度上會是如何判定？」

「嗯——不確定耶。雖然 Found 也很擅長打近距離戰鬥，卻被飛行道具逼得四處逃竄，這樣就很難作戰了，而 Lizard 也因為飛鏢的關係，就算處在遠遠的一段距離外還是會有風險，這部分很難克服……我覺得是勢均力敵吧。」

「畢竟那兩個角色的風格完全不同嘛。」

Found 可以趁對手不備竄到他身邊，重複施加高機率成功連擊的組合技，及創造對自己有利的預先布局，藉此來營造殺傷力，Lizard 則是可以跟對手保持一段距離，利用種類豐富的飛行道具來主控全場，除了能夠持續打造出對自己有利的狀況，Lizard 還可趁機慢慢累積傷害。從某個角度來看，在戰鬥方式上難分高下。

「在這樣的對局下，要設法阻止對方達成目的，並且強行推動自己的計畫。當然細部的預測也很重要，但更重要的是必須要更宏觀。」

「原來如此，要更宏觀啊。」

在跟這種能夠使用飛行道具的角色對戰時，基本上 Found 比較容易承受精神上的負擔。這是因為不論何時，對方都會丟某些飛行道具在關卡舞臺上，常常要動腦筋去處理這些道具，論雙方的作戰風格，會持續打造出對自己有利戰況的人是對手，時常是對手在掌控遊戲走向。而我要想的就是該如何「毀掉」對手打造出來的狀況。

Found 被幾個鞭炮擊中，稍微被彈開。我想設法在關卡舞臺上著地，Found 四周卻處處都是妨礙我前進的鞭炮和火焰瓶。我不慌不忙，仔細觀察對手的動作，看他在怎樣的行動後會露出破綻，為了利用這個破綻，我精準判斷出自己應該待在什麼位置上，管理跟對手之間的距離。有的時候會擾亂對手判斷，讓他無法穩住陣腳。

「我是沒辦法啦……被人壓制到這種地步，會在不知不覺間變得焦急起來。」

「啊哈哈，不過面對 Lizard 這個對手，那樣是最糟的反應。」

「確實如此呢。」

「要隨時維持對自己有利的局面很辛苦，但反過來說，對手也得一直打造出對自己有利的戰況吧？這個時候必定會出現能夠讓人突破防線的破綻。」

Lizard 像在空中跳舞一樣，邊違背慣性邊撒下兩個鞭炮，一著地就放出可以進行上攻擊的煙火，要來牽制我的攻擊。那會朝著空中施放，過一段時間才落到地面上，屬於特殊的攻擊技能。

——就是這個。

我利用他施放後的僵直時間來擒抱。就在煙下方，Found 抓住了 Lizard。也就是說一段時間過後煙火會往下掉，目前剛好就在兩個角色的正上方。這個技能的攻擊判定只會對我起作用，若是直接被打中，那我將會單方面遭受攻擊。

「咦，可是他這麼做的話，會被打下來的煙火碰到……」

不讓馬克斯先生有機會把話說完，我延遲一拍才按下下投擲。

隔一段時間落下的煙火襲向我，直接打中 Found——然而我的 Found 卻沒有受到傷害，將 Lizard 撞向地面後，Found 就浮到半空中。

「……咦？」

馬克斯先生在此時發出困惑的呼喊，我則在這時發動成功率高的連擊。攻擊預測上一再對我有利，我一鼓作氣進攻，對足輕先生施加足以將剛才被鞭炮打中的部分都奉還回去的攻擊。

「你看，就像這樣，即便看似沒有任何破綻，還是有機會能夠瓦解對手的防線。」

「……剛、剛才那是？煙火攻擊看起來明明直接命中了……」

「哎呀，你不知道嗎？從擒抱狀態轉換成投擲時，不管是哪個角色，都會在一瞬間進入無敵狀態。雖然就只有一下子。」

「啊……這麼說來是有那樣的設計沒錯。」

「先是鑽進對方打出的煙火下，接著在攻擊判定向下灌注的瞬間，用投擲的無敵判定蓋過。這麼做的話，即便看似沒機會進攻，還是能夠逼出可乘之機。但前提是玩家的技巧要夠，這條路並不好走。」

原本 Lizard 的煙火在發動後會有很長一段空檔，然而攻擊判定會在這段空檔中直接灌注下來，因此使用這樣的特殊技巧，要伺機而動的那方也得承擔風險。當對手硬要利用這段空檔，Lizard 雖然有可能會被對方的攻擊擊中，但他的對手也會被煙火打到。煙火是威力很高的大招，在大部分的情況下雙方受損率互抵後，通常對手會受到比較大的損傷。

但若能像剛才那樣，及時進入無敵狀態，那伺機而動的人就不會受到傷害，卻能成功利用到空檔。如果是像 Found 這種在投擲之後可發動強力連擊的角色，那效果就更顯著了。還要把操作失誤的可能性考量進去，不能說完全沒有風險，但卻可以在承擔較少風險的情況下，從對手身上得到高報酬。

「哇……太厲害了。」

「最極致的預測賭注確實非猜拳莫屬，但還有這種『玩家技巧不夠就不能使出的招數』也算在內。能不能在實戰中穩定發動這一招，或者最根本的是你有沒有那個膽量……在看的時候如果還能考量到這些，那觀戰也會跟著變得更有趣呢。」

「哎呀，這還真是深奧。」

在那之後我憑藉自身遊玩技巧，選擇採取數種困難手段，藉此掌握對戰的走向。

至於後續——就是我先贏了第一局。

＊　＊　＊

「嗯、嗯，原來如此。」

第一戰被人幹掉的足輕先生嘴裡念念有詞，看起來一點都不慌亂。

「……呼。」

我喘了一口氣，覺得今天手感算不錯。

對手是職業玩家。在世界上嶄露頭角，是貨真價實的專業人士。

我跟這樣的足輕先生對戰完全沒有屈居下風，還贏了第一場。

原本還感到迷惘，其實我搞不好——

「你是從什麼時候開始玩 AttaFami 的？」

不經意地，足輕先生對我提出這個問題。

「呃──從遊戲發售後就在玩了，但要說從什麼時候開始才認真玩……大概是這兩年的事。」

「哦，相形之下算是很厲害呢。感覺都做得滿到位。」

「是、是這樣嗎？謝謝你的評語。」

「不過我目前輸了，也沒資格高高在上說這種話就是了。」

「哪裡哪裡……」

話一說完，我們對彼此稍微笑了一下。

「你剛說想照大賽的規矩來進行比賽對吧？那 nanashi 你今後有什麼打算？」

「今後的打算……是指？」

我心中浮現某種預感，同時反過來詢問足輕先生。

「關於 AttaFami。是想問你有沒有成為職業玩家的意願。」

只見足輕先生摩挲著下巴，一下子就切入核心。其實在我心中，我都對這個領域視而不見，這個人不只沒有如此，還在那個世界活躍中。

「這個嘛……也不是、完全沒有興趣。」

大概因為對方是這樣的足輕先生吧。猛一回神才發現我已經洩漏自己的真實想法了。

「嗯。」

「我不知道自己能不能在那個舞臺上發光發熱……並不是對自己的實力沒自信。這──該怎麼說呢……」

「覺得不切實際？」

「啊，或許是那樣吧。」

在足輕先生替我找話註解的同時，我也跟他表明自己的現況。

「所以你才想按照職業玩家的規矩試著比賽看看？」

「……對。應該是吧。」

「哈哈，好像連你自己都不是很清楚呢。」

足輕先生又用一種淡然的語氣，直接說進我心坎裡。然後他直直地盯著我看，嘴裡繼續說著。

「既然這樣──那我想直接親身體驗會比較快。」

「咦。親身體驗是指……去當職業玩家嗎？」

我在詢問的時候有點害怕，足輕先生則否認道：「啊啊，不是，不是這個意思……」

「不是那樣？」

在那之後，八成是足輕先生的習慣吧，他再次摸摸下巴，並說了這番話。

「『用跟職業玩家相同的條件來對戰』，我指的是這個。」

「……咦？」我感到一陣錯愕。「剛才不是已經這樣做過了嗎？」

我還特地跟足輕先生提議說要用跟職業玩家相同的規矩來對戰，例如對戰舞臺的選擇方式、先得三分的人獲勝等等，要按照大賽的規則來對戰。

然而足輕先生二話不說地搖搖頭。

「嗯——是沒錯，規則是一樣的。」

「……規則是指？」

我不懂他的意思，再一次用錯愕的目光回望足輕先生。

「呃——這個嘛……我來舉個例子。」

嘴裡一面說著，足輕先生轉向後方，跟日南搭話。

「Aoi 小姐，妳說過是 nanashi 的朋友對吧？」

「咦？是、是那樣沒錯……」

轉頭一看，發現突然被人點名的日南似乎也有點困惑，她好像也被足輕先生的話弄得一頭霧水。

「那妳知道 nanashi 有過哪些丟臉的經歷嗎？」

面對這個意想不到的問題，日南一時間陷入停頓，像是在思考，接著立刻露出壞心眼的笑容。

「那還真是多到都快成一座山了。」

「喂。」

我不知道話題怎麼會轉往這個方向，不過日南也真是的，不要答得那麼有興致啊。

「哈哈哈，那太好了。再來就是……哈利。」

「嗯。」

「哈利你也知道我的很多丟臉事蹟吧？」

這話一出，哈利先生就抓抓脖子。

「噢對啊、算是吧……知道不少，還包含一些不能說出口的。」

「聽起來不妙呢……」

足輕先生跟大家問的那些話聽起來高深莫測，我到現在還猜不透他的用意。

「那個……問這些要做什麼呢？」

被我一問，足輕先生的眉毛就跟著翹起來。

「也沒什麼。就是要定個規矩，在這場三分先贏比賽中輸掉的人，會被人爆料自己的可恥事蹟。」

「這是哪門子規矩!?」

面對這個莫名其妙的提議，我不知如何是好。

「哎呀？你不曉得有這種規矩？」

「對啊，完全不曉得。」

不僅如此，我跟日南握有彼此祕密之多或許超乎大家想像，就這點來看也很不妙。想必日南要說多少我的丟臉事蹟就有多少吧。

「不過，實際做了才能明白其中奧妙，總之就先用這個規則來比吧。當然剛才贏的那一局也會計算在內，nanashi 再贏兩場就贏了，我還得贏三場。」

「如、如果是這樣的話，我沒什麼意見……」

於是我就隨波逐流地接受了這樣的規則。現役職業玩家都說這樣才叫跟職業人士處在相同條件下，就當是那樣吧，我如此說服自己。雖然一想到一旦自己輸了不曉得會被爆什麼料，內心就十分恐懼，但我只要贏了就沒事。

「足輕先生，請加油！」

「喂。」

聽到日南說了那種話，我出聲吐槽。她已經開始用一種「好想趕快找些什麼來爆料」的表情來看我了。這傢伙是打算說什麼啊。我心裡這下只剩不安。

「那好，接下來就來打第二局吧。」

於是就這樣，加上了謎樣的特殊規則，我跟足輕先生重新展開三分先奪決勝賽。

＊　＊　＊

「搞定——好險好險。戰況陷入膠著了呢。」

之後我跟足輕先生在三戰中交替各贏一局，如今三分先奪比賽進入二對二局面——不過我還是搞不清楚足輕先生剛才為什麼要提出那種特殊規矩。

「可惡——真想一舉拿下！下次就是最後一局了。」

我在說這話的時候，情感表露無遺。對方是非常成熟的大人，可是像這樣透過 AttaFami 交流，我似乎就能毫無顧忌地樂在其中，覺得自己好像變回少年了。不對，我在年齡上根本未成年。

先拿三分的人贏，目前二對二。換句話說，不管結果是好是壞，接下來都是最後一戰。順便說一下現況，若是只看剛剛對決過的四場戰役，我好像稍微把對方比下去了。我在贏的時候，都還留有某種程度的餘裕，然而足輕先生是經過一番苦戰才贏的，按照之前那四戰的打法來玩，我應該勝算很高吧。

不過，我心中浮現的這種感覺是什麼呢。

「嗯——我原本以為在網聚中跟人對戰，自己會更勝一籌呢。nanashi 你是不是都有在練習要怎麼對付敵人？」

「這——……說來話長。」

若我說出自己跟 NO NAME 的種種對戰練習過程，那還真是又臭又長。而且我也不能說。

「這樣啊……」

足輕先生在回應時，語氣上聽不出是有興趣還是沒興趣。聽他用獨特的步調如此應和，讓我看不透後續發展。

「嗯，那我們繼續吧。」

現在的氛圍莫名讓我不覺得自己穩操勝算，我們選出的戰鬥舞臺是「邊境之地」。

我在這個舞臺上贏了第一局——可是足輕先生卻選了這裡。

果真是摸不透他的想法。

「請多多指教。」

觀眾們也緊張地靜觀其變。最後一場比賽開始了。

＊　＊　＊

最後一場對決靜靜地展開。

只要在這場比賽中贏了，那個人就會在三分先奪賽中獲勝。

這時輸掉的人就會成為落敗者，將被人爆料可恥的祕密。

大概是有了這層壓力的緣故吧，我的每一個行動都變得沉重起來，對此灌注的集中力也有別於以往。

之前我常常都是先拔得頭籌的那個，會贏開頭第一局，然後換對方扳回一城，下一場再換我。這個時候足輕先生已經沒有退路了，而他在二比一的狀況下取回一分，才演變成如今的局面。

換句話說，我到這個時候才面臨有可能輸掉的命運。

「nanashi，他很慎重呢。」

「是啊。」

在我的意識之外，那些聲音突然闖進我的腦海中。是馬克斯先生和哈利先生在對話。

我當然會慎重，應該說必須慎重才行。當然過分慎重並不會讓我發揮出更勝以往的實力，但為了盡量拉抬獲勝機率，我應該要集中精神，能夠降低風險的時候就要設法降低才對。

我把注意力放到正在撒鞭炮的 Lizard 上。足輕先生在出招時也很慎重——應該這麼說，Lizard 這個角色能夠用等待的方式來主導遊戲走向，原本就不是會積極進攻的類型。就這點來看，足輕先生的打鬥方式還是跟以往一樣，是我變得比剛才更慎重了，因此整體步調才變得緩慢，該怎麼說比較合適？

「喔喔！趁對手在警戒飛鏢做出防禦時擒抱！nanashi 在這種時候就很冷靜呢～」

「這樣的洞察力，該怎麼說呢，就像是正好在對手做出防禦的那一刻抓住對方。」

「哈哈哈，這樣講太誇張了。不過，我懂你的意思了。」

面對鞭炮和捕獸夾，我靠著衝刺和小跳躍極速降落閃避過去，在那瞬間假裝做出要蓄力投擲飛鏢的動作，緊接著立刻取消並且再次衝刺，誘使對手進行防禦，將Lizard捉住。由於Found是忍者，行走姿勢會壓得比較低，在空中的縱向移動速度也很快，只要操作正確就能夠迅速在Lizard撒下的飛行道具間穿梭閃避。

抓住Lizard的我先施加一記捆抱打擊，趁這個時候思索要放出怎樣的連續組合技。接下來的代表性組合除了有高確率成功但攻擊力偏弱的組合技，還有途中會有一段須另做判斷的組合，若在判斷上預測成功將能繼續讓自己維持優勢，且給予對方龐大的傷害，有這兩種組合方式。之前我基於高安定高期待，基本上都選擇前者，但是靠著沒來由的本能，我選擇了後者。

「唔……」

「——好！」

這個選擇奏效了，在中途做判斷選擇時預測成功的我，順利給足輕先生帶來重創。

「喔——！火力龐大！這下是否能夠一鼓作氣主導戰局!?」

哈利先生發出熱烈的歡呼聲。然而足輕先生冷靜地跟我拉開距離，並沒有顯現出特別焦躁的樣子，而是撒下鞭炮，繼續淡淡地實行剛才用過的手法。這部分會讓人覺得真不愧是職業玩家。

但我現在狀態很好。Found 蓄積飛鏢後迅速跳起。從斜上方瞄準 Lizard 丟出。我想要讓對方擺出防禦姿態，Found 一著地就接近對手，設法讓對方誤以為我會出單調的招式。

就在這時。

響亮的「鏘鏘鏘──！」聲響起。

伴隨一陣特效，我放出的飛鏢消滅了，足輕先生解除防禦。

「喔──!?竟然在這裡使出確防！」

糟糕。被擺了一道。

精確防禦，簡稱確防。

配合對手的攻擊在準確時機下解除防禦，就能夠降低防禦對手攻擊之後的延遲度。可以迅速進行下一波行動，是高難度的技巧。

如果是容易讀取出時機的著地前夕空中攻擊被精確防禦就算了，飛鏢在打出去之後會瞬間射到對手那邊，想要對此實施精確防禦幾乎可以說是只能預測特定定點，若不這樣操作很難辦到。

換句話說，我剛才的行動都在他掌控中？

我放完飛鏢要著地的時候，被對方用衝刺攻擊瞄準。之後我都很難去抓對手什麼時候要做什麼，所以被足輕先生打中好幾次，剛開始連續攻擊讓我獲得的優勢一下子就被逆轉過來。

真不愧是職業玩家。想靠單純的打法來戰勝是行不通的——

接下來我跟足輕先生有段時間都陷入一進一退的攻防戰，我們兩人都只剩下一次機會。

我這邊累積的傷害值比較高，一旦被有一定擊墜力的招式打中，就有可能輸掉。可是足輕先生也已經陷入很容易被擊墜的狀態，彼此若是被對方的大招打到都會出局，這樣一來比賽就結束了，將會分出勝負。

我的位置比較靠近懸崖那邊。後面已經沒有退路，處於不利的狀態下。會被判定出局的場外界線也離我很近，再加上遊戲角色的體重較輕，使我處於更容易被擊墜的狀況中。

為了讓我無法回歸戰場內側，足輕先生丟出一堆鞭炮。他沒有丟在直接會打到我的位置上，而是要丟來堵住回到場內的去路。為了避免被那些鞭炮炸到，我一直在懸崖邊待機，而足輕先生來到我附近，放出了煙火。

這是——跟第一戰很類似的情況。

彼此距離很近。Lizard 放到天空中的煙火飛舞至 Found 的頭頂上方，要朝著雙方的遊戲角色落下。這中間間隔的時間恐怕就只有一秒多一點。

要說有哪跟第一戰不同，那就是雙方都累積了一定的傷害值——換句話說，在這時被大招打到的人，將會是這場對決中的輸家。

我眼裡盯著煙火的軌跡，靠著直覺和邏輯思考，迅速且深入地思尋。

就在這一刻，我該採取的行動是——

煙火落了下來。攻擊判定只會對我有效，若我就這樣什麼都不做將會被攻擊擊中，然後遊戲結束，我會戰敗。也就是說我必須透過某種手法來讓煙火不會傷到我。

還有一個更容易的選項，那就是朝向舞臺內側進行緊急迴避。緊急迴避能夠在瞬間處於無敵狀態，並移動一定的距離，在這個時候使出確實能夠避開煙火，同時還可以閃進比賽舞臺的內側，讓我恢復動線。

可是在這時做出那種選擇，是屬於非常容易被對手「讀出」的行動，更進一步說，緊急迴避這種行動若在某種程度上灌注注意力去觀察，要在看見對手緊急迴避後勉強打中他也不是不可能，是屬於整體上一連串演出很長的行動。照我受的傷害值來看，只要被一個上方強攻擊打到就會完蛋，要在這種情況下走該套路風險有點高。至少不該腦袋空空硬去選這選項。

這時閃過腦海的另一個畫面是——剛才我做過的行動。

就是抓住對手，配合自己投擲時進入的霸體狀態，藉此挨過煙火爆炸並且將對手丟出，是屬於高難度技巧。

這是一個攻防一體的好選擇，若是做對了可以讓情況好轉，而且這個選項也會讓對手找不出太多手段來防禦。要說問題出在哪——就是這個技巧的難度太高吧。

假如我在做的時候出現失誤，那遊戲就會在這瞬間結束。

要讓投擲時的無敵霸體狀態出現在爆發攻擊持續的那段時間中，使出這種技巧時猶豫期真的只有短短一陣子。當然我有自信能高機率成功，事實上在第一戰的時候我就如魚得水地施放完成。

不過——在如此緊迫的狀態下，該採取的還是那一招嗎？

這確實是攻防一體的好選擇，但是處在這樣的傷害之下，把 Lizard 丟出去之後尚未有能夠直接打爆他的手段可行。當然我能夠把他打到懸崖外，然後再阻止他回歸場內，進展順利的話還能直接贏得勝利，然而稍有不慎必定會害我自爆。須背負戰敗的風險。冒這麼大的風險那麼做不值得吧。

於是我的腦子裡頭浮現出一個念頭。

剛才碰到類似的狀況時，我展現適時運用投擲產生無敵狀態的技巧，並連擊成功。

那行動還讓哈利先生和馬克斯先生大感驚訝，想必這點也牢牢刻在足輕先生的腦海中。

那麼，恐怕足輕先生現在腦子裡頭會閃過我可能去「擒抱」的畫面。除此之外，若他再被我得逞一次將會處於劣勢。之後會面臨 Found 擅長的場內回歸阻撓攻勢。

換句話說。

在這瞬間，足輕先生很有可能會以我疑似將發動「擒抱」為前提來行動。當然這都只是猜測，不可能完全針對剛才那一套來獵殺，如今的行動已變得如同猜拳，會出剪刀石頭還是布都不確定，將會難以判讀，我不認為足輕先生在採取行動時只想到單純應對我的「擒抱」，但至少他不太會去選擇使出後將對擒抱毫無防備的行動。

那麼足輕先生有可能採取的行動就是當場迴避或退避等等，諸如此類能夠同時閃避投擲和攻擊的防禦行動，還有可能只針對我的投擲來打出橫向強攻之類的，想要直接幹掉我，比較有可能的就是這兩種。

既然我都能看出這些了。

那我該採取的行動就是——防守。

防守的話，不管足輕先生出哪一種招式，我都有機會勝過他。

假如對手選擇攻擊，我就能趁他攻擊完出現空檔時安全發動投擲。

就算他當場選擇迴避，接下來的局面也不容易變得不利於我判讀，至少不會直接害我輸掉比賽。

最重要的是一旦這麼做，將有別於選擇讓投擲的無敵狀態去配合爆炸時間，攻防發展上會比較安定。不容易因為操作失誤導致戰敗。

只在那一剎那間，我本能地在腦海中一再憑感覺及邏輯沙盤推演，得出結論並選擇防守。

再來只要仔細觀察足輕先生的行動，接著再應對就行了。

「──果然。」

此時足輕先生那冰冷又銳利的聲音傳入耳中。

轉眼間。他的 Lizard 已經「抓住」我的 Found 了。

「……咦？」

我一時間沒反應過來。心想這怎麼可能。在這種狀況下選擇了擒抱？

這是因為若在那種情況下，我選擇了最該被警戒的擒抱行為，那先抓住對手的人將會是我。我曾經使出那種高難度的擒抱技巧，他卻完全不去考量自己會被我抓住的可能性，而做出那樣的選擇？這是為什麼？

我沒想過會有這樣的套路。做出那樣的選擇實在太亂來。

足輕先生抓住我的 Found，什麼都沒做。

目的並不是要把我丟出去。

「唔……！」

我開始讓角色做掙扎動作來擺脫對手的擒抱，但私底下心知肚明。

身上帶著這樣的傷害值，我已經沒退路了。

Found 被 Lizard 抓住，什麼都做不了。

最後，屬於大招的煙火在被抓住無計可施的 Found 身上炸開。

我被遠遠打飛到場外死掉——

三分先奪決勝戰是我輸了。

＊　＊　＊

「呼——辛苦了。」

「辛、辛苦了……」

結束對戰的我，茫然地望著手把。

螢幕喇叭播放著角色選擇畫面的背景音樂，照理說這音樂我已經聽得很習慣了，如今聽來卻覺得一陣空虛。

「哎呀，好驚險。」

簡短說完這句話後，足輕先生就此打住。聽他說話的方式並不是要等我有所回應，或許是在顧慮我吧。

「……請問。」

我發出聲音的時候，眼睛還是盯著手把。足輕先生用跟剛才一樣的語氣應道「嗯？」。

「最後……」

「哦哦。」

光只是這句話就讓足輕先生看似了然於心地回應我。我就像在題後對答案一樣，對他提出以下的疑問。

「最後你選擇抓住……背後有什麼理由嗎？」

因為用一般的角度思考，應該很難做出這樣的選擇。

舉例來說，如我那般後退小跳加最速空N暴擊、單純朝向場內緊急迴避，以及我曾經展示過的攻防一體選項，活用無敵狀態來投擲。這些都可以說是該情況下的代表性選擇。

可是——對方卻做了不如這些的選擇，那就是使出擒抱。

「那看起來根本像是——」

對。做了一般而言不會做出的選擇，根本像是——

「『像是早就知道我會採取防禦』，我做的事給人這種感覺對吧？」

經我詢問後，足輕先生毫不猶豫地接上這句話。

「的確。我已經猜到你絕對會選擇防禦了。」

「……為什麼？」

當我呢喃出這句話，足輕先生嘴裡「嗯」了一聲，並想了一會。

接著他似乎得出結論了，開口道出這句話。

「所謂的職業玩家，就是這麼一回事。」

「咦……」

這是什麼莫名其妙的邏輯。雖然我有的時候也會跟著感覺走，但說出這種像是有毅力就能戰勝一切的論調，一時間讓我難以接受。

「因為是職業玩家，所以能夠憑感覺判斷的意思？」

「啊啊不是，不是這個意思。」

「不是那樣……？」

面對我的回應，足輕先生點點頭。

然後他用拇指輕輕彈了左手拿的手把方向鍵一下，發出「啪鏗」的聲音。

「——我是指用跟職業玩家相同的條件來比賽，就是這麼一回事。」

搖桿反彈的聲音在房間內輕微地迴盪，卻在我耳膜上留下令人印象深刻的響動。

「我在猜。」

話說到這邊，他有點懊惱地扭頭，接著才繼續說話。

「如果我跟 nanashi 對戰百次，你大概會贏過我吧。」

「咦？」

這讓我重新看向足輕先生。

他臉上的神情很真摯，看樣子不像是要安慰我才那麼說的。

「是說 nanashi 會不會也有那種感覺？像是周旋的手法、操作的正確性，還有在比賽中能夠不斷提升策略的感受性，說真的，nanashi 在這些層面的表現都比我更厲害。嗯——大概比我高出一截，搞不好比我高出兩個檔次也說不定。」

「這、這個……」

面對他的問題，我難以回應，不過在比賽之中，長時間維持優勢的確實是我，實際上在最後一戰前，我甚至認為如果就此順利進展下去，自己八成會贏。

「可是最後輸的人卻是我。」

「嗯。對。就是這樣。」

只見足輕先生稍微壞笑了一下。然後再次把手放到下巴上，慢慢開口。

「我想你自己應該也注意到了。」

他一面說著，邊用食指「咚咚」地敲敲我的遊戲手把。

「最後那場比賽。我們各得兩分，算是第五場比賽了。」

「……對。」

緊接著足輕先生的視線從手把上離開，放到我身上，然後指出重點。

「nanashi——你當下的應對方式變得有別於以往吧？」

他用清楚的語氣把這句話說完。

這當然是在說我當時採取的行動。

「……是那樣沒錯。畢竟是最後一場比賽，會慎重行事。」

「這很正常。」

足輕先生還是一樣面無表情且淡然處之，並拿這句話試探我。

「當時很緊張？」

「這……對。」

聽到我的答案，足輕先生笑了一下。

「也對，這關係著和我第一次對決的勝負，而且輸了還有處罰。」

我隨之無言地點點頭。我原本就是一個不服輸的傢伙，再加上還附帶不曉得會讓日南爆什麼料的懲罰。在這場三分先奪戰中，我確實感受到先前不曾感受過的緊張感。

「我想要贏了這場比賽，只有這場比賽我不想輸。這樣的緊張和焦慮會讓人在遊戲中產生失誤。一旦著急起來就想要快點結束比賽，不會耐心等待，而是選擇『逃避式進攻』。而且在戰術預測上一旦關係到自己會不會輸掉，那連原本理當承擔的風險都會變得不敢承擔。」

「這話是……什麼意思。」

「還不明白？」

足輕先生說完就開始回想。

「舉例來說就像……在最後一局打掉我第一條命時，你要從投擲接連段攻擊的時候。平常總是會接比較安定的高確率組合技，可是當下卻選擇需要孤注一擲的高火力招式對吧？」

「好像……是那樣。」

足輕先生說這話時彷彿看透一切，我邊回想比賽的過程邊點頭。

但印象中這個選擇奏效了，有給予龐大的傷害。

「我看到了就想，啊——這傢伙在逃避現實吧。」

「……逃避？」

「嗯。我認為那是『逃避型進攻』的典型代表。」

聽足輕先生說到這邊，我逐漸明白他的意思了。

「是指我想要逃離壓力……是這個意思嗎？」

在我詢問後，足輕先生點點頭。

「在線上的勝率積分戰中也會看到吧，不是常常會看到那樣的對手嗎？遇到 nanashi 感到緊張，在 nanashi 的出招下承受壓力而不敢大肆進攻，但又沒辦法耐心等待對方露出破綻，到了某一刻就再也無法忍耐，然後隨隨便便硬著頭皮想來個衝刺抱投等等。」

「……是有遇過。」

一旦情況變成那樣，戰況就會變得有利於我，往往比賽將會呈現一面倒的狀況。

「想要早點擺脫這股壓力。想要獲勝。因為這種精神面的弱勢，才會硬逼自己發動逃避式的攻擊。這次 nanashi 身上也出現相同的情況。」

「……唔。」

被人這樣鐵口直斷，我卻無法反駁。

「若是在這一戰中輸掉就直接輸掉整場比賽。在這一戰中戰敗將會面臨懲罰。在勝率積分戰中很少會面臨這樣的緊張感，因而想要擺脫那股壓力，在無意識之中即便不確定性高，還是會奮不顧身去選擇一次連技就有可能造成大傷害力的攻擊。」

這段話正確言中連我自己都毫無自覺的心靈變化。

那時的我並非因為出自自身的一套正確論調才那麼做，而是憑藉本能選了這條路。雖然就結果而言，這讓我在下一次的預測賭注中更有機會獲勝，但那再怎麼說都是單看結果。骨子裡還是包藏著想要逃避的心，這點並不可取。

「看似在進攻……事實上卻是在逃避『踏踏實實戰鬥』這檔事。」

我彷彿是在用這段話做自我確認，足輕先生聽了點點頭。

「對。所以說，我想你在最後的關鍵時刻一定也會選擇逃避。」

「是指我……會選擇防禦？」

「嗯。」

最後在懸崖邊時。一開始比賽的時候，我用過投擲這個手段，此時卻反其道而行進行防禦。

可是照理說那是為了避免操作失誤引來風險，想要走比較安全的路線，算是一個冷靜的選擇。

這時足輕先生抬頭向上看，一副在回想的樣子。

「照當時的感覺看來……關於用投擲無敵霸體來挺過 Lizard 煙火這招，nanashi 你必定在練習模式中認真練習過對吧？」

「對……」

我使用兩個手把一再練習，一直練到滿意為止。

「你可是 nanashi，用出來的成功率應該有九成以上吧？」

聽了這話的我無言地點點頭，這才發現一件事情。

「……我懂了。」

「嗯。」

足輕先生也點點頭，而我則是自己將那句話主動說出口。

「因為害怕失敗機率不到一成的風險找上門……最後才選擇防禦，是這個樣子吧。」

那番話讓足輕先生微微地笑了一下。

「正是如此。看到最終戰時發動那種攻勢，我就知道 nanashi 想要逃避，因此確定你不會在這個時候過來抓住我的角色。」

這些已經不像是在針對 AttaFami 論戰自己的看法了，更像是在談論我這個人。

「——不過，nanashi 給人逃避感最重的地方，其實並不是這裡。」

然而接下來的那番話，為我的心靈帶來更多震撼。

「不是這……？」

因為這次話題是真的繞到我身上了。

「在第一回合比賽之後，你有說過吧——說你還不曉得自己真正想做的究竟是什麼，諸如此類。」

我確實有對足輕先生說過類似的話語，如此描述自己。

「是說當時那段對話……會對最後的戰術預測帶來影響？」

當我用奮力隱藏懊惱之情的語氣回問後，足輕先生緩緩地、深深地頷首。

「當然會。」

照這樣聽來，足輕先生早就看透了。

看透的不是nanashi，而是友崎文也——看穿我的迷惘與脆弱。

「因為曾經有過這個片段，我才會那麼有把握。」

一針見血地說完後，足輕先生溫和地拍拍我的肩膀。

「『跟職業玩家用相同的條件作戰』，其實就是這麼一回事。」

就在這個時候，我總算明白了。

不管是懲罰還是什麼都好，這些一定都無所謂。

不，豈止如此，只是這點懲罰根本太輕了吧。

職業玩家的作戰條件。

那就是一旦上了戰場「就必須在那一戰獲勝」。

在足輕先生他們以職業玩家身分作戰的舞臺上——選手們時時面臨的並不是「會被人爆料可恥事蹟」這種輕微懲罰，而是賭上某個重要的東西。

在這個時候必須展現的不單只是遊戲技巧，還有心靈的調適。

不去逃避，要不斷正視自我，須展現出這樣的人性堅強面。

「你說的是要擔負……眼前這一戰的重量嗎？」

我在開口的時候，依然像是在暴露自己的弱點一般，那讓足輕先生露出一抹笑容。

「對戰百次來競爭獲勝機率——跟必須在眼下這瞬間的決戰中獲勝。這兩者看起來相似，實則不同。」

如此斷言後，足輕先生就將遊戲手把「喀噠」一聲放到桌子上。

＊　＊　＊

之後過了十幾分鐘。

我跟足輕先生將對戰臺讓給日南和哈利先生，在他們後方聊起來。

「實際對戰後覺得如何？有沒有找到什麼頭緒？」

「這個嘛……」

被他那麼一問，我又開始煩惱起來。

跟之前那種在黑暗中摸索的狀態不一樣，我好像稍微找到前進的指標了。我本身想怎麼做呢？自己要追求的是什麼？做什麼才會感到開心？

話說之前去小玉玉她家之後，我也明白了一些事情。

未來出路並不完全是自己想怎麼選就怎麼選的。

「有一個很現實的問題……就是如果要當職業玩家的話，那……」

「想問這夠不夠用來賺錢過活？」

「呃……沒、沒錯。」

只見我惶恐地點點頭。

「嗯，這我明白。畢竟在不久之前幾乎還沒有這樣的工作出現。現實面的問題非常重要，其實我們也都很在意這點。」

「也、也對啦。」

大概是足輕先生的習慣吧，他又開始摩擦下巴。

「所謂職業玩家這個工作。前提當然是有好處可拿，但要注意的不是只有這些。」

「不是只有這些？」

被我這麼回問，足輕先生點點頭。

「例如把自己比喻成一個角色，是否能夠包裝成夠專業的樣子，這樣的能耐也是很重要的。因為那從某方面來看也是在販賣你的觀眾接受度。」

「哦哦……原來如此。」

這陣子參加過網聚對戰後，我回去確實有瀏覽過職業玩家和直播主的 Twitter、YouTube，大家都有各自的戰略，懂得包裝自己。就很像不只重視味道，連外觀也要很講究的西點。

「還有即便目前很厲害，在遊戲版本升級之後愛用的角色變弱就再也無法贏得比賽，這樣就沒戲唱了。就算自己愛用的角色大幅度變弱，還是要找到能夠再次讓自己戰勝的角色。或者是將這個變弱的角色重新打造成可以在遊戲中獲勝。我們同時也需具備適應能力，隨著瞬息萬變的外在環境做調適。」

「這點我明白。」

關於這點，想必線上對戰也是一樣的道理。

「還有另一點，就是單論精神層面。雖然說在這個領域中參加的比賽場次越多就越有利，但有時也會單純受到心理素質影響。來到有別於以往的環境、國度，是否還能展現以往的實力，會不會因為焦急就亂了陣腳。這部分也很重要。」

「就好比是我剛才一不小心操之過急，像那樣對吧。」

面對我的提問，足輕先生面帶苦笑地頷首。

「是啊。從某方面來說自由對戰的實力跟職業大賽中的實力是不一樣的……若是精神韌性沒有強到可以持續拿出某種程度的穩定成果，就沒辦法以職業玩家的身分生存下去。」

「原來如此……」

一面聽著，原本心中還存有隱隱約約的不確定感，現在逐漸覺得那感受變清晰了。

一定是因為剛才跟人那樣對戰過。又聽到這些現實面的訊息。

不——也許在我跟職業玩家面對面的那瞬間，這一切就已經開始運作。

因此我乾脆單刀直入。

將先前甚至連說出口都感到莫名抗拒的情感表達出來。

「請問，我目前還只是高中二年級生……」

我心裡一直醞釀著一份情感，決定要跟足輕先生分享。

我對這個世界幾乎形同一無所知。

既然如此，不如直接問業內人士，一直以來我也是這麼做的。

「——你覺得可以不上大學，直接去當職業玩家嗎？」

那讓足輕先生先是訝異地睜大眼睛，接著稍微沉默了一會，像是在猶豫該如何回答。

「嗯——……這個嘛，我不怎麼推薦就是了。」

「……怎麼說？」

那意想不到的答案讓我反問足輕先生，而他依然用淡然又平坦的語氣回應。

「是能說因為真的想要當職業玩家，所以沒空去上大學，但反過來講，不知道能夠在有多少餘裕的情況下，當職業玩家賺錢過生活到什麼時候，因此先把大學讀完比較好，這也是一說。」

緊接著他把手放到下巴上。

「不過我個人認為突然要成為職業玩家，其實有點難度吧。」

「呃——……是因為沒辦法靠這個過生活？」

「嗯，當然這也是原因之一，不過……」

「不過？」

聽到我如此回問，足輕先生用一種過來人的口氣開口道。

「若沒辦法提出某種程度的具體『數字』——你身邊的人不會認可。」

「啊……」

這時足輕先生將目光轉向旁邊，一副略有顧慮的樣子。

「所謂的未來出路，自己的意願固然重要，即便最後跟身邊的人無法達成共識，還是應該貫徹自己的想法。可是nanashi，你還是高中生吧？」

「……是這樣沒錯。」

「那你就還在給父母親養……不可能高中一畢業就突然去當職業玩家，自力更生吧？畢竟你也沒其他收入。」

聽他這麼一說，我才想起來。

跟竹井他們一起去小玉玉家的時候，也曾經聊過類似的話題。若是要決定未來出路，假如還要靠其他人支援，那就不能在決定時只考慮到自己的意願。

「既然如此，就跟你在擔心自己能不能賺錢養活自己是一樣的，也要去想『要如何讓身邊的人接受』。職業玩家這個工作比較像是墊檔銜接用的，有的時候確實會不盡如人意。」

「原來如此……」

足輕先生說到這邊就補了一句「這真的很不容易呢」，然後露出疲憊的笑容。

「就算你硬要離家出走好了，最後還是得打工或工作，並擠出時間練習，生活會變得像這個樣子，在這種情況下要擠出可用的時間，分量上其實跟去上大學沒什麼不一樣吧？搞不好更少可用時間。」

「……確實有、那種感覺。」

這些都是很實在的意見，親自在那個世界走過的人才能說出這番話吧。

沒錯。這就是「現實」，是「人生」。

最後足輕先生用有點純真又開心的表情說道。

「能夠玩遊戲養活自己，這就像是少年時期會懷抱的夢想呢。」

「對啊，我從很久以前開始就在想，如果有這種工作就好了。」

如果是喜歡玩遊戲的小孩，任誰都曾經有過這樣的夢吧。

「對吧。而如今這樣的工作，逐漸在現實世界中出現。」

「……對，這是一個很棒的時代。」

我回答的時候還輕輕笑了一下。

「不過，正因為如此，只有一件事情希望你記住。」

「……只有一件事情？」

「嗯。」

足輕先生先是點了點頭，接著立刻換上嚴肅的表情。

「就因為那是『夢想』——在追求夢想的過程中，你必須考量到現實面。」

話說到這邊，他最後露出一個溫和的笑容。

「朝著目標一點一滴邁進。『玩家』就該是這個樣子吧？少年。」

＊　＊　＊

在那之後我們輪流和人對戰好幾輪，直到晚上才解散。

在戰鬥成績上的排序依序是我、足輕先生、日南，再來是分數跟我們有點落差的哈利先生和馬克斯先生，我認為自己的獲勝機率算偏高的。途中日南也曾經有好幾次用了 Found 以外的遊戲角色，說這樣的順序單純是實力體現，又好像怪怪的。

「感謝各位今天邀請我們！」

「謝謝各位！」

日南率先有禮地跟足輕先生他們這麼說，我也跟著道謝。

「不客氣。我們也玩得很開心。沒想到 nanashi 以前曾經當著很多人的面，一時氣不過在 AttaFami 中把同班同學修理得很慘。」

「啊——這件事就別提了吧！」

日南把我以前做過的事情爆料出來，足輕先生拿這段過往調侃我，我出面吐槽他。日南這傢伙別的不挑，偏偏挑跟 AttaFami 有關的事情來說……

就這樣，大家一起前往車站，然後各奔東西。要搭埼京線往大宮去的就只有我和日南，所以接下來大夥兒就要分別了。

此時足輕先生突然不經意說了這句話。

「那 nanashi，等你做好覺悟了，隨時歡迎你踏進這個世界。」

「……好。我會稍微認真想想看的。」

「但我看你原本就很認真在煩惱這件事情呢？」

在我們進行這段對話的同時，今天的網聚也結束了。

來到電車裡頭，我跟日南兩人結伴。

我偷看到日南的智慧手機畫面好像顯示出 Twitter 頁面，大概是在確認今天參加網聚的事情會被人怎麼寫吧。可是偷看是不好的行為，所以我一下子就把目光轉開了。這傢伙今天可是三不五時就把自己慣用的角色 Found 亮出來。

「對了，日南。」

「……什麼事。」

日南邊用智慧手機邊朝我這邊斜眼看了一眼並做出回應，但她的目光馬上又回到智慧手機上。

「今天玩得開心嗎？」

面對我的問題，日南面露苦笑。

「我說你，自以為是我的家長啊？」

「不、不是那樣……」

對她那麼一說才發現講這種話聽起來就像那樣。現在我總算明白帶孩子去科學未來館後，當爸爸的是什麼樣的心情。

「不過……會把妳找來也是為了讓妳開心一下。」

在我老實說完後，日南就「喀嘰」一聲將智慧手機畫面關掉，接著一直望著黑色的畫面。

我想那上頭正映出她自己的臉龐吧。

「這個嘛……」

雖然電車裡人不算太多，但又不至於空到可以讓我們兩個人坐在彼此隔壁。車輪規律地發出「喀咚、喀咚」聲，充斥於隔開我們兩人的空間中。

「還算愉快。」

日南這句話說得不算親切。

然而同時聽起來也不像在說假話。

「AttaFami，真的是一個好遊戲。」

接著她看向窗外補充道。

埼玉市郊已經完全變暗了。不知道是不是我想太多，感覺日南那反射在窗戶上的嘴角正開心上揚，因為窗戶的倒影不夠鮮明，所以我沒辦法準確判斷。

「……是啊。如果妳玩得開心，我就放心了。」

「你還真以為自己是家長啊？」

日南說這話時語氣不耐，似乎對我一直強調這點感到很傻眼。就算是這樣好了，我也要繼續堅持不懈，讓妳了解什麼才叫樂趣。

「我不是家長，是妳的徒弟。」

「好啦好啦。」

隨便應個幾聲後，日南轉頭看這邊，臉上那抹愉快的笑容一閃而逝。她的表情看起來就像小孩子，相較於平常那種試圖籠絡人心的美，這又散發另一種魅力。

我原本想要吐槽這件事情，但想想還是覺得今天就先放過她吧。

從池袋前往大宮方向的電車即將要通過北戶田站。

# 5 無論哪個遊戲最重要的都是真正玩得開心

星期天早上。我才發現自己沒把某件事情處理好。

「……咦？」

結束 AttaFami 的訓練模式後，我打開通知欄。那裡顯示幾十分鐘前菊池同學傳來的新訊息，可是內容有點怪怪的。

『不好意思，你在忙嗎……？』

我打開 App 觀看對話一覽表後，發現菊池同學跟我的對話右邊寫著通知數量「1」。我們同時在聊好幾個話題，回的訊息卻只有這一條好像不太對勁，想到這邊我決定打開對話內容看看——這才發現原因是什麼。

「啊。」

昨天要參加網聚之前。

跟日南一起等哈利先生他們來的時候，我有跟日南商量，說菊池同學最近的樣子怪怪的，同時在想要怎麼回訊息給菊池同學。當我打好一段準備傳送的訊息時，我也跟著放心下來，那個時候哈利先生他們正好過來，於是我就關閉對話框——然後就這樣放著。

換句話說，我在訊息輸入框那邊已經打好一段文字，菊池同學傳過來的訊息也顯示已讀，之後就放著不管將近一整天。

「啊啊啊！」

我搞砸了。雖然並沒有出現已讀就要立刻回訊息這種規矩，可是按照菊池同學傳來的訊息看來，她肯定還因此擔了不必要的心。因此我決定第一件事情就是立刻回訊息給她。

我把原本打在訊息輸入框的那一段文字刪除，一邊寫新的訊息。

『抱歉！我去參加之前跟妳說過的 AttaFami 網聚，卻沒發現自己都沒回訊息！』

我打了一段解釋，老實交代發生過的事情，接著就傳送出去。

在那之後過了幾分鐘。平常菊池同學一天只會傳一到兩封的 LINE 訊息，這次卻馬上回信了。她還傳來兩通訊息。

『原來是這樣啊。沒關係的！』

『如果方便的話，今天可以見面嗎……？』

「嗯嗯？」

這種情況果然很少見，因為我們已經在交往了，當然雙方曾經都邀對方一起出遊過，可是突然問今天能不能見面，這好像還是第一次。

不過該怎麼辦才好。我從今天傍晚五點開始到晚上九點，都要去卡拉ＯＫ「SEVENTH」打工。在打工結束後見面……這樣也不太合適吧。

我看看手錶，時間已經來到下午兩點。就現實面來看，要在打工之前跟她見面似乎行不通，今天果然挪不出時間跟菊池同學相約。於是我就把這件事情告訴她。

『抱歉！我今天接下來還要打工，做到晚上九點。』

『等到有空的時候再見面吧！』

待我傳送訊息後，菊池同學立刻回覆。

『說得也是……抱歉在你這麼忙的時候邀你。』

『打工要加油喔！』

最後她傳了這樣的訊息。我回她『嗯。謝謝！』，開始為打工做準備。

感覺我們兩個好像一直在跟對方道歉，但誤會解除真是太好了。之後一定要找時間跟她見面才行。

＊　＊　＊

「友崎學長我都聽說了喔⁉聽說你交女朋友了⁉」

在卡拉ＯＫ「SEVENTH」的廚房裡，小鶇一直纏著我不放。

「對、對啊。」

臉上浮現苦笑的我承認了，那讓小鶇突然間整個人靠過來，開始追問。

「是在文化祭上嗎！契機是文化祭嗎！」

「是沒錯……」

「什麼嘛——！真是個輕浮的男人！」

「為什麼結論是這樣啊。」

小鶇難得說話聲音這麼大聲，看來她非常興奮。可以的話，希望她能夠把這份霸氣運用在接待客人上。

「你們班有很多可愛的女孩子呢！是哪一位？」

「就算妳這樣問我……」

「是不是綁馬尾的女孩子？是不是那個綁馬尾的!?」

「不、不是她。」

小鶇突然提到深實實害我心臟跳了一下，不過照這樣子聽來，她似乎不知道內情。幸好水澤沒有為了好玩把消息走漏出去。反正那傢伙應該也不會做這種事情吧。

「不是她啊！那我有跟她說過話嗎？」

「我想應該沒說過話……」

「都沒有照片嗎！」

只見小鶇夾帶猛烈的氣勢逼供。我一邊製作客人點的百匯，一邊回想當時是怎樣的情況，這才想起文化祭結束後班上所有人有拍團體合照，這張照片被發送到我們班的 LINE 群組中。

「有是有……不過是合照。」

「給我看！」

「等打工結束再說。」

我說完就把做好的百匯放到托盤上，邊出聲喊「我去送餐——」邊朝客人待的房間走去。

「啊，友崎學長你等等，待會是要送去306號房吧？這個也是要送去三樓的，一起拿過去比較划算。」

「啊，明白。」

嗯，雖然這女生很懶，但在工作上還是很會算。不愧是什麼都講求投資報酬率的類型。

＊　＊　＊

打工結束後。我們兩個人都是高中生，所以九點之後就不能繼續打工。

換完便服的我在小鶇催促下，心不甘情不願拿文化祭合照給她看。

「咦！」

只見她用食指和中指不停將菊池同學的部分放大，還發出好大的叫聲。

「你別開玩笑了！這女生超可愛的！而且還是很清純的那種！」

「她的確是聖素系沒錯……」

我想說反正聲音也不會大到讓對方聽見，就邊點頭邊講只有我懂的字眼。

「原來友崎學長喜歡這種類型啊⁉」

「對、對啊……」

除了被她的氣勢嚇到，我還肯定小鶇的說辭，結果她賞我白眼，還用雙手遮住胸部。

「也就是說……啊！……我也是你的菜嗎！」

「不，妳不是清純型的吧。」

「好過分！」

她百分之百是走辣妹路線的軟體動物。根本不是清純系，更不可能是聖素系。

「友崎學長，我現在很受傷。」

「喔是嗎？」

「因為我受傷了，你要請我吃員工餐。啊，請便宜的就可以了。」

「不管是便宜的還是貴的都不會請，別說得一副很將就的樣子。」

對於有機可乘就想揩油的小鶇，我就這樣敷衍過去，小鶇回我「你這個沒種的男人！」同時我們兩人一起離開卡拉ＯＫ「SEVENTH」。

離開卡拉ＯＫ「SEVENTH」前往公車站的路上。

我對小鶇提出這樣的問題。

「小鶇妳已經想好自己將來要怎樣了嗎？」

「怎麼突然問這個。將來是指將來的夢想嗎？」

「對對。」

在我點點頭後，小鶇就擺出一個很有朝氣的姿勢。

「我要嫁給有錢人♡」

「喔喔……」

這未免也太不讓人意外了，甚至讓人覺得問她是浪費時間。

「看來妳很想悠哉度日呢……」

在我無力地說完這句話後，小鶇嘴裡「嗯——」了一聲，食指跟著抵在下巴上，看似煩惱地噘起嘴脣。

「不過我覺得完全靠對方也不是很好啦～」

「是嗎？」

有別於剛才，這點令我感到意外，讓我有點感興趣呢。

「對。我在想還是要有最低限度的自立能力才行。」

「哦，沒想到妳還有認真的一面啊。」

在我老實說出感想後，小鶇回了一句「那當然！」還挺起胸膛。

「若是都已經嫁給對方了卻被他逃掉，那我不就沒辦法自力更生了嗎？就算想從那個時候開始努力好了，光要過回普通生活也很不容易。這樣投資報酬率太低了。」

「妳這樣不叫認真，單純只是很現實。」

反倒該說她只是認真在追求舒適生活罷了。

但怎麼說呢，小鶇在這方面並不是屬於很會作夢的那種呢。懂得耍廢或許也是一種技能，為了讓自己能夠繼續耍廢，要維持住利於自己耍廢的環境，若什麼都不做，想要耍廢也很難。我好像能夠憑感覺理解這點。

「那友崎學長你又是怎樣的？」

「咦，我？我的話……」

既然她都問了，我就把自己的將來——應該是說原本就有的打算，以及以遊戲玩家身分活下去的生活方式，都稍微說給她聽。

「什麼都好，我想要找到一些能夠認真面對、能立下目標一一達成的事情來持續做挑戰，或許我要的是這個樣子吧。」

「咦，這什麼論調。根本和地獄沒兩樣吧。」

「哈哈哈，確實對小鶇妳來說好像不容易。」

小鶇一下子就說出地獄這個字眼，聽得出她是講真的。這女孩真的很討厭努力耶。

「那聽起來根本就很糟吧。對我來說，目標和挑戰就跟懲罰一樣。我跟你相反，什麼事情都好，只要不用認真以對都行，我想要一直逃避挑戰快樂過活。」

看她連珠炮似地說出一連串「懶惰美學」，我不由得笑了出來。

聽完還有個想法，仔細想想我跟小鶇的生活態度，或許正好恰恰相反。

「我覺得一直有機會面臨挑戰還比較開心啊。」

我這話一出，就讓小鶇發出一聲「噁……」，擺出想吐的表情看我。

「友崎學長果然是外星人……我沒辦法過那種生活。我們兩人訂下的前提差太多了。根本是在不同星球出生的。」

「啊哈哈，或許吧。」嘴裡如此說著，有一點卻讓我特別有感。「……不過。」

「不過什麼？」

就是針對小鶇說到的「前提」這個字眼。

或許我跟小鶇在「想要一直接受挑戰」、「想要逃避挑戰天天開開心心」這方面，觀點正好是相反的。

不過。

「——想要開心享受人生，在這個前提上，我們的看法似乎是一致的。」

聽我如此肯定地斷言，小鶇歪過頭表示「我聽不太懂」。她沒聽懂啊。

＊　＊　＊

隔天是星期一。

在早上的會議中，我有稍微提到昨天菊池同學傳來的 LINE 訊息，結果日南只說「在戀愛過程中常會有這種情況，並不會因此導致你們兩人分手。」但她還是沒有跟我解釋那訊息代表什麼意思。這傢伙是怎樣？關於課題我沒什麼好報告的，但既然都已經開了新的 LINE 群組，我就得以此為基礎好好努力。

於是我來到教室。去找竹井和深實實說話，計畫召開一場自我探索大會。不過我在星期六的網聚上已經有了不少收穫，這次應該會以達成課題為優先事項。看是要四個人一起到縣外，或是六人以上一起出遊。

「這次是要探索自我，我想去能夠做很多事情的地方看看。」

聽我這麼說，深實實「嗯——」地思索起來。

「也對～！有什麼點子嗎？」

她想都不想就只去問竹井一個人。喂！好吧，我對這方面的事情確實不是很了解。

不過今天的我可不一樣，於是我就從旁插嘴。

「那要不要去新宿或澀谷之類的，這類地方什麼都有，然後我們到處去轉轉？」

「這個聽起來不錯喔!?」

「再來是想做什麼就做什麼，那去 Spo-Cha 好不好？」

「這個聽起來也不錯耶!?」

面對我的提議，竹井一一認可。感覺這傢伙會成為很不錯的網路購物業配人。

順便說一下，為什麼我能夠這樣接二連三拿出提案，理由很簡單，就是因為我有事先調查和思考過。這甚至稱不上下功夫，只是最基本的。

「喔喔——!Spo-Cha 不錯喔!話說回來我都沒去過!」

就連深實實也跟著「嗯嗯」地點頭，感覺越來越有可能成行。要去 Spo-Cha 啊，是我提議的沒錯，但我當然沒去過。畢竟就連「ROUNDONE」都只有一個人單獨去的經驗。我想說都叫「ROUNDONE」了，一個人去才對。

在 Spo-Cha 那邊上至籃球、室內足球、普通運動，下至飛鏢或撞球都有，甚至聽說還有各種類遊戲都讓你玩到爽的遊樂中心。不僅可以在一天中做各式各樣的體驗，以自我探索來說也算是個不錯的選擇吧。除了體育課教的，其他的運動我都沒做過，這些對我而言都很新奇。

「喔，那就決定去 Spo-Cha 吧？御台場那邊好像有一間看起來不錯的。」

我盡量讓自己成為中心人物，出來主持大局，結果他們兩個都說「好啊！」表示同意。喔喔，看樣子好像變成是我在主導了呢。而且還一下子就決定要去外縣市。日南妳看到了嗎？

「噢，在說什麼，要去 Spo-Cha？」

這時有人邊說這句話邊靠過來，是中村。泉跟在他後面，還用超級閃亮的目光看著我們。

「我想去——！」

接著她就直接把自己的慾望說出口。不愧是辣妹，會忠於自己的慾望。

「喔喔——！是中中跟優鈴鈴！超歡迎的！」

深實實也開心地喧鬧起來。這群人聚在一起變成華麗陣容，人數也變多了，有種在辦慶典的感覺。甚至覺得班上同學好像都在看這邊。原本只有深實實和竹井聚在一起就已經夠熱鬧了，現在可是連位於金字塔頂端的情侶都靠過來。

「我也要——！」

結果就像這樣，連柏崎同學都跟著加入，緊接著換橘嘴裡說著「好像很有趣！」也跑來參加。這是什麼情形。你們是派對動物啊？而一想到中心人物——應該說是一開始企劃此行的人正是我，甚至讓我開始覺得這有點不真實。話說這一去好歹是要給為未來出路迷惘的自己跟人結伴探索自我，怎麼好像逐漸轉變成只是要去找樂子的聚會了。

話說這樣要怎麼算？看是要四人以上一起到外縣市去，還是六人以上一起去某個地方，我被出了這兩個課題，可是照這樣子看來，好像會變成六人以上一起到外縣市。可不可以當成一口氣解決兩個課題。

「也、也可以邀小玉去嗎!?」

「呃──可以是可以，不過……嗯──」

看竹井滿臉通紅說了這種話，我一時間不知該如何回答才好。不對，要邀請小玉當然好，但我果然還是得保護她。

＊　＊　＊

這天要換教室之前，有段休息時間。

「菊池同學。」

我來到圖書室。

「友崎同學！」

菊池同學一看到我的臉，臉上神情就頓時一亮。之前我跟她在LINE的訊息上錯過了，再加上其他種種，害我覺得要跟菊池同學碰面有點不安，但這次試著跟她見面後發現，果然還是這樣比較放心。

「昨天抱歉啦。」

「不會。該道歉的是我。」

於是我們兩個又跟彼此道歉，感覺心裡有點忐忑。就好像以前那種尷尬的心情又回來了，果然只靠文字來交流，有的時候會出包。

我們就像平常那樣坐在彼此身旁看安迪的作品。有什麼想說的話才跟對方說，其他時間都處於很沉靜的狀態，只是待在對方身邊。我真的很喜歡這樣的時光。

「……友崎同學。」

「嗯？」

此時菊池同學的聲音讓我轉過頭，我發現她在智慧手機上操作一些東西，要讓我看某間店鋪的網站。

「我……想去這裡。」

「……借我看看。」

接過菊池同學的智慧手機後，我開始瀏覽出現在上頭的網站。

看起來是一間咖啡廳兼酒吧，著名產品是原創無酒精雞尾酒，在賣的好像都是一些以各類童話或幻想世界觀做發想的飲料。

「喔，不錯喔！我們去吧。」

在我真誠地回應後，菊池同學便笑著點點頭應道「嗯！」。接著從我這邊拿回智慧手機，打開月曆 App。

「那麼……這星期天去好不好？」

「星期天啊。我看看——……星期天的話。」說著我想起一件事情。「啊，抱歉。」

「啊，是不是有什麼事情？」

我跟著點點頭，其實就在剛才才排好活動而已。

「就是——我跟一些人已經約好要去 Spo-Cha 了……」

「啊……」

聽到這句話，菊池同學的表情變得略為黯淡。她為了隱瞞這點才露出微笑，那反而讓我更難受。

「是不是剛才在說的……要跟七海同學他們一起去的那個。」

「嗯、嗯嗯。對。」

只見菊池同學有點落寞地垂下眼眸，然後露出一個像是在隱忍的微笑，並抬起臉龐。我想試著安撫她，但是要菊池同學跟那些人一起去好像怪怪的吧。畢竟那群人都是超級現充，再加上還有橘在，這也讓情況變得複雜。

「既然這樣，那星期六呢？」

「嗯，星期六的話——」

我邊看邊確認月曆，話說到一半打住。

「也沒辦法，抱歉。這天要去參加網聚……AttaFami 的。」

「啊，又是……」

對話到這邊就卡住了。

不過是星期六時間上沒辦法配合罷了，我卻覺得氣氛變得好沉重。

「那……這樣好了，換成下禮拜、可以吧？」

「嗯。就那樣吧！呃——……我現在就來調整打工的班表，我想應該可以空出其中一天，抱歉，先等我一下。」

「……嗯。好的。」

菊池同學再次微笑，願意接受我的說法。

可是看起來好像笑得有點勉強，這點令我介意。

「對了……話說回來，友崎同學。」

「嗯？」

「……你的 Twitter 好厲害呢？」

「啊……妳看了？」

沒錯。就是 Twitter。

在那場網聚過後，我跟足輕先生說有用 nanashi 的名義開了一個 Twitter。後來足輕先生就來追蹤我，而且當下還發了一篇介紹我的推文。加上那天我跟足輕先生的對戰影片被錄影下來，被他上傳到 YouTube 上，在這段激戰影片的加乘效果下，才一天就讓影片的播放數量上升到數萬次。

這也造成一些影響，沒想到我的 Twitter 才開了不到一個禮拜，追蹤人數一下子就突破千人。

「總覺得，陣仗好像變得比想像中更大了……」

再加上還有雷娜在回覆中叫我「文也」，光這幾天就讓我大受 Twitter 折騰……不過足輕先生帶來的影響果然不小。

「呵呵，的確。不愧是、日本第一。」

「啊哈哈……謝謝。」

在我面帶苦笑說完後，菊池同學用有點擔憂的表情看著我。

「那個……有個女孩子會叫你文也……」

接著她吞吞吐吐地說了這麼一句話。那段話讓我的心臟跳了一下。我原本就有點罪惡感，被她這麼一問好像更覺得坐立難安。

「嗯、嗯？」

「我在想這星期六……她會不會在……」

「這個嘛——不曉得耶，大概……會在吧。」

在我語無倫次地做完回應後，菊池同學突然回過神並摀住嘴巴，一副慌慌張張的樣子。

「啊！對、對不起，我、我這樣好像在審問……」

「沒、沒這回事！」

「那、那個……我沒什麼特別用意，沒事的。」

「這樣啊？……但我跟她只是在網聚上見過一次面，妳別擔心。」

「……嗯。好的。」

菊池同學點了點頭後看似很勉強地擠出一抹笑容。

這讓我有種哀傷的感覺，認為自己應該要負責，卻不曉得該如何讓菊池同學徹底放心。而且我之前都像那樣打過電話給雷娜了，說我跟她「只見過一次面」好像也不太有說服力。

「啊……時間差不多了。」

「真的耶。那我們走吧。」

之後休息時間結束，我和菊池同學前往生物教室。

……雖然還有其他想說的，但我好像錯過開口的機會了。

＊　＊　＊

這天放學後。我來到北與野站。

大家平常都會找跟自己要好的一群朋友一起放學回家，但我們今天要討論去 Spo-Cha 的事情，所以我們就先不約而同集合起來，一大群人一起放學回家，於是我今天又跟深實實兩人獨處了。我慢慢開始習慣這種情況——不過我還是很在意菊池同學的事情。

「在那之後進展如何，軍師！已經有定案了嗎？」

「……進展如何是指未來出路？」

「沒錯沒錯！就是你想做的事情！」

在深實實的詢問下，我再次於腦海中確認經過一個週末思考的結果。

「事實上，我又去參加網聚了。」

「喔——又去了？」

「嗯。」

看到我點頭——深實實用興致勃勃的閃亮雙眼望著我。

「老實跟妳說，我跟很活躍的職業玩家見面了。」

「咦!?」

然後我就跟深實實說自己見到了職業玩家足輕先生，還跟那個人按照官方規矩對戰。

「噢——軍師終於跟職業玩家對決啦！那會是一場激戰喔！」

「——最後我輸了。」

「咦!?是這樣喔!?軍師你不是自稱日本第一嗎!?」

看到深實實這麼驚訝，我在回話的同時一邊煩惱該如何解釋。

「是那樣沒錯……不過計算線上比賽的獲勝機率，這和當場分出勝負是不一樣的。」

「是喔？」

「嗯，這該怎麼說呢，線上跟線下對戰打起來的感覺有差距，而且親臨現場也會考驗精神方面的毅力……」

聽我這麼一說，深實實就恍然大悟地回了一聲「啊～」，語氣聽起來很認真。

「這我好像有點懂。」

「妳懂嗎？」

我接著回問深實實，然後她就很有精神地「嗯嗯」猛點頭。

「就好比是田徑比賽，也是這個樣子。」

她這話一出就讓我會意過來。

「啊對喔，妳有參加過大賽。」

「沒錯沒錯——」

臉上浮現苦笑的深實實點頭回應，然後發出一個誇張的嘆息，嘴裡一面補充。

「我那時都會很緊張——比賽當天真的好累人啊～」

「啊——好像是耶，深實實當時看起來有點那種感覺。」

「啊哈哈，看得出來啊——？不過實際上確實是那樣啊。」

不知為何深實實回答時語氣得意，還「嗯」地嘟起嘴脣。

「就算好不容易在練習中跑出好成績……比賽當天一旦失敗了，全都會化為泡影。」

「啊——……也對，是那樣沒錯。」

我認同深實實的說法，腦子裡浮現跟足輕先生的對戰經過。

「不過，如果是我。」

那是在線上競賽未曾體驗過的緊張感。會感到焦急，覺得自己必須在這場比賽中獲勝不可。

「總覺得……因為要在正式比賽中一決勝負的關係，會變得超有鬥志。」

自己明明輸了，明明感到很不甘心，留在記憶裡的卻是那澎湃的興奮感。

「每次的戰術預測都給人很大壓迫感，之前未曾有過這種感受，同時又覺得情緒前所未有的高昂。」

我的拇指不由得做出像在彈動手把搖桿的動作，「啪」地動了一下。

「這樣啊……那你不會想『我在線上對戰的時候明明是第一名～』那類的？」

聽到深實實提出這種問題，我稍微猶豫了一下。

「不去管獲勝機率，只靠這一戰分出高下或許真的『不合理』……但就是因為必須在這一戰上做賭注，才會覺得非常引人入勝。」

在我說這句話的同時，我終於有所驚覺。

「……咦。」

我觸碰自己的嘴脣，眨眨眼睛。察覺自己說出的那段話代表什麼意思。

聽聽我剛剛一直在說的那些。還有深實實說過的話。

——如果在正式比賽中失敗，一切都會化為泡影。這樣不合理也不公平。

在我遇到日南之前，我一直覺得人生就是這個樣子。

認為人生是一個糞 GAME，用不著認真以對。

可是，我剛才——說了什麼？

「……原來是這樣。」

「嗯——？怎麼了？」

這時深實實突然探頭看著我的臉。

「我之前，不是說過把人生當成一場遊戲嗎？」

「嗯，你是說過。」

這是友崎文也的人生觀基調，也是 nanashi 對於遊戲的根本想法。

「不過，我想那些職業玩家或許……正好相反。」

「相反？」

我點點頭，開始凝視自己的手掌。

「那些人跟我相反——把『遊戲』當成『人生』了吧。」

在說出這句話的同時，我心想他們有了很大的覺悟。

而且我的本能也告訴我，那樣一定很開心。

一旦入行就沒有回頭路。滿懷熱情，要將一切賭在那瞬間。

那從某個角度來看，就像是被「人生」的不合理性逼出來的，彷彿脈搏在跳動著，有種活生生的感覺。

而在那場對決中，我之所以會如此雀躍，理由一定就在這。

那麼，也許——

若是可以把 AttaFami 這個神 GAME 轉化為我的「人生」。

還有什麼比這個更開心？

「——我懂了。」

我吸進一口氣再吐出，為抽象的思考賦予輪廓。

身為一個玩家，我之前都希望自己在所有遊戲中扮演「遊戲角色」。

想要將全心全靈都投注在遊戲中，盡全力享受這個世界。

接著我想到了。在那個瞬間。在那短短幾分鐘的對決中。

不管是在 AttaFami 這個遊戲裡頭也好，或是身處在名為人生的遊戲中——

可以肯定的是，我都在扮演遊戲角色。

這感覺彷彿就像是 AttaFami 和人生的界線開始混淆。

握住手把的手流出汗水，這是現實中發生的事情，但能夠發自內心熱衷於對決，都是因為自己正在玩「AttaFami」的關係。

無論如何都不想輸而拚命掙扎的 Found 雖然待在遊戲畫面中，但這也是「人生」

的一部分，才會在那一戰中賭上一切。

人生。還有 AttaFami。兩者混合成一股漩渦，催生出一道熱量。

在這之中的我成為一個遊戲角色，盡全力在玩遊戲。

想必這就是我「真正想做的事情」。沒錯。換句話說——

因為熱衷於自己最喜歡的「AttaFami」，我才想讓自己的人生過得更繽紛。

因為要賭上自己的「人生」來戰鬥，才會想要更進一步沉浸於 AttaFami 的世界中。

而這正是——同時過著「人生」又玩「AttaFami」應有的樣子。

「軍師？」

那時的深實實一臉不解地看著我。

在這樣的深實實身旁，我已經在自己心中得出結論。

「我以後要當職業玩家。」

「是這樣啊……什麼，咦——？」

聽我吐露太過突如其來的決定，深實實驚訝地大喊。

「咦!?怎麼突然這麼說!?是在剛才決定的!?」

「我想稍微認真起來試試看。」

看我說得這麼理所當然，深實實滿臉困惑。

「先暫停一下，這是怎麼一回事⁉因為自己有才華才如此自信洋溢⁉」

被人這樣猛烈追問，我稍微想了一下。

「嗯——……這也不失為一個理由啦……」

「不失為一個理由？軍師你果然滿厲害的喔？」

「嗯。可是比起這個。」

我用一句話道出剛剛得到的想法。

「若能透過遊戲享受人生，透過人生享受遊戲——或許那樣就會無限循環，讓世界看起來永遠都是那麼有趣吧。」

實際上將這句話說出口後，聽起來比想像中還要幼稚。

「……軍師好像，真的有點白痴？」

「會、會嗎？」

看來深實實也這麼想。

# 6 做了一個選擇後可能會在不知不覺間牴觸到其他選擇

隔天早上。

因為一點小事讓我變成話題核心。

「友崎，這是真的？」

「是真的。」

對。就是昨天我跟深實實說過的「要成為職業玩家」這檔事，這件事情我也跟大家講了。因為我已經決定了，所以不會為自己的選擇感到懊悔，而且那也不是什麼可恥的事情。

「是說你都是線上對戰第一名了，我怎麼可能贏啊。」

這時中村開始大發牢騷。

「是中村你不該來找我決勝負。」

「啊？」

「咿……！」

情況就像這樣，我開始能夠在中村抱怨的時候回嘴了，這應該可以解釋成實力差距逐漸縮小吧。

「嗯——文也果然不簡單。我真有看人的眼光。」

水澤好像在趁機哄抬自己的身價，算了對方是水澤就別計較了。

「小臂教我玩 AttaFami——！」

「好是好，但玩那個遊戲也很消耗腦力喔。」

「嗯——！那應該很適合我玩吧——！」

「哈、哈、哈。是嗎是嗎？很好很好。」

於是我們一票男生就在那邊聊得很開心。雖然 AttaFami 打到第一名是很厲害的事情，但電玩遊戲再怎麼說還是電玩吧，只有我們這一群人聊得很暢快，其他人完全無動於衷，大概就這點熱度。雖然我個人也比較喜歡這樣，但心裡不免會想「你們其他人知不知道 AttaFami 這個遊戲可厲害了」。

對了，我想自己在玩遊戲的事情，就算被其他人知道，應該也不至於對人生攻略產生不良影響吧，我看看日南，並沒有發現她用足以殺人的目光看我，所以我想應該沒問題。

「……嗯？」

正當我打算將視線從日南身上收回，我看到在她附近的菊池同學有在偷看我。

話說關於我們一群人要去 Spo-Cha 遊玩的事情，昨天回家以後我原本打算用 LINE 跟菊池同學說，但最後還是作罷了。

不過我認為現在去跟她說不是時候，應該等到休息時間或放學後再講比較好。

因為我想等自己跟菊池同學兩人獨處的時候再說。

＊　＊　＊

這天第一節課的休息時間到來。

「菊池同學。」

當我靠近她跟她說話，菊池同學似乎嚇了一跳，肩膀跟著抖動。

「啊……友崎同學。」

她的目光有些尷尬地垂下，大概是還在為昨天的事情介懷吧。

「有件事。」

緊接著我就拉了菊池同學一把。

「今天放學後要不要一起回家？」

當我說完這話，菊池同學就轉眼看我。可是她臉上表情看起來不是很高興。

「那個……」

「嗯？」

她用一種像在觀察的目光看著我。

「……未來出路。」

她接下來說的話有點出乎我意料。

「你的未來出路……已經決定了吧？」

「咦？嗯、嗯。是決定了沒錯。」

「這樣啊……」

我問她放學要不要一起結伴回家，她卻問我未來出路的事情，感覺有點奇怪，不過我們在開班會之前曾大肆討論這件事情。而我還沒跟菊池同學說過，怪不得她會感到意外。我就是為了跟她說這個才邀她放學一起回家，但是我們那麼大聲討論，她難免也會聽到吧。

「其實──我本來打算晚點再鄭重跟妳說這件事情……說我想要當職業玩家。」

「原來是……這樣啊。」

菊池同學在回應我的時候，表情實在很陰鬱，看起來顯得心不在焉。但她在言行上並沒有明顯的怪異之處，讓我難以去追問背後的理由。

「那麼……契機是什麼？」

這時菊池同學有點躊躇地開口。

「你做出決定的契機，是什麼呢？」

「啊──這個嘛──」

其實原因有很多，可是說來話長，所以我才想邀菊池同學放學後一起回家。

「是因為去參加網聚，還有跟深實實聊過等等，原因很多，但這些我都想仔細說給妳聽。」

「網聚和……七海同學。」

在複誦完我的話後，菊池同學露出寂寞的笑容。

「所以我才想說今天要一起──」

我話才說到一半。

罕見的情況發生了，菊池同學開口打斷我的話。

「不好意思。」

「咦……」

這又是一個令我意想不到的回應。

「那個……今天我想要、一個人回家。」

聽到這句話，我頓時說不出話來。

之前我們也不是每天都會一起放學回家。然而這次她沒什麼事要辦，卻因為想一個人回家這樣的理由拒絕我的邀約，這還是頭一遭。

「是這樣啊……」

「……嗯。」

令人尷尬的氣氛再次瀰漫。

「……我明白了。那我們今天就各自回家吧。」

在我說這句話的同時也感到一陣悲傷，但我硬是忍住了。

不過話說回來，希望跟菊池同學一起回家都只是我單方面的期望。即便我們兩人在交往，菊池同學一旦拒絕，我還是應該尊重她的個人意願才對。

「各自……」

菊池同學依然低著頭，並重複我的話。我不知道接下來還能說些什麼，只知道一直看著菊池同學。

她的呼吸瞬間一窒，並用不安的眼神看我。

「那個……說要個別回去，那友崎同學是要跟誰——」

正好在這個時候。

響起的上課鐘聲蓋過菊池同學細小的聲音，我們的對話被打斷了。

菊池同學的話才說到一半，教室內慢慢安靜下來。按照眼下的狀況來看，若有重要的事情還是能再說一遍，然而菊池同學並沒有將中斷的話說完。

兩人都默默無語地坐到自己的位子上，課也開始上了。

我眼裡只剩下菊池同學那焦躁咬住下唇的樣子，深深地印在我眼中。

＊　＊　＊

這天午休時間。

另一件令人意外的事情發生了。

「……咦。」

準備要去 Spo-Cha 的成員們聚集在學校餐廳中，邊談笑邊吃午餐。

這時菊池同學傳了 LINE 訊息給我。

『對不起。今天我還是想跟你一起回家。』

圍繞著桌子的一大票人相談甚歡，而我卻一個人死死地盯著智慧型手機。

這究竟是怎麼一回事。

早上她拒絕一起放學回家，現在進入午休時段。在這幾小時之間，不知菊池同學的心境起了怎樣的變化。我看不透。

——除此之外。我還遇到另一個問題。

「那我們今天放學後來開會討論吧！」

此時竹井為剛才那段對話下的這番結論。

對。聚集在這邊的人今天放學後都要去教室集合。因為菊池同學拒絕跟我一起放學回家，所以我就說要跟他們一起開會討論。

可是菊池同學的樣子明顯很不對勁，就這樣放著不管不大妥當。

於是我除了在大家的對話當中應個幾句，還同時打要回傳給菊池同學的訊息。

像這種時候最好的做法，肯定就是老老實實將心中想法全部告知對方。

『今天放學後要在教室裡跟大家討論事情，可以請妳等到討論結束嗎？我也想跟菊池同學一起回家！』

當我回傳這段 LINE 訊息後，我將智慧手機的畫面關掉。

這是我第一次跟人交往，遇到一堆讓我想不透的事情。

但若像這樣誠實面對對方，我想一定能把話講開。

＊　＊　＊

放學後。

結果跟那群現充一起召開的 Spo-Cha 討論會議——其實只是閒聊，竟然還聊到一小時，這段時間都麻煩菊池同學在圖書室等我。

那群人之中還包含橘和柏崎同學，算是有點特殊的成員組合，閒聊到一小時變得好累人，等我聊完前往圖書室，當下整個人都精疲力竭了。不過我原本就在為菊池同學的事情煩惱東煩惱西才會那樣。

一進到圖書室後，我看見菊池同學那拿著書佇立的熟悉身影。她一看到我就露出微笑，將書本闔上。我好像很久沒看到她這個樣子了，讓我好安心。

「辛苦你了。」

「嗯。辛苦了。話說真是累死我了。」

「有那麼累啊？」

我對反問我的菊池同學點點頭，除了坐在她隔壁，還把拿過來的東西都放到桌子上。

「我可以先休息一下嗎？」

「呵呵。好的。再次跟你說聲辛苦了。」

「……謝謝。」

接下來將會是一段悠閒的時光。

「等你休息好了再跟我說。」

「嗯。我知道了。那我去一下廁所。」

「好的——」

我說完就去圖書室旁邊的廁所。其實三十分鐘前就想去了，但是被那群現充淹沒害我遲遲不敢說出口，這話我可沒辦法告訴菊池同學。

上完廁所後，我在鏡子前方洗洗手。說了一聲「好啦。」為自己注入元氣，朝著自己點點頭。

話說回來，幸好我們約好在圖書室見面。光只是來到那個空間，我就覺得今天那種尷尬的感覺變得緩和了些。

在這種情況下，我應該可以細細說明至今為止發生的種種——

帶著這樣的想法，我回到圖書室，事情就在那時發生。

打開門後的我看看裡頭。

結果看到菊池同學不知為何拿著我的智慧手機。

「……！」

大概是發現我來了，她轉頭看我這邊，朝著我露出像是焦躁、失望、悲傷——參雜著這所有情緒的表情。

「……菊池同學？」

緊接著。

只見她把我的智慧手機放到桌子上，直接拿起自己的東西就衝出去。

「咦，等等！」

我的阻止沒能起到效果，菊池同學從圖書室奪門而出。我是否該追過去？話說根本不曉得發生什麼事情。我設法用混亂的腦袋釐清思緒，覺得自己應該要先確認原因是什麼才對。

因此我拿起我的智慧手機，那是菊池同學原本在看的——一樣東西來得非常不湊巧，讓我看了大吃一驚。

我看到智慧手機上頭顯示 LINE 的通知，雷娜傳了訊息給我。

內容是——

『這陣子突然跟你聊色色的事情對不起喔～』

在懊惱和焦躁的驅使下，我二話不說衝出圖書室。

可是菊池同學已經不見人影。

「……這是不是、不太妙。」

顯然我和菊池同學的關係遭遇了最大危機。

# 後記

各位好久不見。我是動畫化作家屋久悠樹。

自從本系列開始連載後，已經經過三年以上，實際上出了九本書。給予支持的人越來越多，動畫化作家屋久悠樹個人感到非常開心。

而成了動畫化作家屋久悠樹，接下來要邁向第十集大關依然不會掉以輕心，今後還會繼續寫出跟動畫化作家身分相稱的故事。

好的，我得意忘形了。於是要說的就是，沒想到已經有了要動畫化的消息！

友崎同學這個系列多虧各位書迷、部落客、作家和許許多多的書店店員在背後支持，才會越來越壯大。如今已經經過三年以上，來到了能夠動畫化的境界。不知透過這樣的形式是否多少能回報大家的恩澤。真的很感謝各位的支持。還要再過一小段時間才會播放動畫，希望各位能拭目以待。

今後為了讓大家能夠透過各種形式徜徉在《弱角友崎同學》的世界中，我會盡己所能毫不懈怠，全力以赴。

話說到這邊，或許有些人已經注意到了。要為所有事情全力以赴——那跟這集封面的日南葵用左手手指夾著毛衣袖子是很相近的。

既然要解說袖子，那首先要請大家針對「重力」思考一下。我想大家應該都知道，地球上存在重力。既然存在重力，那照理說擺出這個姿勢，她的袖子應該會下垂。但事實是如何？實際上這集封面裡頭的日南並沒有那樣，而是呈現可愛的「餘袖」狀態。

對。換句話說，她為了包裝自我形象，偷偷地用手指壓住那截袖子。

但這時比起多出來的那截袖子，更重要的是由此得知的另一項事實吧。

讓袖子露出來是刻意安排的——得知這點後，便能夠循序漸進推敲出所有的一切都出自她精心策劃。她同樣用左手手指抓住自身頭髮的髮梢，也有可能在上一瞬間先轉身，裙子的裙襬才會飄起來。這些全都是要用來蠱惑我們的，是刻意展現出的可愛、性感。若大家能夠或多或少捕捉到這份意念就太好了。

那麼接下來要對一些人致謝。

給負責插畫的 Fly 老師。我總是透過 Twitter 用奇怪的方式纏著你，我想你也差不多該發飆才對。能夠阻止屋久悠樹的只有 Fly 老師。我是你的粉絲。

給責任編輯岩淺。我們總算等到動畫化的這一天了。下次一起進軍好萊塢吧。

再來是各位讀者們。一想到能夠讓大家看到友崎等人動起來，我就好興奮。敬請期待。感謝你們一直以來的支持愛護。

那麼希望我們下集還有機會見面。

屋久悠樹

弱角
友崎
同學

浮文字

# 弱角友崎同學 Lv. 8

（原名：弱キャラ友崎くん Lv. 8）

著者／屋久悠樹
發行人／黃鎮隆
執行編輯／楊國治
企劃宣傳／邱小祐、劉宜蓉
封面插畫／Fly
副總經理／陳君平
美術編輯／陳聖義
文字校對／施亞蒨
翻譯／楊佳慧
副理／洪琇菁
國際版權／黃令歡
內文排版／謝青秀

出版／城邦文化事業股份有限公司 尖端出版
台北市中山區民生東路二段一四一號十樓
電話：（〇二）二五〇〇—七六〇〇
傳真：（〇二）二五〇〇—二六八三
E-mail：7novels@mail2.spp.com.tw

發行／英屬蓋曼群島商家庭傳媒股份有限公司城邦分公司 尖端出版
台北市中山區民生東路二段一四一號十樓
電話：（〇二）二五〇〇—七六〇〇（代表號）
傳真：（〇二）二五〇〇—一九七九

中彰投以北經銷／楨彥有限公司（含宜花東）
電話：（〇二）八九一九—三三六九
傳真：（〇二）八九一四—五五二四

雲嘉經銷／智豐圖書有限公司 嘉義公司
電話：（〇五）二三三—三八五二
傳真：（〇五）二三三—三八六三
客服專線：〇八〇〇—〇二八—〇二八

南部經銷／智豐圖書有限公司 高雄公司
電話：（〇七）三七三—〇〇七九
傳真：（〇七）三七三—〇〇八七

一代匯集／香港九龍旺角塘尾道六十四號龍駒企業大廈十樓B&D室
電話：（八五二）二七八三—八一〇二
傳真：（八五二）二五八二—一五二九
E-mail：hkcite@biznetvigator.com

新馬經銷／城邦（馬新）出版集團Cite（M）Sdn. Bhd.
E-mail：cite@cite.com.my

法律顧問／王子文律師 元禾法律事務所
台北市羅斯福路三段三十七號十五樓

二〇二〇年十二月一版一刷
二〇二一年四月一版二刷



■中文版■

郵購注意事項：
1.填妥劃撥單資料：帳號：50003021戶名：英屬蓋曼群島商家庭傳媒(股)公司城邦分公司。2.通信欄內註明訂購書名與冊數。3.劃撥金額低於500元，請加附掛號郵資50元。如劃撥日起 10～14日，仍未收到書時，請洽劃撥組。劃撥專線TEL：(03)312-4212 ・ FAX：(03)322-4621。E-mail：marketing@spp.com.tw

**國家圖書館出版品預行編目(CIP)資料**

弱角友崎同學 / 屋久悠樹作 ; 楊佳慧譯. -- 初版. -- 臺北市 : 城邦文化事業股份有限公司尖端出版 : 英屬蓋曼群島商家庭傳媒股份有限公司城邦分公司尖端出版發行, 2020.12-
冊 ; 公分
譯自 : 弱キャラ友崎くん
ISBN 978-957-10-9284-3 (第8冊 : 平裝)

861.57 109017231